陇原当代
文学典藏
中短篇小说卷

一直很安静

严英秀 著

敦煌文艺出版社

图书在版编目（CIP）数据

一直很安静 / 严英秀著. -- 兰州：敦煌文艺出版社，2017.3（2021.8重印）
（陇原当代文学典藏. 中短篇小说卷）
ISBN 978-7-5468-1497-1

Ⅰ. ①一… Ⅱ. ①严… Ⅲ. ①中篇小说-小说集-中国-当代 Ⅳ. ①I247.5

中国版本图书馆CIP数据核字（2016）第315118号

一直很安静

陇原当代文学典藏·中短篇小说卷

严英秀 著

责任编辑：曾 红
封面设计：马吉庆

敦煌文艺出版社出版、发行
地址：（730030）兰州市城关区曹家巷1号
0931-8152315（编辑部）
0931-8773112 0931-8120135（发行部）

北京一鑫印务有限责任公司印刷
开本 880毫米×1230毫米 1/32 印张 8.75 插页 6 字数237千
2018年4月第1版 2021年8月第3次印刷
印数：2 001~4 000

ISBN 978-7-5468-1497-1
定价：58.00元

如发现印装质量问题，影响阅读，请与出版社联系调换。
本书所有内容经作者同意授权，并许可使用。
未经同意，不得以任何形式复制。

目录

陇原当代文学典藏 · 一直很安静

手工时间	001
一直很安静	058
遇见	114
雪候鸟	162
仿佛爱情	203
玉碎	240

手工时间

往事不会逝去，往事甚至不会成为过去。

——福克纳

我已经失眠七年零七个月了。在这七年零七个月里，我老公的睡眠质量却一日比一日更好，最后简直好到了令人发指的地步。

这貌似非常不公平。睡在同一个夜里，同一张床上，凭什么我和他如此的冰火两重天？凭什么他就该永远不知道辗转反侧的滋味？哪怕一次，哪怕一小会儿，哪怕十分钟，五分钟？

但事实上，我现在根本就没有"哪怕"的奢望了。应该说，早就没有了。三年前冬天的一个晚上，我们正在看一台选秀节目时，突然接到了婆婆去世的消息。小叔子说，婆婆晚饭后去倒煤灰，结果一脚踩空，从柿子树下摔下去，摔到了坡下面的旱井里，井里不知谁家扔的一块残破的玻璃戳穿了婆婆的心肺。小叔子说，等他们找到时，人已经凉了。

我在极度惊骇中努力回想老公老家门前那棵柿子树周边的地形，回想在那里度过的几个冬夜。那个地方，这个季节，别说死了，就算是活着，掉到井里几个小时若上不来，人怕也是凉了。我说："你们为什么让妈黑灯瞎火去倒煤灰？她好半天没回来，你们也就安心在家待着？兴许早一点找到，也还有抢救的机会呢！"

听到我的质问，小叔子哽咽的声音一下子变成了号啕大哭。

我听得出来，这不是悲痛欲绝的哭，不是良心发现的哭，不是追悔莫及的哭，而是委屈的哭，抗议的哭，示威的哭——和近年来逆袭的表现一致，他认为他有资格这样。于是，我的口气软下来："行了，人死不能复活，你也别太难过了。明天我和你哥就赶回来，咱们见面再商量妈的后事。"

小叔子的电话是打给我的，或许他怕直接打给他哥，哥哥一时接受不了。在我接电话的过程中，我老公的脸阴下去，一直阴下去。他机械地摁着遥控器，电视画面从PK台换到了另一个欢天喜地的舞台，又换到了一对在车里激吻的男女。我不忍看他的表情，起身关掉了电视，然后走进卧室。我啪嗒啪嗒的脚步声在突然寂静下来的夜里有一种步步惊心的感觉。我不由得打量起我的拖鞋，那是一双红蓝相间的毛绒手工拖鞋。半年前，婆婆来我家住了一个月，她为我钩了三双这样的拖鞋。"你别穿那种塑胶啊泡沫的，女人家，年轻时不注意，到老了就落下病了。"她说。我穿上她做的拖鞋，走路总是啪嗒啪嗒地响，太大了，我平时穿36码，她非要做成38码。她说小了硌脚，穿鞋戴帽总是富余一点好。虽然过了一辈子穷日子，但她喜欢富余，穿衣穿宽，做饭做剩，凡事都讲究留点余地。可谁知，她竟是这样死了，死得这么急，这么窄，一点都不富余，没给自己和儿女留个打转身的余地。

我觉得我不应该哭。好像一哭，婆婆的死就落到了实处。我还是不愿相信她就这样死了，三个小时前就已经死了。可我最后还是放声哭了。听到我的哭声，我老公好像如梦初醒的样子，从沙发上蹦起来，直往门外冲。我喊干吗，他答，买火车票。

等我收拾好了第二天出发的一切必需品，我老公就回来了，那时候不是春运阶段，买火车票好像不是太艰难的事。他眼睛血红,脸上表情凌乱。我不知道拿什么话安慰他,只是默默地去刷他的一双棉皮鞋。那鞋很厚很暖,他平时用不着,可回老家夜里为母亲守灵,穿上它却再合适不过了。他看着我刷鞋,说:"这大冬天,你要跟着我去受累了。"我摆头,泪直往鞋上落。他叹口气,进了卧室。

然后,等我开始刷第二只鞋时,从卧室里传出我老公的呼噜声,高一声低一声长长短短的呼噜声。

这是三年前的事了,可那夜的情形我至今难忘。自此后,我从不在我老公面前谈论有关睡觉和失眠的话题了。我只是自个儿面对着无穷无尽的醒着的夜。可我不谈,并不能阻止他谈。这两年来,他开始频频攻击我的失眠。他说,我心里装的事太多了,所以睡不着。他说,我心胸狭窄,所以睡不着。

他这样说话的口气,我其实也是理解的。多年来,他对我的睡不着充满了敌意,就像我对他的太能睡无法保持永远的淡定一样。睡觉一直都是横亘在我俩中间的一堵隐形墙。虽然我老公从来不认为人是可以失眠的,从来不认为睡觉也能成为问题,但他却被动地承受着睡觉问题带来的家庭后果,譬如,连日失眠的我突然爆发的坏脾气,莫名其妙的冷战,譬如做事记账时常常发生的丢三落四,再譬如,日渐委顿的夫妻生活,甚至譬如,我们结婚十年了,我老公已经三十六了,我们还没有孩子。

所以,我常常想,我应该感到内疚,虽然我满心委屈。在偶尔降临的睡眠里,我不止一次地梦见自己朝老公咆哮,哭泣,并且扑上去揪住他的衣领,像那些死心塌地的妻子一样。但醒来后,我总是更多地表现出温良恭谦的一面。事实上,我和我老公总是吵不起来。当我老公对我的失眠从最初的关心、担忧继而演变为不满,并使这种不满日趋强烈化时,我一般都采取退让措施。我试着从他的角度观察思考,也觉得失眠这样的时代话题落在我身上是不适宜的,不说东施效颦,至少也是附庸风雅。崔永元可以失眠,歌星影星———切的大众明星可以失眠,大学教授当然要失眠,作家如果不失眠反倒是很奇怪的事吧,可我失哪门子的眠?一个连高中都没念完的非知识分子妇女,一个衣食无忧,貌似白领的劳动者,我为什么失眠?

那么,或许如我老公所指控的那样,一切仅仅是因为我是一个心胸狭窄的人?我心小,却偏偏要往那不大的一块地儿装太多事?

我不是没考虑过我老公说的这些话,但想过之后,却更多地对他说这种话本身产生了疑惑。在他看来,对于我,能有什么"太多的事"呢?汶川地震已经过去多年了,舟曲特大泥石流灾害也几年了。马来西亚的飞机飞没了,韩国的船沉了。那个叫什么倍的日本首相照常去给靖国神社的鬼们上坟,奥巴马的眼眸越来越浑浊,嘴角的笑纹越来越牵强。中国的大街上,一些高大上餐馆和娱乐会所貌似在倒闭,一些人挥着大刀乱砍行人。PM2.5久驱不散,自来水被查出有毒,捡矿泉水瓶子的老太太喜气盈盈地走向下一个垃圾筒。又一个"副"字辈的高官落马了,漫画里,一群头顶"副"帽的人民公仆们悲怆地唱着:为什么受伤的总是我?

这些事,算得上事吗?我之所以知道它们,是因为它们无处不在,打开电视电脑,拿起手机,它们就往我眼睛里撞。它们充斥在我的四周,牢牢吸附在我呼吸的空气中,显得我好像每天也都生活在重大事件中似的。可它们,能是堵在我的脑子里让我睡不着觉的事吗?快别幽默了!它们中的许多件许多桩,根本和我半毛钱的关系也没有。忧国忧民的姿势，下辈子怕也轮不到我去摆。

而另一些事，那些我老公知道的，不知道的事，我早就不去想它们了。我不需要把它们往心里装，原本，它们就在那里，须臾不离。

昨夜的雨，下到凌晨三点四十五的时候才停下。连日的沙尘，该是给这场雨压住了。想到这个，我一滴滴细数雨打玻璃的声音，心里倒也没有平日半夜三更睡不着时常有的那些反应。可雨打玻璃的声音怎么也敌不过我老公打呼噜的声音。终于，我的耳朵里便只有横冲直撞的呼噜声了。就是这样，在我的家里，所有的事情到了最后只有一种结尾方式，那就是我对着一屋子的呼噜声，不知道该怎么办。

不知道该怎么办，终究还是办了。日子没有卡壳在哪个晚上，没有中断在哪声呼噜里。所以，我的问题从来不是大问题，我的问题诸夜出现，分段解决，它构不成事情。至少，在我老公那儿，它算不上事儿。渐渐地，在我这儿，它也成了摆不到桌面上的心事。想想，一个人失眠七年零七个月了，但这事只能称之为心事！

我也曾积极地治疗过。中医、西医、健身、按摩、食疗，还有，到国外去接受什么催眠疗法——什么都没用。刚开始试的时候，好像都有用的样子，最终却都没用了。后来，我就什么法子也不相信了。再后来，我买国际一线化妆品往自己脸上抹，我想用外表的亮来拯救内心的黑，但实际上，正如周围的人所看到的那样，我迅即变老了。上个月一起吃饭时，宁叔叔说，杜芮，这两年你成熟起来了。他当然是在褒奖我的业绩，虽然我离他的期望还有太长的距离，但毕竟，我的经营确也在朝着更强更大的方向前进着。可我听到他的话，还是立即低下头避开了他的对视，我觉得他嘴中的"成熟起来"对应了我脸上的光华渐逝。我没法阻止自己越来越陷于庸俗化，我喜欢观察街上女人的容貌，极少放过有可能会观察到同龄女人的机会，但观察越多比较越多，越觉得自己像是秋风中第一棵黄了叶子的树。

第一棵？想得美！蔡玲玲在电话里骂我："杜芮啊杜芮，狗改不了吃屎，你那张脸就是成老核桃了，你心里还是骄傲！你就是老也要老得引人注目，老得鹤立鸡群，你那臭脾气一点不见改啊，万绿丛中一树黄，哟，你给自己设计得多高贵，多脱俗，你当你脸上的褶子是金灿灿的银杏叶啊？"

我不由得哈哈大笑。这个蔡玲玲，别人修辞上的一点错误，她就这么得理不让人。还说我狗改不了吃屎呢，瞧她这德行，都快奔四十的人了，也还是过去的那副年少轻狂样。这么看来，或许，真如她所说，我们大家的脾性都一点没见改？但这是不可能的，镜子里的我绝对是一张蔡玲玲再不会感到熟识的脸，这是被七年零七个月的失眠所锻造的脸。一个人，都面目全非了，还怎么能保持让心性脾气不受磨蚀？

但蔡玲玲却年轻得很。QQ空间里，微信上，时常有她晒出来的最新靓照。时间是把杀猪刀，刀刀都落在了别人身上，她却还是上回见面时清新脱俗的样子。她总是打扮得花枝招展，好像在开时装发布会。有时，她还穿短裤，箍得很紧的那种。我便给老公看，你瞧蔡玲玲多漂亮！我老公往往只是淡淡瞥一眼我的手机便收回目光。我盯着他问："是不是还和过去一样漂亮？是不是比过去更漂亮了？"他说："连照片你也信啊？你没听人说韩国的整形，泰国的整性，都比不上中国的美图秀秀？"

虽然我老公很聪明地回避了我问话中单刀直入的锋芒，虽然我认为他的口气有点故作的漫不经心，但平心而论，我确实没从他的眼睛里找到飘忽、躲闪之类难言的东西。那么，蔡玲玲的漂亮，或者说蔡玲玲照片上的漂亮，真的就像他所表现出来的，看两眼都嫌多余？

然而，在我七年零七个月的失眠之前，我老公经历过迄今为止平生唯一的一次失眠。这么长日子以来，我们从没有谈论过那次失眠。是的，提都没提起过。也许，他早就忘了它。也许，他不愿承认它，然后，慢慢就成了他根本就不会认为经历过它。但我是知道的，知道它一直在那儿。起初，它就像一颗黑头长在皮肤里，日复一日，它变大、变硬，凸出在光滑之上，成为一颗恶痣。它是一种不明事物的果，但毋庸置疑，是我七年零七个月的因。

我老公不知道，他确曾走过的那个夜晚，一直扎在我胸口的某个地方，暗暗滋长着。蔡玲玲，当然也不知道。他们不知道，我所遭遇的所有黑暗的源头，原是那绝无仅有的失眠。

不过，说良心话，关于这点，有时候连我自己也是模棱两可的，或者说，羞于坚信。我耿耿于怀：一个昙花一现般的夜晚，一场空前绝后的失眠，它制造了七年零七个月的前赴后继，这也太夸张了吧，太矫情了吧？

"你该怀一次孕了。"蔡玲玲说。她的口气就像是说，你该逛一次街了。这是典型的蔡氏话语风格：无关紧要处大呼小叫，咋咋呼呼，她永远有兴趣把推拉迎拒的玩闹整得风生水起，一旦声音低下来，口气淡下来，活色生香的感叹句变成了清汤寡水的陈述句，就说明她开始说正事了，开始举重若轻了。"你再不考虑要孩子，会遗恨终生的。你的失眠，你所有的问题，其实都是因为你们没有孩子。"

我说:"可你知道,我不是不想要,是怕又出现那个孕酮的问题。"

蔡玲玲还是淡淡的:"怎么会?那是以前的毛病,不会再犯了。我说过,上次不算,那只是排毒。"

我觉得我还是愿意听到蔡玲玲的声音,愿意把自己不肯轻易示人的麻烦说给她听。说到底,我找不出第二个比她更像闺蜜的人。我脱离学校告别青春实在太早了,一切可能的友谊都来不及在我的生活里展开。只有蔡玲玲,只有她,不远不近地陪着我,证明着我也曾有过的,和终究失去的。在整整不见面的七年零七个月里,唯有她的电话和短信,在反复地确认着我的失眠,并且告诫我失眠是不行的。

所以,在又一个绝望的清晨,我望着窗外花园里被昨夜的雨浇得油绿厚实的绿和零落了一地的芍药花瓣时,我渴望听到蔡玲玲的声音。并不是什么触景生情的东西使我怀念起她,不是这样的,我先天的禀赋和后天的学识都决定了我不可能成为那种有文艺情结的女人。促使我打电话给蔡玲玲的完全是与她无关的愤怒。是的,愤怒,由自身的绝望转化成的对他人的愤怒,虽然无来由却更接近愤怒本身。那一刻,我敢打赌我的脑海里闪过了杀死我老公的念头。

当然,我老公是无辜的。当我望着窗外愣愣出神时,他的手机闹铃响了。他九点上班,八点起床。他起床永远得靠闹铃叫醒。十年夫妻了,关于这点,我早就没有什么可说了。问题是,今天早上,闹铃响过三下之后,我老公从铺天盖地的呼噜声中翻起身,翻起身后他没有忙着穿衣服找鞋子,却先对我表示了关心。"你今天气色不错,看样子昨晚睡得好。"他说。我转身看他的脸，我想从他的眼睛里知道他为什么说我今天气色不错。他睡眼惺忪，莫非能从我的背影看出气色？但他接着又说："我早说过了，你心胸放宽广一点，就能睡得很好嘛！哪有睡不着觉的道理！"

我的火一下子起来了，愤怒噼噼啪啪按压不住。一个八点钟起床还要靠闹铃叫醒的中年人，他有什么资格对人讲睡着睡不着的道理？一个刚刚经历了又一个不眠之夜的人，凭什么站在床前接受酣睡一夜者假借关心实施的教训？

我把那隔了一阵又嘀嘀作响的手机狠狠砸到了床头柜上。

蔡玲玲说："人家能睡你不能睡，羡慕嫉妒恨没用的。关键是要个孩子。有了孩子，他忙起来了，你定下来了，就好了。"

七年零七个月前，在我们最后的一次见面，蔡玲玲也是这样说的："现在好了，有了这个小玩意儿，你总算定下来了。"她抚着我的肚子，虽然那里平滑如初，看不出什么喜人的凸起，但她的眼睛里盛满了家长似的宽慰。

莫非，从一开始，到这么多年过去，她始终认定我是没有定下来的？

那一次，她是专程从另一个城市来看我的，因为我怀孕了。结婚已快三年，但我没有过做母亲的准备。我本来不想要那个孩子，影楼正在搞装修，要扩大规模使之面目全新，而我老公的上班也越发忙起来，那一年肯定不是怀孕生子的好时机。但我老公坚持认为二十五岁是女人的最佳生育年龄。他说："过了这个年龄，不说你自己撑不住怀孕生产的巨大消耗，会很快变老，身体变差，就连孩子也不是最好的，肯定要笨一些。这事你看看我们哥儿俩就知道了。"他这么现身说法，我不得不将信将疑起来。我老公出生在深山老沟，高中毕业前从没去过一次县城，但他考上了全国重点大学。而小叔子从小学开始就上县里的好学校，念书却念成了一团糨糊，初中毕业考不上高中，高中毕业别说考大学，连个职业学校都进不去。出来打工，干啥都干不成，反倒贴进去我老公的许多钱和精力。在城里的最后一年半，我老公基本上是把他交给我的。我让他象征性地看看水电，包吃包住每月再发二三千元工资，谁知他却试图撬开我的保险柜。我老公很护弟弟，他从不怪他不争气，他把一切都归咎于他妈妈生弟弟时已是三十三岁。这个奇怪的理论在劝我早生孩子时尤其显得掷地有声。这不明摆着嘛，同一个娘胎，二十五岁和三十三岁孕育的孩子肯定存在天壤之别！

关于我老公的弟弟，那个奇葩小叔，我对他的认识和我老公是不同的。我第一次见他就明白他绝不比我老公笨。他只是坚决不肯把聪明用在一切正事上罢了。他用装笨装可怜来源源不断地满足我老公强烈的虚荣心。或者，如果没有这么一个让人头疼生气的弟弟，我老公在城里当上干部娶上媳妇的成就感是要打折扣的？但毕竟，被索取不能是无底线的。终于，我老公把学成了一身吃喝嫖赌本事的小叔遣送回乡，逼他在父母身边安了家。他竟也慢慢服了媳妇的管，老实下来了。我老公给弟媳妇开的小代销店，在村里是唯独的一家，营利不错。但从此后，小叔在我老公面前不光装笨装穷装可怜还装起了委屈，时时摆出一副要不是听你话我怎会待在村里的样子。在外人面前，他更是把自己塑造成了牺牲自己成全哥嫂的模范形象。"要是我也进城务工了，谁照顾爹娘？要是我只顾自己赚钱把老人们扔在村里不管，我哥嫂在城里还能安心上班？说到底，这个家是靠我撑着的！"据说，这是他常挂在嘴边的话。

三年前，我婆婆最后一次来城里，只住了一个月就走了。

我知道她放心不下自己那个家，那些永远也干不完的活，但最最放不下的还是那个儿子。一个月时间里，她没少唠叨他。刚开始开代销店，他还挺上心的，帮媳妇进货拉车跟前跑后的，到后来就又是那副死猪不怕开水烫的样子了。他成天上网打游戏，打累了玩饿了就去店里搬东西吃，一捆啤酒他半晌就喝没了。媳妇当然不干，两人三天一闹，五天一打。哪里是在他照顾爹娘，分明是爹娘悬着一颗心看管着他呢。说到生气处，婆婆抹着泪撂下狠话，早知道是这么个货色，一落地就该一屁股坐死他！说下这话不到半年，我婆婆就那样死了。没有了日夜为他揪心的亲娘，我小叔子的故事层出不穷，不断刷新着。当然，这都是后来的状况了。在我意外怀孕的那一年，他还没回村里娶媳妇，而是成天在我们眼皮子下面晃悠着，美其名曰"在打工"。我老公越是看着他长吁短叹，他的脸上越是懵懂、茫然和无辜。我老公说，看看他这蠢样，看看他这笨相，彻头彻尾的先天不足！这就是高龄妇女生孩子的结果。我老公说："杜芮，你刚好二十五岁了，现在正是生孩子的最佳年龄，你这时候怀上孕，简直是上天对你我的眷顾。"

我想跟我老公分辩，他妈生他弟时才三十三岁，其实根本算不上高龄产妇，我想让他看清，他的弟弟根本不是笨，不是傻，而是懒，是坏。我更想表达我的抗议，就算他弟的不成器归结于他妈三十三岁的年龄，那么我就该乖乖地在二十五岁时走进我不情愿的角色里？我生孩子和他妈、他弟和他遥远乡下的那个家有什么关系？

"当然有关系了，生育是婚姻的必然义务，也是神圣的家族责任，你以为结婚就是你俩卿卿我我玩一辈子过家家啊？"蔡玲玲说，"再过三年、五年、十年，要是还没有孩子，你想想你们还玩得下去吗？杜芮，你难道以为你老公是可以不要孩子也一样爱你的那种男人吗？"

蔡玲玲还没有见过我老公。我结婚的时候，她到澳洲剪羊毛去了。但她似乎比我更清楚我老公。她电话里这一通发问使我顿然灰心起来。我不知道这是对婚姻和我老公的灰心，还是对我自己暂时不想生孩子的决心的灰心。反正，我灰心极了。我嗫嚅着说："也没说不要，就是，不想现在要，忙不过来。"

蔡玲玲很果断地打断我："现在有了，就现在要。没有不忙的时候。二十五岁不要，三十五岁还得要。杜芮，你想想你妈。"

就是"你想想你妈"这句话使我最终把灰心变成了相反的决心，我决心要把肚子里那个孩子生下来了。蔡玲玲懂得怎么说服我。她知道我的软肋，她一贯下手狠。

我老公欢天喜地。但我的妊娠反应骤然而至，其来势凶猛完全超过了一般人的承受能力。我几乎吃不进任何一口食物了，吃一口吐三口。我老公开始怕起来，他怕我饿死，赔了夫人又折兵。他说："人是铁饭是钢，你不吃不喝，光靠打营养点滴怎么能行啊？在乡下，女人害喜的事多了去了，像你这样的可从来闻所未闻！"怕得紧了，他一脸苦相地提议："要不，这胎咱就先不要了？"我扫他一眼，驳都懒得驳一句，就又睡过去。睡意就挂在我的眼帘上，无始无终。后来我一遍遍地想起那两个月的嗜睡，难以置信那样的事确曾发生在我身上。也许，一个人一生吃多少睡多少，都是有限额有定数的？

可我老公的睡眠，为什么就是取之不尽用之不竭的宇宙？

我只睡不吃的孕情引起了我老公的高度重视，他变得非常焦虑，但晚上他脑袋一放到枕头上，就照常睡着了。他的第一声呼噜就像冲锋号，潜伏在我身上的瞌睡虫只要一听到这一声召唤,即刻千军万马奔腾而出,第一时间就全线占据了夜晚的高地。这是多么不可思议的事情,七年零七个月前,他的呼噜声不是扰我至死的噪音,不是置我们于冰火两端的墙和沟,而是冲锋号,是催眠曲,我夜夜与此水乳交融,再睁开眼是因为被他的起床闹铃叫醒。

孕检一切正常。只要让我不吃东西,我自我感觉也一切正常。可一个人怎么能长久地不吃东西呢,尤其是怀孕妇女。我老公觉得他一个人担不了这个责,但偏巧正是春耕时节,我乡下婆婆分不出身来照料我,于是他几番提议:"杜芮,能不能请你表姐来陪你几天?就算我求她了,行吗?"

蔡玲玲很快就来了。其实她很忙,又那么远,但她一直觉得,对我,她是有责任的。时至今日,我都没法使她消除这种错误的负重。

蔡玲玲活脱脱是贾府里的王熙凤,人未登场笑语先响。她这是第一次见我老公,但嘴一张,熟络得就像他俩在一口锅里吃了多少年。不到两个小时,她已经指使我老公跑了四五趟超市。五花八门的孕期用品,被她讲得天花乱坠,缺一不可。她忽而坐下忽而又站起,不停地交代这事那事。她统领全盘的姿势使我意识到原来怀孕是这么宏大的系统工程,而自己多日来只一味贪睡的态度是何等草率疏忽。我想我老公定是深有同感。他擦着汗点着头,颠颠地跟在她后面。蔡玲玲的亲临指导,仿若给我们吃了一颗定心丸。事情就是那样的凑兴,当天晚上,她熬的一碗小米粥,居然被我轻松地喝下去了。那一刻,我老公看蔡玲玲的表情就像在膜拜一位女神。第二天早餐,我又顺利地尝了三样她凉拌的小菜,并且就着馒头,喝了一小碗鱼头豆腐汤。由此,我中断了一个多月的吃饭大业得以重新开场。

蔡玲玲敲着筷子，得意地大喊："什么意思呀，什么意思呀！谁说杜芮粒米不沾，这不明摆着要把我骗来给你们做厨娘！"我老公急得都结巴了："不是，表姐，真的不是，骗你！我也变着花样给她做来着，可她，她一口都吃不成，她确实不能吃。你是大老板，哪敢让你做厨娘！以后，你教，我做。"

蔡玲玲大笑："你倒想得美，想把我盖世无双的蔡门厨艺学了去？小子，不用了，吃几天现成饭吧！"

她说话还是那么大声，还是那么喜欢笑，嬉笑怒骂，插科打诨。她走到哪间屋，就好像那间屋哗地一下子拉开了沉甸甸的窗帘，阳光争先恐后地扑进来，闹哄哄挤成了一堆。

我老公上班去了，我和蔡玲玲斜在阳台的摇椅上。"其实，我照顾不了你几天，你要自己照顾自己。"她说。她的声音轻轻的，淡淡的。我说："我知道。"她又说："你老公待你挺细心，是个顾家的男人。"我说："我知道。"

虽然我早已深谙蔡玲玲动静相宜的话语风格，但我们不见面好几个年头了，当她的声音低下来、轻下来时，我感到不习惯。我宁愿她一直身在笑语喧哗中。或者说，我更愿意自己一直藏在她恣意挥洒的有口无心中。当她安静下来，当她的目光近似柔情地落在我身上，我的鼻子一阵发酸。说实话，我不习惯自己这样。

"现在好了，有了这个小玩意儿，你总算定下来了。"蔡玲玲说。隔着一件薄绒衣，她的手轻轻抚过我的肚子。虽然那里平滑如初，并不见什么喜人的凸起，但她的双眼浮上来了家长似的宽慰。

我不再哼哼哈哈地接她的话，我闭上眼，想把自己送进招之即来的睡眠中。但我闭上眼，鼻子却酸得更厉害了。蔡玲玲的脸在我脑海里晃来晃去。她眯着眼笑的样子简直像极了我妈。我深呼吸，再深呼吸，努力使自己不那样想，但满心满脑却只是那样想：为什么，这抚摸着我和我肚子里的孩子的轻柔之手，不是我妈？

本来可以的。完全可以的。如果还活着，我妈不过五十七岁。

记得小时候，我常常臭美地照镜子，一边照一边问妈妈："我和玲玲姐哪个漂亮？"妈妈通常都回答："肯定是我的宝贝女儿漂亮了。"我不信，缠着妈妈问："我怎么觉得玲玲姐更漂亮？人家都说她像你一样漂亮，为什么我不像你呀？"

那时候，我妈的内心里或许有过犹疑、难过和一丝丝的慌乱？但应付一个八九岁的孩子，不会成为我妈那样的能干女人的棘手之事。她说："瞎说！当然是你更像妈妈了。你玲玲姐那眉眼哪是像我，那是像她自己的妈！妈妈和姨妈是双胞胎，这你总该知道吧？"

妈妈和姨妈是双胞胎，双胞胎都是一模一样的，但她俩不一样，姨妈没妈妈漂亮。所以，我坚持认为蔡玲玲是非常漂亮的，而且她的漂亮是像了我妈，而不是她自己的妈。至于我，许是赶了我爸的长相了吧？我见过他的相片，也不赖的。我妈说我才几个月，他就死了。我们是天生的单亲家庭，我跟我妈姓。我妈说："芮芮，你对姨妈有偏见，她怎么就不漂亮了！"我十岁开始不止一次地考虑过这个问题。结论是，要说有偏见，也是彼此都有偏见。姨妈对我的笑里，有一种说不清楚的东西。有点冷，有点假，就是那样。总之，我感觉她不喜欢我，我几乎没感受过姨妈的贴心贴肺，尽管她在妈妈面前心肝宝贝地叫我。一个不疼爱小孩的女人，小孩怎么会认为她是漂亮的呢？

当然，后来，在我知道了自己的来历之后，我觉得姨妈的态度是可以理解的,就像她的漂亮女儿蔡玲玲对我坚持到底的血浓于水反倒使我诧异一样。

那一年,我问过蔡玲玲:"你知道我不是你的亲表妹吗?你什么时候知道的?"蔡玲玲说:"从小就知道,我比你大五岁多呢。那时候我已经七岁,记事了。"我说:"那你为什么还一直对我好?"蔡玲玲反问我:"为什么不对你好?是不是亲表妹很重要吗?"

她当然可以这样潇洒,这样凛然,那块泰山压顶的石头不是压在她胸口的。她不会懂得这世界突然抛给我的黑暗和掠夺。我在十七岁,重新成为弃儿。一个人在十七岁成为弃儿和一个弃儿长大到了十七岁,这是完全不同的两个概念。判断这二者的区别,并不需要亲历我曾体验的失去,具备人之常情就够了。

但我妈恰恰犯了常识性错误。多年来,我始终没有走出十七岁那年致命的自责:我是害死我妈的凶手。但事实上,她死于自己的错误。她之所以被那样低级的错误绊了手脚,完全是因为自信。多少年来她习惯于大事小事一个人拿主意。她不愿意去想,同样一件事情的处理,别人或许会有完全不同的方法。她心思聪慧,却因为太过轰轰烈烈而沦于粗线条。在我的教育问题上,她过分地相信励志故事,相信前车之鉴的作用,但丝毫没有预料到痛说家史会直接导致我在悲伤之后的极端叛逆。

现在看来,那年的我只是和太多孩子一样,被青涩的初恋撞了一下腰而已,根本用不着我妈那样地重拳出击,力挽狂澜。甚或,那根本算不上初恋,不过是一次懵懂的青春冲动罢了。那是个夏天,我跟着同学去看了一场音乐节的演出,混在一大群奇形怪状的人中间莫名地兴奋了一个下午。黄昏时,在一棵大树下,一个斜挎着木吉他的小子吻了我。他说人潮人海中他一眼就发现了我，喜欢上了我。他说他会永远爱我。他的声音和暮色一样令人沉醉。但那个黄昏后，他永远地消失了。我不甘心我的初吻事件这样潦草地结束，我开始找他。我逃学，背着书包去一切我认为有可能找到他的地方去找他。结果当然可想而知。

我妈发现了我的秘密，她绝对不能接受我为了一个不知道姓名的流浪歌手荒废功课，耽误即将到来的高考。但我还是一日日地消沉下去，其情状颇似恋爱受到了重创的样子。我要经历以后的许多事才能知道，其实自己从头到尾仅仅只是不甘心而已。我妈急了，为了不让我一失足成千古恨，她咬咬牙决定以身说法，以她自己的成长教训动之以情，晓之以理，使我悬崖勒马。她说，她在比我大一岁的年纪，在马上临近高考的时候，晴天霹雳般发现自己怀孕了。而得知这个消息两天后，隔壁班的那个男孩不辞而别转学走了，从此没再露面。她在双胞胎妹妹的陪伴下，去了郊区的一家医院做了人流手术。怕父母疑心，血流不止虚弱至极的她一天都没敢卧床休息，上学，做家务，熬夜复习，该怎样就怎样。高考最后一门课，她交了卷走出考场就一头栽倒了。虽然拼尽全力，但理想的大学还是以几分之差，与她失之交臂。本来，她是有希望成为全校的文科状元的。高中三年，她一直是老师最看好的尖子生。

我得承认我妈的遭遇确实有点"残酷的青春"的意味，但尽管如此，在我生活的时代里，满世界都打着"不小心怀孕了怎么办"的广告，所以我对此并不感到有多么惊世骇俗，我妈想要达到的警诫挽救的目的，在我身上并未立竿见影地实现。我甚至在她涕泪齐下时让思路拐到了另一个极不应该的方向，我遗憾地想，要是那时候已普及绿色无痛人流，她就不会遭那么大罪了。

我没想到,我做梦也想不到,我宁愿把我的脑袋一百次一千次撞破在墙上,也不想让自己想到,我妈接下来的故事竟然会是这样的:她参加工作后,与一名追求她的大学同学结婚,生活美满。但他们一直没有孩子。整整六年后,医院下了最后的结论,她的子宫被十八岁的那次人流毁掉了,她此生不能够再怀孕。

她的丈夫万般痛苦。我妈说那是一个真正爱她的男人。但他还是接受了她的离婚提议。他说,其实男人比女人更需要孩子,自己的孩子。后来的经历屡屡证明了这句话的千真万确,我妈不再企盼。稳定的生活于她再无留恋,她辞掉公职,开始了另一种人生。她仿若天生就是商界女人,几番大起大落后终获成功。但她常常软弱到骨头缝里,不知道自己的打拼有什么意义。双胞胎妹妹生下了蔡玲玲,粉琢玉雕般的小人儿一天天地长大。妹妹说:"姐,你那么喜欢玲玲,干脆你养她,她归你了。我们可以再生一个,没有问题的。"我妈说:"我不要玲玲,我要一个自己的孩子。"

我就那样成了我妈的孩子。没有人知道为什么我眉眼干净,没缺胳膊少腿,也查不出任何先天性疾病,却被遗弃在公交车站的座椅上。我妈说,毫无疑问,那是上天给她的礼物。那年她三十三岁,我可能一岁,也可能一岁半,她只用了一个礼拜的时间就教会了我喊妈妈。我妈说,我喊妈妈的声音和她梦中曾听到的一模一样。这个声音,她此生此世永不会放弃。她甘愿为它放弃一切可能的人生机遇。就算要她献出生命,也不会吝惜。

事过多年之后再想复述我当时听到这话的心情,几乎是不可能的。我的天地间，只剩下了一个词——弃儿。原来，我是弃儿！被母亲千娇百爱的小公主，原来是弃儿。天不怕地不怕的富家女，原来是弃儿。一年一次呼朋引伴大搞生日宴会的小寿星，原来是根本不知生日为哪天的弃儿。被老师同学天天唤作"杜芮"的好学生，原来是没有名姓的弃儿。

我妈说："我忍痛告诉你这些埋在心底的秘密，一是为了让你明白一个女人要为年少时的走错一步路付出多大代价；二是让你清楚，你我母女虽非亲生，但却是同一条命。要是有人阻挠我女儿的发展，影响我女儿的前程，那不管他是谁，都就是我杜若不共戴天的敌人。所以，你要是还不听妈妈劝告，还要扔下功课去找那小子，那好，我也去找他，我去杀了他。"

谈话第二天，我又背着书包离开了学校。这次不再是逃学，而是辍学。准确地说，我是离家出走了。我给我妈留了一封信，我说我不是去找那小子，所以她不必费心去杀他。在知道自己是一个弃儿之后，那次突然发生的亲吻之后的被遗弃实在轻飘得不值一提。我说："妈，我爱你。我不能接受你不是我亲妈。我恨你，你让我在十七岁重新成为弃儿。"

那封信和我的手机一起放在了我妈的床头柜上。三个月后，我打开手机，看到了这样一条短信："芮芮，你的手机号，除了这绝望的11个数字，我还能对着什么哭出我一辈子的痛？我想知道，如果你是我亲生的女儿，你能这样对我吗？"

这是我妈对我说的最后一句话。今生今世，最后的一句话。三个月后，当我被我妈公司的人找到牵回家时，家里已没有我妈了。她躺在医院里等着我，她躺在各种管子下面等着我。她已说不成一句话。我朝她大喊："妈，你原谅我！你赶紧醒过来！你赶紧好起来！妈，我不是因为你不是我亲妈才这样做的，恰恰相反，是因为你是我亲妈，比全世界任何人的妈都更亲的妈，才跟你赌气的，谁让你给我说那些混账话的？"

"谁让你在我走后就病成这样的？"我哭喊，我不顾一切地抱她，摇她。我相信我妈听到了我，她的指尖抽搐了一下，又抽搐了一下。她的眼角滚下来清凉的泪。但她终于没有好起来，没有醒过来。我，就这么害死了我妈。在最后的时刻，她是被我喊死的，摇死的。后来，我无数次地想，要是我不那么歇斯底里地喊她，不那么丧失理智地摇她插满机器的身体，要是我安静地陪在她身边，像许多报道中的那些亲人一样，轻轻地唤她，轻轻地对她讲我小时候她给我讲过的那些故事，她会不会活过来？

"杜芮，你不能做这样无谓的自责。你要想让你妈在天之灵安息，就赶紧痛改前非，振作起来。"说这话的是一位好多年前见过面的叔叔，姓宁。那时候，我还小，记得在西餐店里，他把我妈滑落的披肩，轻轻披回到了她的肩上。这次，是他拉开声嘶力竭的我，把我妈从病床上抱到了通往另一个世界的另一张床上。他的眼神悲痛而柔和。我突然间就明白了一些事。送妈妈最后一程的，是他的怀抱，而不是医生护士冷漠的手臂。这是我在满世界的破碎中找到的唯一的宽慰。

宁叔叔负责了我妈的全部后事。我妈把她所有一切的继承权都给了我，而没有分出哪怕很小的一部分给她的双胞胎妹妹。这使我觉得很愧对姨妈。我妈没有了，我再看姨妈，感觉和过去不一样了。如今，她是我唯一的亲人。但蔡玲玲不以为然，她说："本来嘛，你妈的就是你的。我们家比你们家也差不到哪里去，分你的财产，至于吗？"于是有了那次对话。我问蔡玲玲："你知道不知道我不是你亲表妹？"她说："知道啊。"我说:"那你为什么还对我这么好?"她反问:"为什么不对你好?是不是亲表妹很重要吗?"

就是这样,所有人都证明着我的罪恶。大家都好,唯有我的坏,害死了我妈。

宁叔叔做了我的监护人,并接管了我妈的公司。我去找姨妈,我想知道关于我妈和宁叔叔的更多。姨妈说,没有更多,你只记住可以信任他就是了。她说,你可以去国外读大学,也可以考国内的大学。这是你妈的遗愿。当然,要是你现在就想做事,那就去公司,反正迟早都是你自己的,从现在开始学起也是好的。

姨妈的说法和宁叔叔的完全一致,显然我妈生前很明确地指示了对我的培养计划。其实我一直都走在我妈为我设定的道路上,学习好,尤其是外语特别好,我妈说将来用得着。我性格粗疏,从小在学校喜欢和男孩子们打闹,自知缺乏艺术细胞,但我妈要我学钢琴、学舞蹈,我便也学了,一级级的考试也都拿下来了。我很少让我妈失望过。要不是那个莫名其妙被人亲了嘴的夏日,一切将按部就班地完成。可现在,我妈没有了。连我妈都没有了,去国外读大学还有意义吗?在国内读大学还有意义吗?

"你这叫什么话!"蔡玲玲教导我,"谁的妈最终都要没的,妈没了,你就要自毁远大前程?"那时候,她刚刚大学毕业,正发愁下一步去哪里。姨妈想让她当国家公务员,姨夫想让她继承父业做生意,她自己一会儿想去国外读学位深造,一会儿想去拉萨八廓街开咖啡馆。她成天忧心忡忡,漂亮的额头上挤出了细纹。我从她身上没看出什么远大前程的迹象。

我思忖再三,告诉宁叔叔我不想读书了,我累了,哪儿的大学都不想上了。我也不愿去公司,受他管束。宁叔叔蹙起眉头,沉吟半天才说:"我知道你的个性,我不想强求你。再说了,你还小,还来得及。不过,你不能再这么消沉下去,你总得做点事吧?你振作起来,才是对你妈最大的报答。自责、懊悔,没任何用的。"

我没告诉过他,也不愿告诉任何人我的自责、懊悔。那是我负荷不起又摆脱不了的重担,我日夜面对着它。自从我妈揭秘了我的来历后,我一夜间变得阴沉起来,而我妈的死,无以复加地强化了这种倾向。没心没肺、摔摔打打的脾性彻底告别了我,好像是从我身上褪走了一张皮。我不肯再和人多说一句话,就是和蔡玲玲,也是就事说事,但凡涉及走心的事一律绕道而行。但宁叔叔,知道我,知道我的自责、懊悔,知道我是多么不能忍受没有妈妈的日子,知道我因此陷入了怎样深重的自弃。于是,在他面前,我无法阻挡奔腾的泪水。宁叔叔递过来手纸,安静地看着我哭。哭完了,我说:"那好吧,请给我一个店,像我妈最早开过的那种小店,让我自己摸索我能干点什么。"

我有了一个店,但宁叔叔终究还是不放心让我自己摸索,他给我的是一个规模齐整、管理完善、上上下下都有人打点的婚纱影楼。为什么是影楼,而不是冷饮店、火锅店,不是美甲店、服装店,这其中的因由,我没问过宁叔叔。它是什么,不是什么,好像都与我无关。我挂着老板的头衔,却不过是把它当作无聊时可以去溜达一圈儿的地方。

但我在这里遇到了我老公。几年之后,我老公的出现,使我相信了一切的偶然,其实背后都藏着冥冥中的机缘。是的,宁叔叔只能给我一个影楼,而不会是任何其他的一种店。因为那样的短兵相接，只能发生在婚纱摄影的店里。婚纱摄影是一个奇怪的地方，通常情况下，它以浓墨重彩的妆容和浮华浪漫的造型使所有自以为独一无二的爱情都无一幸免地千篇一律化，所以，一对对川流不息地经过这里的男女，我从来没有看清过他们的真实面容，也无意关心他们从这里的迷幻光线走出去以后的命运，我们做的只是把"幸福和快乐是结局"毫无悬念地定格下来，让他们为此最大限度地掏出包里的人民币。

但那天，平淡无奇的定格程序中奇峰突起，平地起波澜。那样的事在我的影楼尚未发生过，我也从没在那么早的时辰到过店里。偏偏那天上午，我在。你看，这就是命运。一对新人已甜蜜地完成了许多项规定情景，古典的、摩登的，东方情调的、欧美风格的，最后，当他们换上了清廷阿哥格格的服装再做百年好合状时，新娘包里的手机开始一遍遍响。新郎说，不用管，拍完再说。但新娘的笑脸开始像蜡像一样僵。终于还是接了。好像也没听到她在电话里进行了什么关键的对话，但挂了电话她就对新郎说："我不能拍了，对不起。"她就那么走了，连脸上的妆都没来得及卸。在她说对不起时，在她脱换衣服时，新郎一直呆愣愣地盯着对面的窗帷，一直到她离去好半天了，他还是保持着那个姿势，一句话都没有说。

我当然不在现场，未能目击这个突发事件的全过程。以上内容是我的造型师、摄影师、灯光师一干人跑来转述给我的。他们来到我的办公室，既是与我分享这难得的谈资，也是请示下一步该怎么做："这两人预订的是我们影楼规格较高、价格不菲的一个套餐，本来的工作流程是今天上午拍室内，下午去公园拍外景，明天再去一个著名景区。那么，现在，怎么办？钱已经到我们账上了，遇到这种情况，是顾客自己出了状况，属自己违约,不该我们退款吧?"

我说:"哪至于到你们说的这一步?许是新娘那边有什么急事需要处理,明后天再接着拍呢!"他们异口同声地说:"头儿,你傻呀,我们没吃过猪肉,还没见过猪跑?要是有万分之一别的可能,他们能有那表情?绝对是拍不成了!也就是说,这婚结不成了,铁定的!"我说:"这都拍婚纱照了,突然情变,过分了点吧?"造型师摇头:"这算什么,人电视剧里演的都是在婚礼现场,新郎或新娘含泪说对不起,然后飘然离去,不带走一片云彩。"摄影师说:"那小子直接给打懵了,现在还一身阿哥的行头在那发愣呢。说实话,也挺让人同情的,他就像一个被人遗弃在街头的孩子,那眼神,不是悲伤,不是愤怒,而是不甘心。他不甘心前一秒钟还搂在怀里的媳妇突然就成不相干的人了。可不甘心有啥用,看得出来,他确实是临时紧急被甩了。"

这个摄影师是我们影楼的一号摄影师。他捕捉人表情的眼力,我一贯是相信的。也许,是他说的"不甘心""被人遗弃在街头"这些话,触动了我心底的癣痕。我说:"我跟你们去了解一下情况。"

我就那样见到了我老公。

我老公成为我老公的过程可以说一点都不艰苦卓绝。认识一年后,我接受了他的求婚。两个人的态度一样果断,没有丝毫犹豫。姨妈和宁叔叔自然是不乐意的,我老公是农村人,乡下有父有母有负担,城里无房无车无根底。我劝姨妈和宁叔叔说:"咱这样的人家还用得着图婆家的条件?"姨妈和宁叔叔骂我烧包:"这不是图不图的问题,而是配不配的问题,门当户对懂不懂!"但我已经答应人家了,事已至此,他们也就只好将错就错把我嫁了。我明白事情之所以如此地顺利，完全是因为他们之前对我的担心——他们怕我不嫁人。宁叔叔曾正颜厉色地教训我三次，每次都痛心疾首搬出我妈的遗训：就算我在事业方面达不到我妈的要求，但嫁人是必需的，生孩子是必需的。如果不走成家立业生儿育女的正路，我妈在九泉之下死不瞑目。

  按理说，我和我老公结婚时才二十二岁，离恐婚愁嫁的年龄还差得远。但亲戚监护人早在之前就严阵以待，防患于未然了。造成这样的局面，责任当然都在我自己身上。二十一二不是结婚的年龄，也该是恋爱的年龄吧，尤其是对我这样有钱又有闲的无知少女来说。但我却没谈过一次正儿八经的恋爱。我的身边从来不乏追求者，问题是一旦他们动了真情，我便即刻玩人间蒸发。我妈去世后的几年间，我让一个一个男孩前仆后继在茫然的街头。我不骗财不骗色，我不过是想让更多人体验到我背着书包漫无目标找那个挎着吉他的坏小子的感觉。我为此付出了失去我妈的代价，可那些被我甩掉的男孩，他们会失去什么，能失去什么？我的心在游戏中越变越硬，我越来越精于此道。后来，就连宁叔叔也看出了此中端倪。于是，他把要求我认真谈恋爱，慎重考虑个人问题提前提到了议事日程上。他甚至四处张罗，为我安排了多次相亲，高富帅在我身边全面铺开。这些有备而来的恋爱，我并不因为他们能找到我，便以为他们优越于我在夜店泡到的男孩，我对他们更心狠手辣。从未有人狼狈离去时从我这里得到过一个解释。解释是比告别之吻更奢侈的礼物。

  这就是我老公出现的时代背景。这就是宁叔叔和姨妈为什么嘴上说不同意，但终究不肯强力阻拦我和我老公的原因。他们好不容易等到了一个我竟然好好地恋爱了大半年然后还肯去嫁的一个男孩。权衡再三，他们不得不认为顺水推舟任我嫁是最安全妥当的选择。我老公不知道这些，他不知道他拣了个大便宜。不过话说回来，我遇到我老公又何尝不是拣了便宜呢？他使我毅然告别了长达几年无所事事的游荡，他焕发了我对一切正面的事物的热情和能量，有了他，我这才回到了本应该属于我的正常人生轨道。影楼从此开始了真正由我掌舵的历史。宁叔叔很满意，他说，你妈早就说过，你只要肯做，就一定能做得最好。

这是我老公的好处，通俗地说，他让我学好了。从那天第一眼看到他的眼睛，我就知道自己不能对他不好。他的眼睛里，是我在那个荒唐的夏天仓皇到极点仅剩下的两缕不甘心，是我在我妈的病床前呕出血的痛悔，或者，他的眼睛里，更多的是二十多年前被遗弃在公交站的一岁的我叫天天不应，叫地地不灵的无穷大的黑暗？——我清楚，这样形容我老公的那次拍婚纱照的经历，肯定有夸张之嫌。他所感受到的，传导到我的眼里、心里，就毫无疑问地被放大了十倍、二十倍。没错，他的创痛程度远远轻于我的想象。说到底，那不过是男性自尊的受挫，一点不甘心而已。他和那个女子之间，虽然走到了那一步，却似乎并未留下太多刻骨铭心的爱恨情仇。事实上，他很快就忘记了她，和那个未及实施的婚姻计划。耿耿于怀的只是我自己，我在最初的几年常常一边想着这个问题，一边觉得难以忍受：竟然有人，有人在我出现之前，遗弃了我老公。

我老公身材高大而结实，面目清秀。他从一所重点大学毕业后参加公开招考，当上了国家公务员。他的单位不是有油水的要害部门，但毕竟旱涝保收，手里端着饿不死的铁饭碗。甚至，说他没房，也是不甚准确的。他贷款买了产权属于单位的八十平方米的福利房。当他向我畅想未来，说十五年还贷的伟大计划时，我使劲咬着自己的嘴唇，才忍住没说出来，他那点钱，只要愿意，我们明天去吃早餐的路上顺便就可以还掉。姨妈说："咱们可以不图婆家的条件，但也不能让对方把咱当成提款机吧？"我起初不接受她的安排，我认为我的一切都不可以瞒着我老公。但在见了我老公的那个弟弟后，我改了主意。我结婚时的公开职业是婚纱影楼雇佣的店长。宁叔叔的公司与我的关系，至今是我老公不知道的秘密。我常常为此感到无比心虚。

记得我第一次随我老公去他老家，质朴而又功利的村里人一方面对我所代表的"城市"艳羡不已，一方面却对我的非国家干部身份表现出了欲藏还露的鄙夷。我老公几乎是以巴结的口气对他爹说："杜芮的月薪比我高好几千呢，加上她的提成，我这点死工资简直没法跟她比。"他爹在炕沿上敲了三下烟管，清了三声嗓子，才开口说："话不能这么说，她一个干个体户的，眼下看着是能挣一块两块的，但那能作数？从长远看，咱这个大家，你俩那个小家，都还得靠你。"

但婆婆是温厚的。婆婆说："挣多挣少都没事儿，一个女人家，可千万别累着自己的身子。关键是要能生养，生儿育女才是大事。生孩子的事宜早不宜迟。"我老公在这一点上，高度认同他目不识丁的妈。也许就是从那时候起，我老公就确立了让我二十五岁怀孕的目标。所以，婚后三年，当我猝不及防地面对要不要做妈妈的选择时，尽管我老公信誓旦旦，但我依然认定这不是意外，而是蓄意已久的阴谋。

我最终接受了这个阴谋，因为蔡玲玲说："你想想你妈。"其实用不着她告诫，从我知道自己的身体里坐落了一个小生命的第一天起，我就想到了我妈。我妈永远没机会面晤我老公、我婆婆了，但她的遗愿与他们的想法高度一致，他们是天然的利益共同体。

所以，当我在静静的光影中看着蔡玲玲那像极了我妈的侧面，当我的肚子上轻轻滑过蔡玲玲载满记忆的手，我没法使自己不奢望——这是我妈和我的二人时光。是的，七年零七个月前的那短暂的天长地久里，我曾那样地贴近着我妈。那时候，她离开我已经八年了，八年的时间，足以使一个民族赢得一场战争的最后胜利，但我却得不到来自自己的宽恕。无论是婚前放浪形骸的胡闹，还是婚后励精图治的做事，其实质都是我试图遗忘我妈的徒劳努力。我是那样地想要忘掉她，忘掉自己十七岁的罪，但我从未找到有效的救赎方式。她留在我的手机里的那条最后的短信，那条短信里的每一个字，像一记记历久弥新的鞭影，在看不见的深处抽打着我。那个手机，早就旧了，锈了，被我锁进了再也没打开过的柜子里。可短信是锁不住的，它脱壳而出，游弋在我妈遗留下来的全部时空中。当它抽向我，每次，我总是让身子尽力地朝向那呼呼的风声，祈祷它更多地落到我的新疤旧伤上。我知道我无从躲避。

但一个无意间孕育的胎儿，突然就改变了这一切。我从来没想到全世界的柳暗花明，如此轻易地在我的生命里得以实现。自从我决定生下肚里不期而来的孩子，我便常常想起我妈。想起她，我不再仇恨自己，我不再赶紧起身做一件无关的事以期摆脱回忆，我安详地沉浸在想我妈的意绪里。旧日子像百叶窗的阳光，一格儿一格儿地抚过我。当我再想起那条短信，我总会在心里说："妈，别生气，咱们现在有一个孩子了，咱们自己亲生的孩子。"甚至，我终于打开了那尘封的柜子。那部手机，被我毫不犹豫地扔向垃圾堆。我的手一点都没战栗，当我相隔八年打开我妈的相册，我就那样贴近了我妈——我这才无以复加地贴近了我妈，拥有了失而复得的母女连心。其实它从来没有消失过，没有走远过，它一直在这儿，好好的。可要是没有一条新生命做中介，我以戴罪之身，怎能承受我妈穿越生死的爱抚之手？

是的，七年零七个月前，我就那样得到了突如其来的赦免。想起怀孕之初还曾嚷嚷着要去医院做人流，我后悔后怕得直想抽自己的嘴巴。

蔡玲玲的鱼头豆腐汤，清淡却无比鲜美，我每天都要喝一小碗。她答应教给我老公做。我老公跟在她后面去菜市场的次数越来越多了，泡在厨房里的时间越来越长了。我看着他俩在一起忙乎，自己只管抱着肚子踱在缭绕的饭香中，心安理得得好像生活从来都是这个样子。蔡玲玲把她怀儿子时的孕妇裤带来了，说是比我穿新买的有纪念意义。那裤子那么肥，好像是要把我扔进一个大口袋似的。可我一点都不怀疑，不久的将来，我会和任何一个孕妇一样，鼓着皮球般的身材，骄傲地横行在大街上。

那天中午，蔡玲玲说，她要去家具城买一张婴儿床，这是她想好给我宝宝的见面礼。虽然她说家具城会送货上门，用不着我老公去帮忙，但他还是往单位打电话请了假。

他们回来时已是黄昏了。蔡玲玲很高兴，说我老公请她去小吃街吃饭，没想到那里有那么多美食，她吃完后又选顶好吃的打包了一份给我。她说外面的东西我在孕期最好别吃，但偶尔犯一两回馋也是可以的。她的兴高采烈感染了我，拿回来的小吃果然酸是酸，辣是辣，使我连日受精致饭菜呵护的胃口全线崩溃，缴械投降。

但我突然发现,我老公并没有和以往一样积极加入到蔡玲玲的笑语喧哗中,他自打进门就有点闷闷的。电视剧插播广告了,但他摁遥控器的手却失神地停在那里。

卧室里,我问:"你好像不高兴?"他答:"没有啊,怎么会?"他反应得迅即且认真,有点出乎我意料。我老公一向并不是那种嘴碎嘴快的男人,受农村文化浸染,他多少有点大男子主义,对我没有实质内容的类似发问或发难,他通常都是不置可否,一语带过。我看着他的眼睛,说:"没有不高兴就好。我表姐那性格,得罪了人她自己不会知道的。"我老公躺到了床的那一侧,看看我,又往外挪了一点,离我更远。我的肚子还没显形,但我已经很占床了。

睡意拢上来,但却听不到冲锋号。这段日子,我习惯了在我老公的第一声呼噜和第一串呼噜的指引下,无往不胜地杀向辽阔的梦乡。没有他第一声号令,潜伏在我身上的瞌睡虫们虽已整装待发,跃跃欲试,却失去了呼啸而出的气势。我好像睡着了,然后又猛地醒过来。我在黑暗中竖起耳朵,确信自己没错过来自我老公的号令。是的,它还不曾响起。我想,今晚有什么不一样吗?但疑惑即刻被深一脚浅一脚的睡意淹没了。

却听到我老公说话了。"根本就没必要给一个婴儿买那么贵的床,她这不是显摆自己是阔人吗?"我老公的声音在床的那头沉闷地响起,撞进了我的半梦半醒,我听得混沌,但也听清了。"其实,婴儿根本用不着睡单独的床。"他说。"这你就说得不对了,婴儿当然需要睡单独的床。"我回了一声。他立即驳过来:"不需要!那是电影电视里演的,你当真啊?要说需要,也是你姐这样人家的孩子才需要,咱就别自不量力跟着起哄了!这么大个床,挤不下一家三口?"

我听得不是滋味。我当然不是滋味,但我没法分辩。我老公常说,影楼店长也是个青春饭,等我上年龄形象赶不上了,人家必定不用我。到那时,全家的收入就得靠他一人了。所以,不能因为我目前挣得多些就敞开手脚花钱,凡事都要为将来着想,未雨绸缪才是。对他如此伟大正确的言论,我能说些什么呢?我通常都不说什么,只是小心压抑着我根深蒂固的骄奢本性。就像眼前这种情况,我也只是避开话头,以攻为守道:"那你干吗不早拦着她?你不是连班都不上了急着陪她去买吗?你可没说不需要啊,现在买回来了,才说这话!"

我老公不吱声了。我想,他自知理亏再没话可说了。"睡吧。"我说。可我还是没听到他的呼噜应声而起,像一群小兽轰地从笼里放出。这太反常了。那个夜晚,我终于意识到了它的不同寻常。它空前地,以后经历的时间也证明了是绝后地,突然横亘在我面前,我一时难以适应。我摁亮台灯,慢慢把脸转向他。而我老公,似乎没觉察到我的举动,他沉醉在自己的思绪中。他的双眼,亮亮地盯着对面的墙。

我之所以用"沉醉"这个词,是因为我老公确定无疑地沉醉着。我本来以为在他的脸上将看到与刚才的谈话内容相对应的不满、懊丧,哪怕是不应该的愤怒。可我老公,却沉醉着。我一眼就读懂了他的表情。我太熟悉那种表情了。那是他要进一步动作的前奏表情。我不禁悚然而退,本能地护住了我的肚子。同时,很没城府地先自开口:"医生说了,前三个月咱们不能有,不然会伤着胎儿的。"为了表示这种危险的情境必须戛然而止,我起身去厨房喝了点豆汁,又去卫生间磨蹭了一阵子。但这足够的时间却并未让沉醉从我老公脸上散去,他还是那么一副样子躺着,并且,把两只胳臂垫到了后脑勺。一般来说,那是一个更适宜想心事或床头细聊而不是睡觉的姿势。我蹑手蹑脚爬上床，关了灯，把自己裹进一个人的蚕丝被，这才用极正常的语调说一句："今儿买床在外面那么长时间，也累了，睡吧。"虽然我没看到他因为遭到我抢先的拒绝而心生恼怒，也没察觉到他有不顾一切攻击我的迹象，但沉醉分明还在他的脸上，这使我很怕自己招惹到他。

"是啊，今天在家具城挺累，挺烦的。"他说。他好像是漫不经心地接了一下我的话头，又似乎要把我入睡前的最后一句寒暄，演变成一场谈话的开头，我摸不大准他的架势，但我可以肯定的是，他的声音里，没有累，没有烦。就像他的脸在台灯下突然曝光的沉醉，他遮掩不住自己声音的表情。它们欲盖弥彰，散发出和话语本身极不和谐的亢奋，迷离，黏稠。

"烦什么？就是嫌床贵了？"我问。

"也不是。"我老公说。他坐起一点，靠到了沙皮狗的靠垫上。他用动作敷衍了问题。我闭上眼，我还是想睡觉。但他接着又说了："反正，表姐这个人，太那个了。"

"也不是"是什么？"太那个"是哪个？我老公吞吞吐吐的样子，让我心生纳闷，睡意退潮。我在黑暗中，在窗帷漏进来的光线中，沉默地盯着他。

"她都三十岁的人了，还要穿那么短那么紧的牛仔短裤，不合适嘛！穿也就穿了，还连双丝袜也不搭，光腿，光脚的。"我老公说。

我感觉气憋得紧，心怦怦地跳起来。我老公对蔡玲玲发表如此议论，这是从来没有过的。是我在前一秒钟决然想象不到的。我知道自己毫无道理，但我还是觉得我突然明白过来了。我误读了我老公的表情，那并不是沉醉，并不是那种特有的沉醉。或者，就算是，我老公的沉醉在今夜不是源于我，也不是指向我的。我毫无准备地一脚踩进了这样一个明白中，自作多情的羞愧使我蜷缩的身子微微地打起战来。他怎么会？怎么会！

"她明明知道自己身材好，明明知道自己漂亮，还要上上下下穿成那样！"而他的声音，甚至愤怒起来了。

"卖家具的那些男人，能是什么好货色！他们嗡地围住了表姐，像一群苍蝇，"他说，"你不知道，他们在她走来走去选床时，从后面盯着她看！"

"你总不会和他们打架吧？"我问。我当然知道他不会和他们打架，之所以插这么一句，是因为我不想让我老公察觉到我的沉默。我沉默的时间是不是有点长了？但事实上，他还是沉浸在自己暧昧的愤怒中，他没对我的话音产生应有的警觉。"没有。"他答，狠狠地咽了口唾沫。

我还是睡过去了。那是我七年零七个月失眠生涯的前夜，那是前世今生刚性的分水岭，越过它，我的人生便因为睡觉问题迈进了一个新纪元。但那个夜晚，我的身体系统还来不及对突然降临的某种精神导向做出反应。就是在进行了那样一场险象环生的谈话之后，睡眠还是翩然而至。这是最后的盛宴。

中间我醒来过两次。第一次，我看见我老公还是保持着之前的睡姿。他还是醒着。他双眼亮亮地盯着对面的墙——对面，墙的那面，是蔡玲玲睡的小卧室。看到他的眼睛，我立即闭上了自己的眼睛。

第二次，他那一侧的床空着。我在黑暗中愣怔了好一会儿，听到卫生间里响着哗哗的水声。

早晨，我说："你两只眼都有点红血丝。"我老公说："是吗？昨晚好像有蚊子，嗡嗡响，搞得人睡不踏实。"他慌慌地，没吃早餐没和蔡玲玲打照面就去上班了。我和蔡玲玲在小区院子里闲逛。有很多的年轻妈妈推着婴儿车,蔡玲玲看见她们就朝我甜蜜地笑。而我的目光,更多地被那些抱着孩子的大妈牵引着。"她们是奶奶,还是姥姥呢?"

"是奶奶,还是姥姥,重要吗?"蔡玲玲说。从小她就喜欢用反问这种句式,让对方知道自己的问题愚不可及,不驳自破。是的,是奶奶,还是姥姥,一点都不重要,重要的是她们都一样爱着怀抱中的小宝贝。这是标准答案。其实,许多问题我不是不知道标准答案。但我还是想搞清楚,她们是奶奶,还是姥姥。

我的肚子猛地起了一阵轻微的波动,好像是谁用手指轻叩着我的肚皮,又好像是一条小鱼从我身体的东边倏忽游到了西边。我的孩子,不早不晚,就在那个时候动起来了。第一次胎动。那突如其来的震颤几乎使我踉跄了一下。我慌乱地用双手捧住了肚子,虽然那里慢慢又归于平静了。我不知道我收到了怎样的一个讯号。这第一次的胎动,表明他要加入到我的问题中来吗?他是要替我大声地反驳蔡玲玲吗?是奶奶,还是姥姥,当然重要。因为他将永远没有姥姥可叫。

是的,我的孩子,还未出生就注定比别人少了一个疼爱他的人。他失去了姥姥。这当然算不得什么顶要紧的事,但毕竟,他将比同龄的孩子更迟地掌握"姥姥"这个称谓的所指。就像我自己,我从未在日常生活中使用过"爸爸"这个词。小时候上学时总要填这样那样的表格,"父亲"一栏我总是空着。老师说:"就算父母离婚,爸爸的姓名职务这些你还是要填的。"我说:"不是离婚,是我爸爸去世了。"老师摸一下我的头,以后便不再要求了。

那时候,我不知道,其实,这世界上,根本就没有一个我可以称之为爸爸的人。我怎么能知道，如果我妈那天不恰巧路过公交车站，那么，我将与"妈妈"这个最简单的词也要相失一生。

我问蔡玲玲："昨天你们在家具城，没遇到什么不顺心吧？"她说："没有啊，怎么了？"我说："没什么，就是时间有点长，我在家等急了，怕你们跟人吵架了什么的。"蔡玲玲一脸纳闷："吵架？为什么呀？你着急，就打电话问呗。我们一出去，可就忙得顾不上了。还好，挑到了我中意的床，挺开心的。要回来时，你老公提议去小吃街请我，说是要让我这个大老板体验一下民间生活，你别看，他还挺能说的！我说行啊，是该犒劳一下我了！吃饭的人可真叫多啊，说实话，我还真有点受不了那个吵，但你家那口子慢悠悠的，好像挺享受，我就不好催了。人家成天围着你伺候，跟着你吃有营养没口味的孕妇餐，也难得放松一下嘛。"我说："是啊，难得放松一下。"

蔡玲玲的手机又响了。蔡玲玲有三部手机，总是此起彼伏地响。人虽然离开了，但事还得她自己过问处理。好像是在催她回去，她说："不行，我答应了我妹，要待够十五天。"我站在不远处等着她。她还穿着昨天的牛仔短裤，是的，她确实光腿光脚，好像之前我从未注意过这个。但她穿什么都好看，她怎么穿都好看。我细细地打量着她的侧影。虽然我吝于表达，但在内心里，其实我一直都是承认的，我爱她。我以她的漂亮为荣。自打过了问我妈我和玲玲姐谁更漂亮的那个年龄，她的漂亮再也没扰到我。蔡玲玲说过我是骨子里骄傲的人。

她叫我杜芮，她从来不跟着我妈和姨妈她们叫我芮芮。但对人提起我，她说的是"我妹"，从没说过"我表妹"。

我在她接完电话后立即说了我的意见，蔡玲玲听后摆摆手说:"没关系的,我在你这儿,照样可以工作,不碍事的。再说了,那些事哪有弄利索的时候?陪你半月全当给我自己放假。"我坚决不听,我说:"你已经陪我九天了,你再陪下去,你当我心安啊?要休假你到自己家里休去,你儿子一个月才能见到你几回?他还不到三岁,成天见到的只是两个小阿姨!"说到儿子,蔡玲玲的眼睛湿了一下,但她一低头一抬头,又满脸开怀地笑:"杜芮,自从我结婚,咱俩就没好好聚过。这次我来时就说好要待十五天,君子一言,驷马难追。"我说:"婴儿床你已经买了,我的反应你也治好了,现在我又能吃又能睡,我要你陪干什么?你赶紧地忙你的去,我明天开始要去影楼上班呢。"蔡玲玲指着我鼻子怒道:"杜芮,没良心的!过河拆桥,用完人就赶人走!"她那么大声,引得左右的人纷纷侧目视之。我也笑骂:"行了,你都一把年纪了,还装嗲卖傻!"她脖子一扬:"怎么了?俺乐意!"

我看得出蔡玲玲的如释重负。她确实是想陪够我十五天的,但她实在太忙了。她甚至很愧疚地对我说:"那我听你的,先走,这次欠下的六天,下回看你月子时一并补上。"她说走就走,本来我是想让她第二天回的,可她立马就订了下午的机票。她永远是那种说风就是雨的人。

我老公晚上回家时,我一个人在厨房里闷闷地剥着荸荠。他四处转了一圈,发现了蔡玲玲的离去,于是问:"表姐走了?"我说:"走了。"我以为他会问怎么突然提前走了。他至少应该问一句她有什么事吧,走得这么急。可他接下来只是"哦"了一声,什么都没再说。他竟然对此没表示一点礼节性的好奇。等他做好了饭,一样样劝我多吃时,他的神情正常得好像饭桌上从来没有过曾被他叹为惊艳的蔡氏煲汤。那些活色生香的佐餐笑语，宛如根本就没有发生过一样。这太反常了。

虽然，关于我老公，和他昨夜的失眠问题，我在这一天里难以自控地产生了一些不应该的联想和猜测，但我最终把它们归结为妊娠期妇女的庸人自扰。可眼前我老公太过刻意的表现击碎了我的自我安慰。我的心乱跳起来。为什么他会这样？到底发生了什么？

感觉屋子里空空的。哪间屋子都是空空的。好像蔡玲玲离开时，把我的家掏空了，带走了。我经营了整整近四个年头的满满当当的家。

晚上，我对我老公说："你去小卧室睡吧，我今晚想翻翻杂志什么的，怕影响到你。"我老公立即对我的学习计划予以反对，他说："你要早睡，早睡对孩子发育好，什么杂志不能白天翻？"但他却没反对让他去小卧室睡。本来我以为这才是他要重点反对的内容。我老公虽是农村人，但也很讲究卫生。小卧室是客房，他轻易不肯去那张床。何况，蔡玲玲是下午才走的，什么都还没来得及清换。

一个人躺在大床上，久违了的静谧有一种不真实感。莫名的倦意使我并没有对白天发生的一切进行必要的反刍，而翻看杂志本来就是顺口而出的推托之语，所以，我和头天晚上一样很快就睡着了。除此之外，还有一处一样的地方也能体现出这两个夜晚的一致性，那就是，我睡着以后又醒来了两次。

但两处一致性，却敌不过一处异质性，它是无敌的——这天晚上，我醒来两次后，却再也没能入睡。那时候，时间才刚刚走到晚上十二点。那时候，我不知道，那个从零点开始的白昼，它不是疾风暴雨，不是决堤的洪水，而是连天的阴雨，是静水深流。是的，我怎么能想到，那个生猛的第一次，竟然会成为七年零七个月的常规模式?

现在再做这样的假设是无谓的,如果不醒来,如果不挣扎着从梦中醒来,那么,这之后所有的夜晚,它们的命运会不会被改写?

第一个梦里,我和我老公要一起去什么地方。人很多,前胸后背都是,逃难似地挤成一堆。我紧攥着我老公的手,生怕走失在人流中。后来,果然走失了。好像刚开始是火车站的情景,那会儿却变成了码头,一艘大船开来,我被人推挤着到了船上,但身边却不见了我老公。我慌乱到了极点,我四处乱喊乱叫。人们都同情地看着我。那些人的表情在我梦醒后还历历在目,他们对我无比同情。船缓缓驶离了岸,我绝望地哭起来。这时候,突然有人指给我看,"那不是你老公吗?"是的,是我老公!但他还在岸上,但他的手却抓着一个女子的手。我疯了,我不顾一切从人堆里往外冲,我一头扎进海水,使劲游向我老公的方向。这时候,我老公好像看见我了,但他只是漠然地冲我挥挥手,便挽着那个女子向远处走了。那个女子,有着平坦的腹部和隆翘的屁股,从前面看,后面看,她都是漂亮的。不!我声嘶力竭地大喊。咸咸的、凉凉的海水,刀一般扎进我的喉咙。

从那个梦醒来时,时间尚早,听得见小区院子里来来去去的脚步声。我看着那一半空着的床,好半天才想起我老公睡到另一间卧室去了。另一张床。蔡玲玲睡过九天的床。蔡玲玲昨夜睡过的床。我老公,在那张床上,比昨夜睡得安稳呢,还是更不安稳?相比余音袅袅的梦,我更多地把关注投向现实中一墙之隔的老公。我宁愿回味昨夜展开在我面前的我老公脸上的春光乍泄。我觉得唯有这样,我才能不为自己做如此之梦长时间地感到羞愧。那个梦,它太低级了,太具象了,它貌似具备了人物关系、完整故事、气氛烘托等等复杂的元素,但谁都看得出来,它的制造者,心里想着什么。太过简单的诉求,太过直白的焦虑。对于这种梦,几乎用不着"隐喻""暗示""潜意识"之类的词,它肤浅的表达,不需要借助这些煞有其事的说法加以阐释。

我起身在阳台上站了一会儿,又去了厨房,又去了卫生间,镜子里的人有着我并不熟悉的脸。最后我到底还是停留在小卧室的门口。我还没将耳朵凑上去,就听到了呼噜声。清清楚楚、明明白白的呼噜声。它以和往常一样的力度,一样的节奏,宣告着我老公的心底坦荡天地宽,无论睡在哪间屋,哪张床上,都是睡在酣畅淋漓里。

我重新躺下。我知道我老公绝无仅有的失眠已然成为历史了。我知道他将不再想起它。就算想起它,也恍惚得好像是他做过的一个梦,梦见自己在某一个夜里,两眼放着光,怎么也走不进睡眠。人为啥要睡不着觉呢,那肯定是一个梦。他会这样想。

我知道我也应该这样想。于是,我重新躺下,重新睡着了。

这是第二个梦的全部内容:我趴在一个公交车站的座椅上,很多的人围着我看,他们说,多可怜啊,被人扔掉了!他们说,是不是有什么残疾?于是有人蹲下来摸我的身子,摸我的手脚。他们说,没有啊,小骨头挺结实的,自个儿会扶着椅子站了,眼看就学会走了。他们说,作孽啊,长得这么机灵!我好奇地看着他们,一点都不害怕。他们说,怎么办?报警,还是抱派出所去?他们吵吵嚷嚷的,但公交车一进站,他们就一哄而散,抢着挤车去了。我身边的人换了一拨又一拨。公交车有10路、103路、22路、87路,反正很多,我才一岁,但不知道为什么我认识那些公交车的号码。终于，我妈出现了，她是从停在路边的一辆白色小轿车里出来的。她穿着红色的裙子，满头的黑发被风吹向后面，像广告画上的女子。看见她，我高兴起来，我哑巴着嘴等她来抱我。但她的高跟鞋哐哐地从我前面的路上踩过去了。她目不斜视，丝毫没表现出对一群人围着一个小孩吵嚷场面的兴趣。我知道我妈不爱看街上的热闹，但我在这儿呀，是我在这儿呀！我开始慌了，我大声地哭起来。我还不会叫"妈妈"，没有人知道那个走过去的漂亮女子是我妈，没有人知道我在冲她的背影哭喊。我就那么眼睁睁地看着她和别的人一样，把我丢在大风刮过的街上，走了。我的嗓子都快哭哑了，这时我突然感觉到不对，我突然清清楚楚地想起了以后发生的事，不对！我妈没有这么离去，我妈那天碰巧是挤进人群中看热闹的，我妈只看了我一眼就抱起了我。从此，我有了世界上最美丽的家，最疼人的妈，一直到，到我十七岁气死她——是的，是的！后面的事是这样的，千真万确。那眼前这是怎么了，我妈怎么会扫都不扫一眼我，就消失在人海中了？突然，又一个"突然"电光火闪般跳到了我一岁的脑壳里，我明白了，这不是真的，这是梦！我睡着了，我在做梦。我一下子停止哭喊，压在我小小胸口的剧痛慢慢消散。但即便知道是梦，我也忍受不了我妈对我视而不见的遗弃，我一点都不想待在那样的梦里。我使劲摇晃公交站上的座椅，我使劲抓住低下头摸我脑袋的一个奶奶的手，我使劲摇她，我一定要把自己摇醒，摇醒。只要我醒了，只要我一睁开眼，就是妈妈甜美的笑容："芮芮懒宝宝，你醒了？"

我被自己摇醒了。我汗水涔涔地醒过来。我的双手紧抠着枕套，指节痉挛着，好半天收不回来。我终于看清了我的四周，这里不是公交车站，没有看热闹的大人围着我，没有风打向我还站不稳的小身子。是的，我是醒了，可妈妈俯下来的笑脸永远也不会再出现了——这里，已是梦境的未来完成版，穿越到故事的源发地的主人公，以还来不及退场的一岁弃儿的姿势，遽然地跌进二十五岁怨妇的午夜梦回。她茫然地打量着夜的黑。

汗水在额头慢慢变凉。我抓起身边兀自空着的另一只枕头，再一次让自己明白过来，我老公，在今天夜里，睡到另一间卧室，另一张床上去了，蔡玲玲睡过的床，他昨夜隔墙凝望的床。

我起身喝了杯水。我又去听了来自小卧室的呼噜声。我几番克制才使自己没有叫醒我老公。我好久不做这样的梦了，与我老公结婚后，很多狰狞的梦渐渐远去了。尤其是有了身孕的这两个月，我倒头就睡，几乎不做梦。即使做，记得起的也是平和的、朦胧的、零碎的、片段的。但这个晚上，噩梦如此密集且完整地降临，使我觉得空气里都开始弥漫起一种不安定的气味。我全身酸痛，腿脚发胀。我想把我老公喊回来睡，我想让他给我按摩一下。以前他睡到半夜偶尔也曾被我叫醒，揉我抽筋的腿。所以，如果我这时候叫他，他不会感到奇怪，他不会想到除了需要按摩，更深层的原因是我不敢再一个人睡了，我怕我一睡过去，第三个梦就会接踵而至。

但我，犹豫再三之后还是没有去推小卧室的门。他明早还得上班呢，他得睡够，我对自己说。然后像一个真正的贤妻良母那样，我轻手轻脚地离开，并且在接下来的整整一夜，没有去打扰他的安睡。

是的，整整一夜，我再没有睡觉。从十二点到清晨七点，我没能睡过去一分半秒。开始时，是我不敢睡，怕做梦。再后来，却成了我使出浑身的解数，也睡不着了。我一动不动，躺得身子都木了，我屏息静气，连牙帮子都憋酸了，我终于还是连打个盹儿都做不到。

当我放弃最后的努力从床上坐起来时，窗帘已透进来微微的太阳光。打开手机，七点了。也就是说，我整整挣扎了七个钟头。这数字令我不寒而栗。现在想起来，那最初的反应实在是太自恋，太大惊小怪了。七个钟头有什么？七个钟头后面，是整整七年零七个月呢。

十七岁。七个钟头。七个星期。七年零七个月。"七"是我的不吉祥数字，我逢"七"必败，必霉。我与"七"不共戴天。从"七"出发，我懂得了命运是不可抗拒的。这是一个多么浅显的道理，人人都挂在嘴上，可我在遭遇了这么多来自"七"的戕害后，才真正信服了它。我的小叔子每次丢掉我好不容易为他找上的工作，再坐到我家客厅时，第一句话从来都是："嫂子，不是我不好，命里就该这么倒霉。"我老公有一次实在忍无可忍，他对着弟弟咆哮："好了，我知道不是你不好，你什么都好，就是命不好！命不好，你干吗不一头撞死在命上啊！"

我老公是不信命的，他念过好大学，工作稳定，睡眠充足，他有理由相信"奋斗""抗争""改变"等等诸如此类的正面词汇。我小叔子或许是真信命的，但我们向来习惯了照顾他的生活，而鄙弃他的思想，说起来，关于命运的话题，我还从未与他有过哪怕浅尝辄止的交流。虽然在我被"七"尾追拦截无路可逃时，我也曾多次想起他，想起他年纪轻轻却尽显穷途末路的叹息："命里就该这么倒霉。"

蔡玲玲买的那张婴儿床，至今还没拆去家具城的包装。那一年，在我整整睡不着七个星期之后，我的孩子从我身体里离去了，消失了。

事情来得毫无征兆。又一次例行的产前检查时，医生的说法突然和上次有了根本的不同。"孕酮太低了，根本没见长，怀孕十五周多，按正常，孕酮应该是现在这个数字的几百倍。"医生说。接下来，是一系列的化验和B超、彩超等检查。再接下来就是，我的孩子，没了。

我连哭的力气都没有了。孕酮是什么？是什么？是什么！可是，它是什么重要吗？重要的是它不增长，它纹丝不动，我的孩子就得夭亡。他都会动了。他曾经接二连三地在失眠的夜里让我摸到他，听到他。可最终，一个叫孕酮的物质，莫名其妙就终止了他。

我老公很痛苦。看得出来他很痛苦。但他还是悉心照料我，安慰我。"留得青山在，不怕没柴烧，你把身子养好了，咱们再生个健健康康的孩子也不迟。"他说。他从此再不发表错过二十五岁就错过了最佳生育期的宏论。我的身体里，除了那似乎不值一提的伤，已经没剩下什么了，但他还是习惯性地煲着从蔡玲玲那儿学来的营养粥。

怎么看，我老公都像是一个好老公。

夜里，我睁着眼躺在他的安眠中。他川流不息的呼噜声，一浪又一浪把我推到颠簸的船上。天亮得如此寸土寸金，我怎么也渡不到夜的那边。我没法不使自己想，如果，我从来不曾登上过那仓皇的梦之船，那么，那个叫孕酮的东西是否就会继续生长？如果，我老公从来不曾让他的呼噜声停止过一个夜晚，那么，我便不会逢着那七个钟头，七个星期？

蔡玲玲很生气。"我走时你不好好的吗？怎么突然成这样了？"我无言以对。我觉得对不起她。除了她从一开始就旗帜鲜明地支持我要孩子，并为此放下大事小事毅然飞来陪我，除了整整九天从早到晚精心烹饪的汤汤水水，除了她伸手轻轻抚过我肚子的样子让我想起我妈，我隐隐地觉得我还有哪个地方对不起她。我怎么理得清楚莫名其妙的孕酮和一些莫名其妙的失眠与梦之间的关系？

好在蔡玲玲的性格，并不会将追究责任进行到底。只隔了一天，她便又打电话安慰我，用了一个奇怪的排毒理论。她说："那流掉的胎儿，其实还不是胎儿，根本用不着为此难过，恰恰相反，要高兴才是，因为你身上全部的有毒物质都凝注在它里面，它不断地长，不断地吸，等到把你体内的毒素吸得差不多了，它就不长了，就该与你的子宫剥离了。"她说，"杜芮，你知道吗，我们公司好多女孩为了排毒专门把第一胎做掉，然后再怀，再生，那才是真正干干净净、健健康康的宝宝呢。不过，她们那种排毒是人为设置，效果肯定赶不上你，你这是纯自然疗法。"

我之前从未听蔡玲玲对这样骇人听闻的理论有一言半句的提及。她是一个有钱有闲的美女，虽日理万机，但到底有闲，她精通排毒学，食物排毒、美容排毒、瑜伽排毒，等等。所以，她的脸永远细腻光洁，没有痘、斑等常见的毒素形式，她的身材苗条紧致，不长赘肉。赘肉也是毒素，她说。但我从没从她的嘴里听到过流产排毒。我想，蔡玲玲要不是缺心眼，就是太为我煞费苦心了。那种隐隐的拂之不去的负疚感又浮上心头，我更愿意让自己认为，她是缺心眼。但她越说越煞有介事，甚至于让语调欢呼雀跃起来。我终于将信将疑了。是啊，那个胎儿，就算生下来，会是干干净净、健健康康的吗？难道七个钟头的失眠不是毒素，整整七个星期的失眠不是毒素？他吸收了那么多我无法消释的疑，承受了那么长我不能排解的黑，这样地被毒素深深浸淫，他怎么会回报我一个彻底的原谅和救赎？

　　按照蔡玲玲的理论，接下来才是我怀孕生子的大好时辰。所以，她说："杜芮，你该怀孕了。"这话，一说就断断续续说了七年，一直说到了今天。七年里，姨妈和宁叔叔也越来越正式地几次跟我提说此事。"杜芮，婚姻不是儿戏，是一定要担负生儿育女的责任的。"宁叔叔说，"先完成做母亲的任务，才能担负起后面更大的职责。你应该知道，你的肩上有多少担子。"宁叔叔对我说话就是这样，"任务""职责""担子"这些词汇高频率地出现，使得我俩的谈话像是组织上在召见一位即将要提拔的党员干部。我常常在这样的谈话中走神。这些年，我看着宁叔叔慢慢变老了。他本来挺直的肩背，已在微微地往下塌。从前年起，他终止了染发，满头的灰白使他更像一个学者而不是商人。宁叔叔是一个有风度的男人。我对西餐店的童年印象一直没有模糊过，他伸手轻轻为我妈捧住滑落的披肩。他看她的眼神柔似烛台上洒下来的金黄色光晕。后来，当他抱着她冷却的身体时，那最后的目光也是柔和的。宁叔叔，他是什么人？我妈去世十五年零四个月了。我失眠七年零七个月了。我不可能不想到时光背后的许多东西。我甚至越来越倾向于认为，关于我的身世，我妈也许是开了一个天大的玩笑。难道我不是她和宁叔叔的私生女？这简直是一定的。但那条最后的短信怎么解释？那个受伤的子宫，再也无法孕育生命的子宫，在我妈声泪俱下的叙述中，曾那么具象地出现在十七岁的我面前。我似乎看见它在我妈体内的某一处黑暗中，无声地哭泣着。它确乎不像一个谎言。那么，宁叔叔，到底是谁？

　　我当然不敢向任何人求证我的疑惑，它关系到我妈的声誉，也关系到外界对我的评价，一个弃儿，有了一个那么好的母亲，一个给我一辈子吃穿的母亲,还嫌不够?还要寻一个父亲不成?也许,没有人会这样想,生而为人,必得有父有母吧,他们早就对此习以为常。但我看见宁叔叔,想起宁叔叔,我便一次次地感觉到自己得陇望蜀蹬鼻子上脸的无耻。

姨妈举重若轻,她在劝我生孩子时,顺便击碎了我寻父问根的非分之念。她说:"芮芮,说实话,你妈当初收养你时,我是不同意的,我接受不了。连自己的亲外甥女都不要,偏偏马路上拣一个就成了?我认为她是怕我们算计她的钱,她的产业。可后来,你慢慢长大,看你娘儿俩那样子,我们也就理解了。毕竟,你才是她自己的孩子。如果把玲玲过继给她,大家牵牵绊绊的,不好。我现在给你说这些,是让你明白,没有孩子对女人来说,根本是行不通的,像你妈那样,自己没法生了,还要千辛万苦抱养一个,你好好的,干吗不生?听玲玲说,你失眠严重,你怎么会失眠,还不就是吃饱了闲得慌,才睡不着的!你养一个孩子给我看看,我看你还闹不闹失眠!"

姨妈说的是"闹失眠"。一个"闹"字,立马把我从受害者的位置推到了反面。这说法与我老公不谋而合。近年来,他越来越认为在失眠问题上,我是有自主权的,如此的客观实际完全是由主观意愿导致的。有时在半夜里他突然醒过来,看见身旁睁着眼睛等天亮的我,他脸上的神情是淡然的,不耐烦的。以前不是这样。以前他至少寒暄两句,关心地埋怨一下。再以前,他一定要拥我入怀,轻轻拍我的背哄我入睡,直到拍出自己的呼噜。但从三年前我婆婆去世后,尤其是一年前我那小叔子也喜得贵子之后,他对我的长夜枯坐基本视而不见了。甚至,他还会气吼吼地撂下一句:"折腾!看你折腾出什么名堂来!"才又酣然重复前一刻的山呼海啸。我老公继续一度中断的睡眠,就像低头拣起掉到地上的一片纸，就像顺手拧开刚关上的水龙头一样方便。折腾？是我在折腾吗？那样的夜里，我要紧紧地用左手抓住自己的右手，我要使出全身的力气，才能忍住自己的冲动。是的，我渴望一跃而起，掐住我老公的脖子，让他奔腾不息的呼噜声停止，哪怕是一分钟。

"所以，你的问题，你们的问题，都是因为没有孩子。"蔡玲玲说。"实际上，你根本就不该责备你老公。你想想看，他都三十六了，还没有一儿半女，农村人多重视这个，你又不是不知道！换成别人，难道会更包容？"

就是这样，所有人的说法殊途同归，最终都归结到了要孩子这一点上。那么，我真的应该认为七年前的孕酮事件确实是一次小小的排毒活动？可我即便让自己这么想，我也没心力行动起来，达成大家的愿望。我是一个没有黑夜的人。上天既然同时为世界安排了白天和黑夜，人类就该遵守日出而作日落而息的规则。每一个人，只有通过黑夜的迷幻之径，才能抵达白天的现实之境。一个被黑夜抛弃的人，事实上意味着，他同时被白天放逐了。可我没法使我老公懂得这个，他看到的我每天晃悠在和他同时态的日常中，他看不到我其实一直在生活之外。我甚至难以向蔡玲玲讲清楚，一个只有白天的人，怎么能够贴近白天？怎么能融入现实？怎么能够沉进生活？

影楼搞十五年庆典，大酬宾活动使整条街都弥漫着浪漫的喜庆。无论如何，要结婚的人总是越来越多。摄影师说："人们要一直这么结下去，那我只好英年早逝了。"造型师晃着满头的彩发不屑道："你？英年早逝？别臭美了！你以为我们送你个大师的绰号，你还真成大师了？英年早逝这种德高望重的词是能给你用的吗？你死了，顶多也就一过劳死！"我哈哈笑着，用两杯亲手榨的鲜果汁堵住了他们的斗嘴。亏得有这支战斗力精良的团队，有这些身手不凡的哥们儿一路相伴，我多年来梦游一样的状态才丝毫没妨碍我的影楼成为这个城市的品牌之一，我才没使宁叔叔对我丧失仅存的信心。但摄影师说："我辈虽能耐，还得靠头儿。头儿，你其实严重低估了你自己，你的战略眼光，你的果断手段，你的创新思想，才是我们发展壮大的根基啊。"我摇头道："怎么听着这么像悼词啊，莫非是我英年早逝了？"这回，轮到他们哈哈大笑了。说笑声中，我渐渐忘记了今早被我砸在床头柜上的那部手机。那部刚刚完成叫醒我老公的工作任务便含恨而死的手机。我突然发现自己其实也是有点幽默天赋的，工作中的他们常常被我逗笑。可为什么，这样的情景常常是在店里？只有在店里，我才自信自嘲，信口胡侃，我才楼上楼下满屋子瞎溜。我在这里，从来不怕失去。我没有过"失去"感。如果影楼倒闭了，反正宁叔叔会再给我一个随便什么店。这么没出息的想法，我并不为此脸红。我早就承认，我是一个没事业目标没成功野心的人，虽然宁叔叔用责任、使命这类的宏大词语教育我多年，但收效甚微。从我妈死的那年，从放弃上大学开始，我就明确了自己是这样一个人。我难以想象在那之前的我，也是我。那时的我绷紧了全身的神经，好好学习，好好练琴，好好跳舞，什么都要学好，什么都得拿优。记得小学当值日生，就因为卫生评比比隔壁班少一面小红旗，我回家大哭一场。我妈说："就得这样，这才是我女儿。有些人，挣了几个钱就放弃对孩子的严格要求，就把孩子培养成坐吃山空的纨绔子弟。若后继无望，万贯家财不过是显赫一时，过眼浮华，有什么价值？"

若我妈在天有灵，她看到我最终不过也是一个坐吃山空的纨绔子弟,她会不会心痛至极?那么多的励志教育,那么深的反面教训,她曾一遍遍地讲给年少的我,如今,都被我一样样地抛在脑后。我终于做了自己的主,安心地成为我妈所极度不屑的那种富二代。七年零七个月的失眠中,我对影楼的身心投入整体呈现为有一搭没一搭热一阵冷一阵的零散状态。事实上,背负着我妈的重托,立志要帮助我走向成功的人,慢慢也已接受了我的步调和我妈的遗愿之间的距离。宁叔叔、姨妈、蔡玲玲,他们越来越避而不谈我妈对我的事业规划,而是退而求其次,把目标聚焦到另一项他们认为完全切实可行的内容上。换句话说,除了不生孩子,他们已经什么都可以接受。

他们不愿知道,貌似容易完成的,其实是最蕴藏着不安定因子,最容易失去的。我失去过,而且从未了断。我根本不用回想那曾经的亲历,虽然形态各异,深浅不一,但"失去"每时每刻都在。当一个又一个黑夜抛下我全身而退时,我浸淫于其中的就是它。当今天早上,我老公在碎裂的手机前,最终选择以隐忍表示不屑时,他扬长而去的背影传导给我的正是它。是的,"失去",我从来没有陌生过它,它是我被迫温习的旧功课。但每一次我都是忐忑的,风吹过来就袭倒了身子,每一次,我都穷于抵挡。

我在办公室睡了一觉。七年零七个月来,赖以维持生存的睡眠,大致上都是在办公室进行的。我每回从办公室的白日梦醒来,眼睛和思绪总是合不到一个节拍上。我总是茫然地打量着置身的空间,不明白自己和它的关系。事情在哪个节点上,肯定是被安排错了的。眼前,似乎皆为轻飘之物,它们走进我的视力所见,却极少被装到我的心中所思。但为什么,唯有此处才滋生我千金难买的安睡?或许,我的影楼,我的办公室,对我而言，并非如我想象的那般说换牌就换牌，说放下就放下？我之所以某种程度地看轻它们，其实是因为它们不会让我"失去"？我再次想起这个问题。事实上，我越来越多地想起这个问题，但最终却被我认为更重要的思虑挤跑了。那么，这么多年下来，哪个是重，哪个是轻，我掂量得清吗？或者说，哪个重，哪个轻，重要吗？重要的是，哪里才是安放我的梦境的地方？

重要的是，我终于又在办公室睡了一觉。要不是有人敲门，我会一直睡下去吗？这样的大胆设想使我对敲门者充满了无比的仇恨。我没好气地喊："谁？"进来的是摄影师。他们一般不会来敲我的门，他们知道我有时能在这里睡着。但今天，他却打断了我。看见我的样子，他后悔不迭地拍自己的脑瓜："啊呀，头儿，忘了你在睡觉！"但他这一喊，使我恢复了清醒。我这才记起，敲门声响起之前，我实际上是醒着的。是的，我早就醒了。我梦见我老公的来电，那与众不同的铃声一下惊醒了我，我跳起来抓起手机。明白铃声出自梦里，是足足一分钟以后的事。后来，我就只是躺在那里。

摄影师说："头儿，我来是要跟你说，明天你带你老公来，我给你俩也拍一套。"我吃惊不小，怎么突然冒出这么一句？"这么多顾客都忙不过来，刚刚不是还喊要累死了，怎么莫名其妙要拍我？为什么？"摄影师回答："不是莫名其妙，明天是你结婚十周年纪念日。"

"十周年纪念日？明天？"我诧异地看过去，摄影师又拍起自己的后脑勺："头儿，我表达不够准确，是不是你结婚十周年纪念日，这我心里没谱，我的意思是，明天是你拍婚纱照十周年纪念日，这个没错，绝对是明天。"

他说没错，那应该是没错。他就是那个拍的人。还记得我最初想去别的影楼,我觉得自己的店里,在熟人面前摆那些程式化的动作,难免放不开。但我老公反对,他说有优惠干吗不享用。他念叨的是钱,他一点都不在乎我们影楼之前曾见证过他那伤痛的拍婚纱历史。一切迹象表明,那谜一样逃走的准新娘于他确实并未留下深刻的阴影,而这正是我想要的。于是,我以欣悦的服从回报了他。我牵着他的手走进了眼前这个人的镜头里。

这是十年前的事了。十年里,我们墙上挂的大照片,搬到大房子后没再挂上去,那沉甸甸的相册,更是堆在书房的角落里,落上了细细的灰尘。最后翻那些相册,是七年零七个月前,蔡玲玲来看我的那几天。"你还别说,你俩这一打扮,很是金童玉女的样子,蛮般配的。"蔡玲玲评价说。可现在要是再看那打扮,我的造型师肯定会夸张地捂住自己的眼睛。我们影楼之所以能发扬光大,就是因为走经典路线之外,我们在技术和配置方面舍得投入,能不断地创新求变。我拍照时穿过的那些行头,用过的背景、道具,早被淘汰好几轮了。十年里,这里进进出出过多少对新人?摄影师的镜头拍下了多少数不清的浪漫旖旎?为什么,他竟然会记得十年前的某一个日子?

我说:"我不记得了。"不知为什么,我突然一阵心酸。摄影师低低地回答:"我记得。"我问:"为什么?"他的眼神恍惚了一下。"为什么?"他重复了一遍我的话,然后,对着我笑了,"因为我是优秀员工呀,重大的拍摄任务我都有工作记录,还有,就是想巴结头儿呗,送你一个感动,还我一次提薪!"

他的声音是我熟悉的吊儿郎当,他的笑容却是我读不懂的另一种表情。他的眼睛里有晶亮的泪倏忽闪过。那泪使我猝不及防。我怔怔地看着他,脑子里突然轰地一下,想起十年前,给我和我老公拍完婚纱照的第二天,他请假走人的事。整整一个月,他没有预告的请假给影楼的工作带来了很大的麻烦,我们不得不让另外一个摄影师又拍室内又跑外景。再来上班时,他扎在后脑勺的马尾巴不见了,人愈发清瘦。记得我当时批评完他的自由散漫,第二次再见时为缓和气氛还顺便调侃了一下他新理的小平头说,文艺青年变回一般青年了。他说话时,总习惯下意识地伸手捋自己的马尾巴,后来,这个动作就变成了拍后脑勺,十年来一直沿用下来。与此相伴的,还有他的单身身份。影楼是年轻人的地盘儿,从迎宾到前台到幕后整个制作团队,每个人分分合合的恋爱消息,其刷新速度比我们的广告屏还要令人眼花缭乱。但我似乎从没听到过关于一号摄影师的绯闻。常常在我和造型师他们嬉笑的时候,他总是站在最后面,目光深深地看着我。我一直以为一个摄影师有那样的目光是正确的。我从来没有多想过。

难道,或许有过什么关于我的故事,曾在别人的生活里发生?如果是,那又有什么奇怪?谁管得了万千相遇中那无意的交汇?如果是,又何必以为真的逢着了什么?毕竟,那只是有关我的故事,而不是我的故事。

四目相对,我感受着自己的坦然与释然。我相信我们在最短的时间里,懂得了彼此。我甚至换上了一贯的戏谑口气:"大师,莫非这里面有什么爱情故事?"而摄影师立即以默契的笑语接上了我的话头:"没有,头儿,没有爱情故事,只有祝福的故事。我的计划是这样的,明天拍十周年纪念,最好一年后给你们拍亲子套餐。这是我小小的心愿,也是巴结头儿的具体行动,请给予大力支持!"

亲子套餐。就连他,都说到了这个。我黯然道:"那好吧,你等着明年拍亲子套餐吧。十周年就算了,十周年有什么好纪念的?你看你拍了这么多年,除了新人,就是金婚银婚钻石婚,哪有来拍十周年的?三十几岁,灰不溜秋,上不上,下不下,拍出来不是二婚也像二婚!"

"不是这样的,我认为十周年肯定有决然不同的美,爱情最初的浮艳已褪,婚姻青春的质感还在。十周年,真的是不早不晚,恰恰好。"摄影师说。他的声音平静而温柔:"譬如你,你的脸逐步呈现出一种深刻的美。没有经历过岁月的人,不可能有这种面容之美。还有,我想给你拍十周年,是为了提醒你,有一些温习是必要的。温故而知新,两个人的家,需要携着共同的回忆,奔向共同的目标。总之,一切都需要珍惜。"

天,我怎么会习惯摄影师如此煞有介事的语气和文绉绉的用词?他吃错药了,为什么会突然对我说这种语重心长的话?我想笑,却有一种被人窥破了什么的不自在感。我淡淡地说:"你装什么装,一个小光棍还大谈婚姻经!"他拍了一下后脑勺:"对,对!我不班门弄斧了。我最后再请求一遍,明天,咱们拍,好吗?"

对面的大镜子映出了我们俩。他期待地看着我。他是一个既高且帅的大男孩。但到底,也不是十年前的那个人了。十年前,他飘逸的长发掩不住脸颊优美的弧影。事实上,我不是没有在工作之外注意过他。他不止一次让我想起过十七岁的那个夏天莫名其妙吻了我的家伙。是的,他和他确实长得像极了,除了眼睛。那个人的眼睛是飘忽的,而他是沉静的。今天,当我从镜子里细细打量站在身边的人,我终于辨别出两双眼睛深处的东西。我的心里,充溢起一种和他的声音一样平静而温柔的东西。

我转身走向我的摄影师，吻了他。

就像我曾接受过一个莫名其妙的吻一样，突然间，我赠予了一个莫名其妙的吻。大概这世界上，总有一些吻是莫名其妙的吧。

当然，我的吻是落在他脸颊上的。和我一样，那里，正在逐步告别轻浅的年少之美，慢慢印上了光阴的履痕。一个脸颊之吻，只是一缕从旧日子吹过来的风，风里的小秘密。我和他都平静着，不为所动。他说："怎么样，同意了，头儿？"我答："拍就拍吧，十年锡婚，好歹也算升到金属级了，就庆祝一下吧，拍完请你们全体吃饭。"

下班的路上，我给我老公买了最新款的苹果。我买手机不只是因为早上我砸坏了他的手机，也不只是因为明天是我俩拍婚纱照十周年纪念日，而是在我的心里，突然生出了一种企盼。甚至，那不是企盼，而是一种结结实实的相信。我突然让自己无比地相信，明天，会是新的一天，这个新手机的闹钟叫醒的不光是我老公。而今夜，我老公的呼噜声将再次成为指引我走进甜蜜梦乡的号角。是的，就算他的心在某一天，某一夜，曾经走远过，离开过，就算他那唯一的旷世的失眠长成了七年零七个月的参天大树，那么，它也一定要在今夜摇落全身的黑叶子。今夜，必须成为一段迷失岁月的终结，成为重新出发的命运之此岸。

我一路疾驰，我奔跑着穿过小区花园。我把新手机贴在靠近心脏的地方。单单是想到明天早上我会在它美妙的闹铃声中醒来，泪水就湿了眼眶。

我老公在厨房里。他已做好了两个菜，一个汤。早上，我用砸他手机代为回答了他对我失眠问题的关心，但晚上回到家，他还是一头钻进厨房，做了我爱吃的菜。我掏出手机，我没说对不起，但我老公还是抢先堵住了我的嘴，用一块剔净了刺的醋鱼。我们在灶台边抱到了一起。他身上的围裙，是我穿的那件。细细碎碎的花，鲜艳地开在他微微腆起的肚子上，有一种错误的美丽。一滴油污不偏不倚落到了一朵最娇嫩的颜色上，我蘸了点洗洁剂刷，油污除去了，花却也随之晦暗了。我老公说，别洗了，厨房本来就是油烟之地，你要这么精致，还做得成饭吗？我觉得我老公说得非常有道理，微言大义，意味深长。我早就应该知道，不只是关于围裙，许多事情上，他都是有道理的。

接下来的一切，完全吻合我的期许。我老公和我，我们心领神会，水乳交融。夜以一种从未有过的潮湿淹没了我，以一种恍如隔世的安好俘获了我。终于，我静静地躺在我老公的臂弯里。终于，我明明白白地听到长达七年零七个月的排毒时代宣告结束了。睡意一波一波向我涌来，那久违的天籁之音，我分明已听到它整装待发、跃跃欲试的脚步。但我不愿意就此睡去，我坚持着，想让我的睡眠等到我老公的第一声号角后，才决堤而出，奔腾千里。这就像一个仪式，我需要它。对于一个新的时代的迎接，整齐有力的开场是必要的。

"芮芮。"这时，我听到我老公唤我。近似呢喃的声音像是在我的眼帘上又垂下了一道氤氲，我的睡意更浓了。我再往他的臂弯深处藏进去一点，"老公，我们睡。"我的声音也是呢喃的。但他又换了一个姿势，他右手搂着我，左手垫到了后脑勺下。那似乎并不是一个适宜睡觉的姿势。我像一件软软的旧睡衣贴在他身上，我困极了。我的睡意被他的动作摇晃着，像风浪中的颠簸小舟。我甚至已走进了一个梦，像是一片春日的绿草地，又好像是金灿灿的银杏叶满满地铺在还未泛黄的秋草上，我抱着一束明艳的野花躺在那里，阳光的香气很浓，这时我看见我老公站在另一棵树的阴影里，他说："芮芮，我给你摘花呢，你怎么睡着了？"我答："没有啊，我这就过来。"我向他奔去，但一个趔趄，我扑倒在一大丛纷乱的色彩里。

一个趔趄，我猛地从刹那的梦境中醒过来。我竖起耳朵，没有，我老公的呼噜声还没响起。我确信自己没错过来自我老公的号令。我再次贴紧他，他垫在后脑勺上的那只手也抽出来，绕到了我的背上。他尽力温柔着，爱抚着，使自己的臂弯像一只哼着眠曲的摇篮。但他又摇晃了一下。

"杜芮。"我老公又轻轻唤我。"我们说会话再睡，好吗？"他说。"芮，你听我的，我们确实该有孩子了，我们不能不要孩子啊，不然，你的公司，你的影楼，你的饭店，总之，我们的万贯家财，让什么人继承？你说对不对？其实，这事，我早就想和你说了。"这是我老公的声音。温柔的波澜不惊的声音，像羽毛扫过我的眼睑，那痒痒的触抚突然有了千斤的重量。半梦半醒中，我听到了我老公的话，但我一时反应不过来他的意思。我慢慢睁开眼睛，我抬起下巴看他。看到他的眼睛，我立即闭上了自己的眼睛。我不愿相信，这一刻，我再次看到了那个横空出世的夜里，他曾有过的表情——他的双眼亮亮地盯着对面的墙壁。他说："芮，我觉得这回你肯定怀上了。要是真的怀上了，我们就请我弟妹来帮忙照顾。上次我回老家，说起这事，他俩都挺热心的。我那没用的弟弟，当上爹以后变化蛮大的。等你不方便了，弟妹来帮咱们一阵，没问题的。反正，以后，就不请你表姐了，好吗？"

"你在说什么？"我嘟囔着，把脸转向窗帷。我惊恐地发现，黑夜似乎又一次要从那里退潮。它确乎又要退去了。"我是说，以后你怀孕啊坐月子啊这些事，咱就不请蔡玲玲了，不请了。"我老公的声音甚至有点急切起来，好像这是需要我即刻与他达成共识的一个问题，好像这问题已然摆到了议事日程上。好像除此之外，他再没提起过任何别的话题。

我慢慢坐起身。"你在说什么？"终于，我听到了自己的声音。我的语气，就连音量，都和昨夜一模一样，严丝合缝。我又回到了昨夜——平安无事的七年零七个月的某一夜，那些所有的夜。今晚，它发生了什么，没发生什么，我一点都不明白。

老公，你在说什么？

一直很安静

一

文学院中文系讲师高寒特别烦学院办公室主任徐导。这不是一天两天的事了。

他烦徐导是因为徐导先烦他。其实也就是开张证明盖个章的事，顺手一拨拉就完，但徐导硬是拉着个脸，动作要么像慢镜头回放，要么像一阵躁风卷过办公桌。但无论是快还是慢，态度的怠慢和敷衍是拧得出水的。高寒起初还和他寒暄两句，待发现他渐渐没了好声气便也就闭了嘴，只横在他面前等，心里直冷笑：你算个什么鸟，你以为到大学里当个什么院系的办公室主任，就可以给老师们摆脸子充大爷了？你再不情愿，也还是干活跑腿的角儿，让你干吗你就得干吗！

虽然心里恨恨的，但终究没撕破过面子。办公室主任这个角色，他要是想成就你恐怕也帮不上什么忙，但要想败坏你却处处可以下手。宏观的形而上的且不说，单是每一年每一学期的所有教学材料都在他手里攥着，给你找个工作失误添点堵，那简直比盖个章还顺溜呢。所以高寒想，犯不上和这种人计较，和这种人计较就是和自己的智商过不去。不就是三五个月找他开个证明盖个章嘛，几分钟的憋屈可以忽略不计，至于工作上的事，他和大家一起随大流即可，没必要和一个破办公室主任单独面对。

说是这么说，几分钟的憋屈很难忽略不计，尤其是这几分钟被徐导抻长了，抻到了几分钟之外的时空中。上学期末高寒站在院办门口的玻璃橱窗前看学院信息时，无意间听到徐导在里面和几个人高声谈笑，其中几句话清清楚楚地砸到了他耳朵里："我最烦给高寒那小子盖章证明他是高耀祖了！他既是高耀祖，又何必改作高寒？他以为改个文绉绉的名儿就能让几辈子的一个乡下人脱胎换骨，不带土气？也太天真了吧，哄哄小女生罢了！不过啊，哄得了一时哄不来一世，你们看，一个一个的女孩还不是前赴后继地对他做了踢腿运动？活该！连祖宗起的名字都不要，我最烦这种不地道的人，高寒，高寒，这小子想揪着自己的头发上天，体验高处不胜寒的感觉呢，哈哈！"

徐导的话句句刺耳扎心，那笑声里更是充满了奚落和嘲笑，高寒在第一时间产生了情绪失控的严重症状。但鉴于前面已经陈述过的理由，他没有冲进去和徐导理论，而是硬忍着从学院门口快步走掉了。一直到三楼，他才停下脚步掏出烟点上。深吸一口烟，他将那些人的刀子般的笑声从脑海里推远了一点，一种来自深处的坏情绪使他灰心得要命，一时他都没有心力恨徐导了，他只是恨自己。唉，要不是为了那点只够买一两包烟抽的小稿费，何必去开什么证明看人眼色遭人耻笑！说来说去，都只怪自己改名这件事。

说起改名这件事，高寒觉得特委屈。别说改个名字了，他有好几个干行政、奔仕途的同学，都早早把该改的都改了。明明都快是三十五六的人了，人家的身份证上偏偏就是80后，这一弄成80后，立马让人觉得山高水长，无限风光在后头。高寒不知道他们是怎么操作的，自己却是想换个名都硬是没赶上时候踩上点。当年他一考上大学就嫌高耀祖这名不好，经过好一番斟酌，新生见面会上他自我介绍叫高寒，自此以后从宿舍到班里,高寒这名字也就算叫开了,几乎没经过什么过渡期的不适感,高寒很快就有了高寒的感觉。倒是逢年过节,几个高校的老乡们搞联欢,那些小学、中学一起上来的人一看见他就扯着乡音喊"高耀祖"时,他会有一刹那的恍惚,不知道他们喊的是谁,高耀祖是自己吗?那高寒是谁?

高寒把自己现在叫高寒的事郑重告诉了老乡们,大学生们都是思想开通的人,大家觉得没什么不妥,改了就改了,不就是个名字嘛。有几个也对自己的名字很不满意却未实施改名的老乡很是敬佩他,羡慕他。但说完议完后,他们却照旧高声大嗓子地喊:喝酒!高耀祖!高寒不禁苦笑,他知道自己在这帮人中间,在这帮人后面的那个遥远的乡村里更多的人中间,永远都是高耀祖了。但这又与高寒何干?这些人,那个村,这些人和那个村的高耀祖,充其量只是过去,只是一种记忆和底色罢了。而今后无穷的新生活,都是高寒的。这样一想,他通体释然,他也捋起袖子扯出乡音划拳,喝得昏天黑地,趴到了桌子底下。

高寒以为"高耀祖"只属于乡音乡情,事实上它还属于他一路如影随形的人事档案,属于身份证之类坚硬的物质。他起初没重视,反正在公众视野里他已经完全活成了高寒。等到发现出麻烦了再去跑时,死活都办不成了。派出所管户籍的干警鼻子里哼哼说,现在是互联网时代,所有人的信息都在网上统一管理,想改名哪有那么容易!再去磨,得到的回答就三个字:不可能。

既不可能,就只好作罢。再说了,所谓麻烦也不过就是个小麻烦,很多人知道教文学的大学老师高寒同时也是个诗人,他从上大学开始就在报刊上三三两两地发表诗歌了。参加工作后，因教学科研的压力，他的诗歌创作数量日渐稀少，质量也未曾有大的飞跃，但总体上说来，他决不同于那些青春期写作的人，青春期一完，写作也立马枯竭。他是能写下去的。而且是能写好的。他一直这么坚信。高寒有一个理论，就是男人要年过四十后，文学发展上才能渐入佳境，他离这年龄还有五六个年头呢，不急。眼下的情势中他能保持一年发一到五首短诗，已是不易了，他对此很淡定，所以麻烦不在这儿。麻烦是文学的事却牵连出一个很不文学的琐碎，那就是取稿费的问题。汇款单上写的是高寒收，身份证是高耀祖，邮局取款工作人员只消瞄一眼，就把汇款单和身份证一并扔出来，搭理都不带搭理一下他。这就要到学院开证明，证明高寒乃高耀祖之笔名，是文学院中文系教师，希望邮局予以方便云云，然后在公函上盖上公章，再去取款，才能领出那三五十块的稿费。一番折腾下来，高寒气得猛抽烟，每次反倒多搭进去一二十块烟钱，为什么自己的心血所得，拿出来却要看别人如此脸色？他曾自作聪明把证明复印了好几十份，想一劳永逸。谁知第一次使复印件，就遭到了邮局那个胖姑娘义正辞严的拒绝。投稿时也反复叮嘱编辑部，如稿子采用稿费请写高耀祖收，但这条特别说明常常被编辑部忽略。没办法，只好动不动去院办开证明盖公章，徐导的脸色越来越不好看，搞得高寒拿自己那点稿费越来越像是吃嗟来之食。

  本来挺简单一件事儿，高寒以为徐导烦他是因为懒，烦做这些鸡零狗碎，但偷听到徐导的话后才知道人家是烦他改了名，烦他把高耀祖变成了高寒。这样一来，事情的本质就不同了，以前是对事不对人，现在是对人不对事了。既然事情的前因起了变化，那么后果也就很难一眼望到底了。

明白了这个，高寒不再恼自己改名改得不利索，也不怪费尽周折领的稿费只够抽两三包烟，怨诗歌生存太艰难。他只思谋着徐导这个人。他在心里说：徐大主任，原来你是冲着我高寒来的，那么，好吧！

二

学院党总支部钱书记听了田园副教授的一堂课后，心里很是结了疙瘩。

本来他是挺看好田老师的。之所以用看好一词，是因为他是领导，她是一个年轻女下属。但实际上，看好就是看着好，心里喜欢。钱书记是一个心直口快光明磊落的人，他曾在公开场合不止一次地说过，他喜欢收拾得漂漂亮亮业务能力又强的女同志。他还说，话说回来，谁又不喜欢这样的女同志呢？但有些男同志就是不敢说，本来很正常很正当的事儿，藏着掖着倒像心里有鬼似的。还有些同志，一说到这种话题，就老往俗里想，往歪处想，弄得神神秘秘的，这就是低级趣味了嘛！为了证明自己的坦荡、自己的纯粹和脱离了低级趣味，钱书记不仅从不刻意回避和女教工的接触，还不时发表对女教工服饰美容等方面的看法，其中不乏真知灼见。有些话往往从学院传播到学校，从教工传播到学生，在数量可观的人群中被誉为经典，广泛引用。

举例说，学校每年要举办一届教职工运动会，老师们都很盼望这场盛事，个中原因不是大家喜欢开展体育运动，增强人民体质，而是开运动会时，每个学院都要给老师们置办开幕式上场服装。早先开运动会时，教工方队没人愿意上场，都推三阻四，办公室主任软硬兼施，对资格老的来软的，对年轻助教来硬的，才能拉到十几号人，各学院都只好找一些长得老相的学生充数。后来新校长上任，他早年体育出身，校园风貌也因此大变。每年不但开校运动会，组织教工方队，而且举办专门的教工运动会。学校要求各学院统一服装，不要再你穿西装我套背心地上场，要穿出精神面貌来，要穿出教授博士的风采来。因着这倡导，各学院都开始花大价钱为教工们购置运动会服装。这么一来，没有人不愿意花一上午时间看一回运动会的热闹了。喊几声口号从主席台前踩几步正步，装装样溜一圈，就能从头到脚穿一套名牌运动服回家了，傻子才不乐意呢！有些退了休的老教工还打电话问他们可不可以参加呢。既然群众热情高都要求上，又怎能挑了这个撂了那个呢，只好在岗的一个都不少，都上！这么一来，像文学院这样大点的学院，就要为近百个教工每年买一回运动会的服装。这可不是一件小事儿呢，每个学院都想让自己的服装出奇制胜，惊艳亮相，问题是同样的心愿建立在不同的经济基础上。如今，别看都是在一个校园里当教授，甲和乙的贫富悬殊可能会超出一般人的想象，同样，同为一个学校的二级学院，也决不可同日而语，有富得流油顿顿吃鸡蛋烙饼的，也有过年借二斤白面包饺子的。富的学院手里是鼓鼓的钱袋子，房前屋后尽是豪华商场，不愁穿不出风采来。但穷学院可就惨了，想用最小的投资换取最大的回报，于是可着劲满世界地找性价比最好的衣服，生怕比人差，生怕比自己往年的差，更怕和别的穷学院撞了衫。往往从运动会倒计时30天开始，各学院那些跑商场跑得勤、拥有N个VIP卡又能猛砍价的女能人们就和办公室工作人员齐上阵了，从搜罗信息到拿回样品要折腾许多个来回。每年的服装都是有人说好看，有人说难看，众口难调，最终是学院领导拍板定下哪一套了，其他人也就不说什么了，开始忙着领回家，需要收拾的早收拾，好穿上上场。那个闹哄哄的喜庆，真像是小时候的过年景象。

文学院是个穷学院，但以全面宏观的眼光看，整体上在学校处于比上不足比下有余的位置。经济实力决定了文学院不能在穿衣服上芝麻开花节节高，但也不能像九斤老太说的一代不如一代。不求革新，但求守成，所以他们连着买了三年的运动服，阿迪达斯、耐克、乔丹换着穿。在开幕式上虽算整齐，气势豪壮，但未曾独领风骚过。这符合文学院在学校的一贯风格：传统悠久，力量雄厚，表现中庸。去年出风头的是艺术学院，他们一改往次花红柳绿像年画似的舞台风格，男的几十号人一律着灰色长衫，脖子上飘着白围巾，整个行头走的是五四路线，偏偏女的配上了银光四闪的迷你裙，打头的一排头戴艳红的贝雷帽。他们的方队一出场就给人不伦不类却极其艳异爆发的感觉。而且，他们不是在统一的《运动员进行曲》中走正步上场的，而是自己吹拉弹唱着鱼贯而入，是真正的吹拉弹唱，拿着家伙吹的吹，拉的拉，弹的弹，不吹不拉不弹的，都貌似懒洋洋地亢奋地唱着。这且不说，更出格的是，他们吹拉弹唱的是一首旧上海风行于吧厅舞楼的歌曲《花好月圆》，那叫一个颓废！靡靡之音呀！那场面太不和谐太过好看，想让不爆炸不是不可能，而是根本不可能。看台上学生们发出惊天动地的掌声，此起彼伏的欢呼声、尖叫声。

相比学生们的过激反应，教工们很是对此不以为然，文学院尤甚。文学院的老师们认为艺术学院出风头就和文学院出不了风头一样正常，没什么大惊小怪的。况且这次的风头，略显低俗，没什么实质性创新，有赚人眼球之嫌。资料室的黎钰一贯政治嗅觉灵敏,她摇着头说,啧啧,也太不主旋律了吧,难道学校领导会高兴?果然,开幕式上陪着校长们坐在主席台上的某些院处级领导们开幕式结束后就传出话来,说校长书记一直是双手举在胸前激情澎湃地为各学院鼓掌,等到艺术学院出场,那手就收回去了。校长书记的手收回去了,几个副校长和十几个院处领导的手也就不敢举着了,都一律收回去了;虽然有几个反应慢的已经两巴掌拍出了点小声响,为此,他们愧悔莫及地涨红了脸。

据说,艺术学院的院长为这次剑走偏锋挨了批评,在学校院处级以上的党政会上他检讨了自己内心深处的自由主义思想;据说,正在住院的艺术学院的书记痛心疾首,说怪只怪他这段时间严重闹肚子忙着割盲肠,要是他在岗坐镇,学院哪会出这种脱离正确路线的邪风头?

这些都是钱书记在文学院教职工例会上讲的,他说:"这就对了,艺术学院的事说明了什么呢?说明我这个人还是有点用处的,平时你们教学科研的事情用不着我插手,我也不愿插手,但要紧问题上还得我掌舵,说不定哪天关键时候我掉链子了,你们也会犯错误呢。可别小看这些事,当前,大到我们国家,小到我们学校,我们学院,维护稳定和谐,是一切工作中的重中之重。"

钱书记接下来说:"我就奇了怪了,艺术学院为什么让所有女教工都穿上了迷你裙?抛开政治错误不说,但凡有眼睛就该知道,并不是所有女人都适合穿迷你裙的,太胖了不行,连腰和屁股都区分不出来,还穿什么紧身裙?太瘦了也不行,那么巴掌大一点裙子,还瘪着,有意思吗?腿太粗了不行,一截布紧裹着一坨肉,要多难看有多难看,腿太细了也不行,俩麻杆似的，没一点丰润的曲线，还敢晾出来？所以，综上所述，我的意思是，咱们文学院的女教工们一定要有则改之，无则加勉，该穿的穿，不该穿的不穿，坚决不让自己出丑。"

这话是说给教工们的，但当天晚上，一条微博就在学生们中间热传着：姐姐妹妹们，书记教导我们说，太胖的太瘦的，肉多的肉少的，都不要尝试穿迷你裙。有则改之，无则加勉，维稳大业，从我做起。

其实钱书记讲了关于迷你裙的理论后，还有一些话想说但鉴于打击面太大就硬忍着没说，他很有一点意犹未尽的感觉。别说迷你裙，就连这运动服，也并不是谁都可以穿，谁穿都一样的。同色同款穿在不同人身上，就硬是高下立分。有些女教工一穿，清新、阳光、挺拔，让人看着就爽；有些人却是邋遢、局促，任是名牌也像环卫服。钱书记常在心里鄙视又同情不好看的女人，唉，何苦呢？别念个学位，评个职称，写几篇东拼西凑的所谓科研文章，就把自己整成这样案牍劳形的样子啊！

·好在，自己手下也还有几位学问做得好的、人也很给文学院长精神的女老师，这使钱书记深感安慰。中文系古典文学教研室的田园就是其中之一。她上课好，学生评价极高，长得也好。那好不能说是一般意义上的漂亮，那是一种韵味。是的，田园是一个有韵致有风度的女人，长裤短裙，宽衣紧衫，于她总是相宜。她怎样穿，人都看着舒服。钱书记从不讳言自己的看好之意，他常在人前说，田老师很能干。他也曾几次私下里对田园说过："小田，好好干，前途无量哦。"田园每回的反应都是淡淡一笑，不置一词。这种含蓄的态度，钱书记也认为很得体，很好。

谁知他看好田园，田园却不买他的账。这让钱书记无比羞恼：为什么，这女人对他到底心里存了什么气？

　　这学期，学校给所有院处级干部下达了在本科部听课的任务，既是交流学习，也为监督教学；既不让干部们闲着，也让老师们感到威慑，一箭双雕。钱书记听了好几个系好几个人的课，已超额完成任务，但他还想听田园的课，他把她放在最后，就是想要一个最隆重的压轴戏。谁知，谁知那天田园一站到讲台上看见坐在最后排的他，嘴角就绽开了一丝不易察觉的嘲讽的笑（这是钱书记后来回味出来的），然后说："同学们，把作品翻到第386页，这两节课我们阅读作品，下次课进行讨论。"说完，她径自在讲台上坐下来翻一本杂志，学生们也开始了阅读。

　　在满堂异样的安静中，钱书记如坐针毡，摊开的听课记录表上他不知写什么，硬椅子硌得他屁股直疼。左右的学生不时偷偷打量着他，神情里有掩藏不住的幸灾乐祸。他心里冒火，直想拂袖而去，但极力克制着自己。这是课堂，这么多学生看着呢，中途退席是不礼貌的。田园不讲规矩，他堂堂的学院党总支部书记不能不懂规矩。总算熬到了第一节课下课，他抓起本子就往外走，学生们弄出了响动，其中一个戴大框眼睛染黄毛的小子坏坏地喊："钱书记您这就走？不听下节课了？"这时，讲台上端坐的田园才抬起头欠了下身子，算给他打招呼。她头上的水钻发饰颤颤地，闪疼了钱书记的心。

　　这不是挑衅是什么？这不是示威是什么？他去听课，她偏不讲课，把他干晾在那里，让学生们白白地耻笑了去！

三

　　学校两年前规定，评高级职称不光要达到以往文件规定的所有条件,还必须得主持一项国家课题,主持一门省级以上的精品课,三者缺一不可。话虽说得硬,但实施时面对具体对象该软处还是软了。但今年不一样,今年确乎刺刀见红了,文学院两个条件很好的副教授就因为没有精品课这一项,在学校初审会上就被淘汰了。

本来,田园明年要申报正高,这下她也偃旗息鼓了,还报什么?她有国家课题马上可以结项,但她没有精品课。教研室前几年嚷嚷过要让她牵头做这个事,她怕分散精力影响手头的课题,而且那时候,精品课好像还是一个出头时间不算长的新事物,田园怵,怕做不好,就先搁下了。她搁下了,别人就做了。其实所有的新事物都是旧事物换上新名称,穿上新衣服而已。但谁也别小瞧这不换药只换汤的功夫,它需要实力,更需要看准时机,果断下手。在高校里,许多事情也都和别的地方一样,靠的就是先下手为强。

好几年了,田园已经没有,也不想有这样的敏锐了。

真是无边无际的烦琐啊,从国家课题、教育部课题到省市级课题,从国家重点学科到省市级重点学科,从国家级教学团队到校级教学团队……层出不穷的名目,没完没了的折腾。不知什么时候,又轰轰烈烈冒出了个精品课。

什么是精品课?田园觉得自己用心讲的每一节课都是。但当然不是,人家要的精品课不是让你在课堂上用思想、用见识、用方法去证明什么是精品课,而是在课堂外用电脑软件、用材料、用手段展示什么是精品,所以叫精品课建设。建设一门精品课至少要两三人耗时两三个学期才能完成。

可是,老师们都点灯熬油形神憔悴地趴在电脑上建设精品课,那课堂上真正面对学生的课,谁还有心力?谁还愿意讲出精品？谁还有功夫字字句句地指导修改学生写的小文章？

田园的郁闷，已经很长时间了，像河谷里的雾久久弥散不去。

最近，她常常觉得累，觉得恍惚，在校园里走着走着就会不由自主地停下脚步想：怎么在这个闹哄哄的地方一晃就生活了快20年，这是多么不可思议呀。

当年硕士毕业时，就有机会去条件更好的大学，她没有去。后来又读了博，博士毕业后不光就读的大学愿意留她，另几家单位也要她。她还是再一次回到这里。她对亲友对导师说，没办法，和学校签了卖身契了！这是实情，国内许多大学为防止人才外流，在教师读学位和评职称时都要签订必须在学校服务多少年的霸王合同，违约者要对学校做出经济赔偿。比赔钱更厉害的是，学校扣你的人事档案，让你变成没有历史的人，两手空空赤条条去新单位成为重新建档的编外人员，力求让你后半生过得不爽。

但这也只是局部实情，实际情况是，赔钱也好扣档案也罢，想走该走的人还是一个不剩地走了，孔雀东南飞，谁也挡不住。有些人走时费尽周折花大价钱拿走了档案，有些人扔下档案潇洒离去，但无论是哪一种，人都在新地方混得好好的，没有谁像有些行政领导吓唬的那样，哭着喊着来吃回头草。本来嘛，树挪死，人挪活，水往下流，人往高走。

所以，关键问题不在于那个卖身契，它留住的只是能留住的人。田园要是狠心要走，也就走了。

她第一次走进这个校园时，才刚刚18岁。就是这样，快20年里，她在这个校园从学生变成老师，从花季少女到为人妻为人母，从小助教成为独当一面举足轻重的学科带头人。她两次读学位都是在更大更美的远方校园里，然后，又回头走到这里。好像每次都是从终点回到起点，却又好像不是。她不知道做一个一生都没离开过一个校园的女人，是幸，还是不幸？

幸与不幸，最初的时候，都只是因为那个人。

那个人叫焦一苇，是当年给田园上先秦文学课的老师。他大她20多岁。那时候，田园她们把40岁以上的人统统称之为老头老太太，她们觉得那是离自己多么遥远的年龄。焦一苇就是那样的一个老头子，而且，他似乎比同龄的其他老师显得更老，田园坐在大教室的最后排都看得见他两鬓的头发里那斑驳的灰白。

但他的脊背和脖子，总是比别人挺得更直。当他从教室门口走向讲台，同学们说焦老师就像从他自己讲的那些剑胆琴心的先秦故事中走出来。

爱上了焦一苇，发现自己爱上了焦一苇，承认自己爱上了焦一苇，这是一个极其艰难漫长的过程。对大二小女生田园来说，这是一个太过严峻的人生课题。没有一丝一缕浪漫的想象，田园在确证了自己的初恋后，能说给自己的只有三个字：我完了。

"你知道什么是世界上最遥远的距离吗？那不是天空和海的距离，那不是飞鸟和鱼的距离，世界上最遥远的距离是我站在你的面前，而你不知道我爱你。"

这样的诗句，像一把锈迹斑斑的老刀子，钝磨着田园的心。没有皮肉翻飞鲜血迸溅的惨烈，却是锥心刻骨的疼痛。

那时候她太年轻，她其实不知道，世界上并不存在这样的距离，一个人被另一个人爱上了，总归是要知道的。如果永无察觉永不知情，那么，那个人肯定是不值得你爱的，那肯定是一个天大的误会。

焦一苇不是。焦一苇知道田园爱他。田园从来没有比其他学生在他面前多说过一个字,多站过一分钟,但焦一苇终究知道了,一个叫田园的美丽女学生隐痛的相思。

他知道了,他也没有说什么。然而,田园很快就知道了他的知道。那是多么不可思议,却又灵犀相通的事情。那种无可比拟的奇妙的感觉在多少年后还像杏花春雨,润物无声。

终于有一天,她和他在学校的湖畔小径相遇。那是秋季学期开学不久的一个星期天,她面对湖水在一棵高大的水杉树下背英语。这时她听到不远处有同学喊焦老师好,那声音传到清幽的小树林里,有着极清脆的回声,她触电般站起来转过身,看见焦一苇骑着自行车向这边驶来,又有一个迎面过去的女生喊焦老师好,焦一苇一手松开车把招着手回问:"你好啊!"就在这时候,他看见了田园,他一怔,车子慢下来,他慢慢地滑行到她这边,他停下来把车子支到了路边。

他坐到了树下的石凳上说:"田园同学你也坐啊,别站着。"于是,田园坐下来,在石凳尽可能离他远的另一边抖索着身子坐下来。她无法让自己相信眼前的情景,她竟然如此近距离地坐到了焦一苇的身边,而焦一苇对着她静静地微笑着。

他说:"你在背英语?听说你英语都过了四级了,还这么用功,是准备明年考研吧?"他又说,"现在学校开始这么狠抓英语,卡英语成绩,学生都没有余力学专业了,可毕业出去又有几个人用得着英语呢?唉,这大学教育真不知要往什么方向走!也许,我是老朽了,赶不上形势了。"他长长地叹了口气,又说,"当然,你不同,你是得学好英语,我知道你还得深造,求学之路才刚开始嘛。"

田园揪着衣角说不出一句话。这样重大的时刻,她曾幻想过无数次的场面突然毫无预备地降临，焦一苇，就这样坐在她的面前。她以为她会激动，她会紧张，她会羞涩，然而，统统没有。她只有委屈。从他凝望她的第一眼，她就开始觉得委屈。他的眼神，他厚厚的镜片下那双眼睛射出的光芒就像晨光下的湖水，层层涟漪一圈一圈温暖地罩住了她。他关切地盯着她，他越来越温柔，越来越温暖，田园越来越泪眼朦胧看不清他的表情，她只觉得他整个人已成了湖水本身，成了太阳本身。他巨大的能量一点点榨出了她小小的身体和灵魂一日日感受着的全部的疲惫和紧张，孤独和失意。这是多么奇怪，整整两年了，她以为他就是她的失败，这辈子再也无法挽回的失败。但此时此刻，他的热力竟然消释了她。她内心的荒寒像冰块融化成了汩汩流淌的委屈，无可名状的巨大的委屈。

她终于哭出来。她先是无声地流泪，然后，终于忍不住，像个小孩大声地哭出来，哭得上气不接下气。哭声中她感觉到从未有过的舒爽，从未有过的释然。湖边有几个背书的学生，还有一对搂搂抱抱的情侣，听见声音都朝这边张望，田园于是用手捂住了嘴抽噎。焦一苇说，没事儿。他就那么静静地坐在她身边看她哭。他没劝阻她没安慰她，他没起身离开也没开口询问她为什么哭得这么伤心。他只是轻轻地说，没事儿。然后从口袋里掏出手绢递给她。

那时候，田园她们已经淘汰手绢用漂亮的手帕纸了，但给她们上课的老先生们，还有许多人上课时掏出手绢擦擦眼镜，擦擦眼睛，擦擦鼻子嘴巴。女生们常议论老师们的不讲卫生。焦一苇上课没有掏过手绢，他从来不会有让人觉得邋遢的举止。讲台上的他，流畅干净，神采奕奕。但他原来也是用手绢的，现在他把它递给无言哭泣的女孩。

一方蓝白小方格的旧手绢,洗得干干净净,叠得整整齐齐。田园用它捂住了眼睛,手绢上有一股淡淡的烟草味道。她知道,他是抽烟的。

后来,她哭够了,两个人就静静地望着天空和湖水。湖边又来了三三两两的人,小树林里热闹起来。她说:"老师,我们走吧。"他说:"好,我们走。"于是,一东一西,各自走开。

他的手绢,她没有还给他。如果没有这块手绢,她以为这一切就是一场梦。这到底是怎么回事?她和他,一句话都没说,却好像什么都说了。好像确实有什么发生了,却又什么都不曾发生。

自此后,直到她毕业,整整一年多的时间,同在一个学校一个中文系,却是再也没见过一次。那时候田园放弃了考研,决定去一家都市报当记者。工作已定,整个人便闲下来,而校园里人心惶惶,每个角落里都是伤痛的离别风景,这才知道,自己确乎要离开了。

这才知道,那些心事虽已天荒地老,却还在那儿,一步都没走远。那些钝刀割出的伤口,从未结成疤,从未被时间浇灌成花朵。坐在她和焦一苇坐过的石凳上,蝉声如雨,湖水在炽烈的夏日下闪着与去年秋季那一天不一样的光波,她一遍一遍地用那块手绢拭去纷乱的泪水。

然而,没有离开,注定了不会离开。毕业联欢会的头天下午,焦一苇突然打电话到田园的宿舍楼,他说:"田园,请你到我的家里来,你要毕业了,请你吃个饭。关键是,有要事商量,我等你来。"

"我等你来。""我等你来。"田园按着怦怦的心跳往教工生活区奔去时,觉得整个天地之间都震荡着这个美妙的声音。

商量的要事是焦一苇为田园争取了留校任教的名额。"其实也不是我争取,你自己品学兼优,学校系上谁不知?"他说,"我知道你要去当记者,可是我想留下你,为中文系留一个好老师。田园,我想请你听我的,你不适合去媒体,你天生就是在安静的校园做学问、教学生的材料。请你留下来,留在这个校园。"

田园几乎连一丝的犹豫都没有,就答应了焦一苇。她点着头,泪水扑簌簌流下来。师母看见她哭,在轮椅上绷直了身子,眼睛瞪圆发出惊惧的光,口里发出"啊,啊"的叫声。田园赶紧过去蹲下身,轻轻拍她的手背说:"没事了,没事了,别紧张啊,别紧张!"师母呆呆地看她半天,这才放松下来,脑袋一耷拉,嘴角流下一线涎水。田园轻轻替她拭去,又转过身拭去自己的泪。

焦一苇坐在书架前,安详地看着她们。他的目光,像那个秋天的记忆之湖,比湖水更深邃更空蒙,像遥远而切近的海。

做梦也没想到会是这样。先前听说过焦一苇的爱人是学校外语系的俄语教授,也听说过好像身体不好病休在家。但怎么可能想到会是这样?怎么能是这样!

"就是这样,她这个人工作太认真,那天明明是下午的课,但学校组织教研室主任开会,开了一下午会,刚回家就说晚上要去补课,我说你也累了,安排明天补课吧,她不听,匆匆扒了两口饭就去了。结果去西楼没空教室,又找到南四楼,也就赶上要出事,偏楼道里的灯坏了,一脚踩空从楼梯上摔下去。住了半年医院,人就成这样了。"焦一苇点上了一根烟,徐徐地吐出一个烟圈,又一个烟圈,"田园,你还是个孩子,你不知道世事无常啊。"

"已经三年了。她这算是工伤,学校有责任,所以出了医疗费，还给派过保姆，但她怕人，家里不能有外人，她只让我一个人照顾。"焦一苇苦笑着说，"就连儿子放假回来要推她出去晒太阳她都不让，紧抓着我直发抖，唉，以前多要强能干的一个人啊，怎么就这样了！"

"她才四十几岁的人啊，今年春节我想来想去不能就这样放弃她，我决定调到她老家去，让她姐帮我照应，我要继续求医，一定治好她，让她重新站起来。"焦一苇看着田园，眼睛里有坚定的热望，也有拂之不去的疲惫，他说："田园，你不知道，还有，我自己在讲台上也力不从心了。三年，足以把人拖垮，而且，更可怕的是，你根本不知道什么时候是个尽头。"

焦一苇要陪爱人回老家了，他调到了那边一家闲散的文化单位。学校问他还有什么要求，他说："就一条，我有个老朋友的孩子田园，学习很好，留中文系教书吧。"

焦一苇说："帮你是因为你确实专业潜力大，我们中文系需要好老师，你一定能成为一个教书育人的好老师。当然，帮你也是一点私心，不愿意你去报纸电台那种闹哄哄的地方去混，我愿意你在咱们的校园里安静地成长。"

他接着说："有些事，我不是不知道，而且，我很珍视。就因为我很珍视，我才知道往前多走半步都是错，都是伤害。田园，你是个多好的孩子啊，你不能被伤害。再过一些年，你回头想今天，你会懂得，没有伤害的感情是多么美好，你会感激这一份善缘，你才会不后悔经历过它。"

焦一苇做的晚饭，四个菜一个汤，有荤有素，红红绿绿的摆满了小桌子。焦一苇说："田园，你吃，别客气，我先给你师母喂。"田园说："让我试试喂她行吗？"焦一苇温柔地笑着摇头道："肯定不行。不过，可以看出来，她也挺喜欢你的。"

焦一苇细细地喂着爱人,每一匙汤他都吹凉了送到她嘴边,她吃得慢,他说今天又不乖了是不是?又想让捏鼻子了是不是?她听见了,努力地做出摇头的姿势,嘴张得大大的开始卖力地嚼。焦一苇笑了,说,这就对了,有错就改,不捏鼻子了。

田园也笑了,泪一串串流进手里的碗,她也开始卖力地嚼。

焦一苇说:"田园,你说你师母现在这个样子,我能安心教课写文章吗?我这后半生也就这样了,认命吧。"

他又说:"她不好,我怎么能好?田园,你不知道,我们年轻时讲出身,我家成分不好,而她是部队干部家庭,那时候为了跟我,她吃尽了苦头,差点成了人民公敌,呵呵!你们现在的年轻人动不动讲个浪漫的爱情,我们这说起来也算沾点边,是不是?"

他说着朗声笑起来,师母看见他笑,也偎在他身上呵呵地傻笑起来。田园看着他们,看着斜阳余晖从西窗户里细细地洒进来,照在焦一苇灰白的头发上,照在师母依然不掩清秀的脸庞上,发散出一种静静的光芒。

一个月后,田园以教师身份参加了中文系为焦一苇举行的欢送会。那天,全系人都到齐了,男老师们基本喝醉,女老师们也在不停地敬焦一苇。教外国文学的赵娜大着舌头说:"焦老师,您走了,中文系唯一的一个真绅士就走了。"于辅子一把推开她,说:"什么绅士,别夸个人都搞崇洋媚外这一套!我要说,焦老师你走了,我们最后的一个君子就走了。"

焦一苇笑笑地,笑笑地和每个人点头握手。他也握了田园的手,这回他叫她小田老师,他说:"小田老师,你要好好的。"

田园握着他。这一生一世的紧握。她只说出了两个字:"老师。"

四

　　整整18年过去了。18年里,学校在文件里、广播里、电视宣传片里、招生广告里,始终与时俱进,更快更高更强地发展着。

　　焦一苇当年给田园他们讲先秦文学的旧文科楼已经不在了,那里建了新电化楼。摔残了焦一苇的爱人、外语系第一个教授的南四楼,也早就不在了,现在,那里是喷泉广场。那面湖还在,田园坐在焦一苇身边放声大哭的那面湖,它还在。只是,投影在湖里的天空越来越看不见那种通透的湛蓝了。只是,环绕着它的那片小树林也被砍伐了,整成了一片要多整齐就有多整齐的人工草坪。田园常常想,那棵水杉,那天早晨焦一苇骑车过来停在她身边时,那棵在秋风里站得那么挺拔那么漂亮的水杉树,如今在哪里呢?

　　已经有好多年,田园没看见那面湖了。

　　校园真的是越来越美,也越来越大了。春天所有的花一起开放时,空中氤氲着一种壮阔的甜美气息。但田园发现鸟儿们不知哪里去了,好像一年比一年更见少了。不过,虽然眼见着少了,却还是比城市里任何一个其他的角落要多。路过每一条校园小路,总会时不时听到一两声啁啾的鸟声,干干净净地划过耳旁。这时候,田园就觉得内心清亮,不由自主地抬头向树上找去。

　　现在,像她这样漫步校园的人越来越少了。好像每个人都忙得不可开交,再也找不着师生结伴而行娓娓而谈的情景,学生们要么男女成双缠在一起无视花事烂漫,要么戴着耳机面无表情地走过鸟声如洗的清晨;老师们更是行色匆匆,他们开着车呼啸而来，绝尘而去。他们很少有人头发上指尖上染着粉笔灰，他们已经告别粉笔那种老古董了。任何地方都是多媒体，是制作精良的PPT。

当年的中文系，已经扩大成了文学院。五花八门名目繁多的新专业每年都在产生着，也消失着。田园永远也搞不清那些专业在教着什么，在怎样教。她从来没想到过自己有一天会变得这样落伍。

她在当年焦一苇的古典文学教研室教了十几年古代文学，但她不是教先秦，她的专业是明清小说。从五年前开始，学校改变办学思路，进行课程改革，传统的人文学科不断遭到削减。先是把元明清文学及近代文学压缩成了一学期的课，然后是把一学期从十八周压缩成了十六周，然后是从每周四学时压缩成了三学时。

上下五千年辉煌的文明结晶就这样蜻蜓点水般在中文系的课堂上一掠而过，老师和同学们把厚厚一本文学史从第一页翻到最后一页，就像午后懒洋洋的风，有一搭没一搭地吹过树梢，又像最后一场秋风，恶狠狠卷过林子，只为了急功近利扫荡树上的残叶，给冬天一份答卷。

与此同时，各门课程都要求做出精品课。

田园在教了十几年自己热爱的专业课后，越来越觉得自己不会教书了。

黄昏时，田园悄然走过校园喧嚣的人群。她刚刚从又一个被迫参加的热闹的会议上出来，她累了，疲惫的脚步无力让漂亮的长裙子走出流泻飘逸的风采，所有的存在都像一种下沉的力，往下拽拉着她。她停下来茫然四顾，突然觉得眼前的一切是这么陌生。她多少年投身其中的环境，竟然是如此陌生。

是的，什么都变了。不变的，只有焦一苇的话：田园，你要在咱们的校园安静地成长，做一个教书育人的好老师。多少年云飞雪落，容颜已凋，心事已老，可焦一苇的声音还在老地方，伫守着田园。惊涛变幻无穷拍打着岸，岸仍是岸。

田园的胸口堆积着奔突的酸楚和愤懑：我要怎样，才算安静地成长？我要如何，才能继续成长？我是想在这里完成一生的成长，可是，你告诉我，这还是咱们的校园吗？老师！

然而，她无处诉告。四年前，焦一苇去世于另一个城市。他刚刚64岁。他的爱人，走在他之前一年。

五

高寒的学生、诗友俱往矣那天不请自来，敲开高寒的门时，高寒正在厨房里忙乎着。砂锅里飘出炖排骨的袅袅香味，他正在精心地削一块冬瓜的皮。

"冰箱里有啤酒，你自己拿出来喝吧，我这儿正忙呢。"他招呼俱往矣。

俱往矣一屁股坐进沙发，闷声不响，好半天突然冲出一句："知道你忙，你忙得好！"

高寒纳闷地从水龙头下探过半个脑袋："你小子吃错药了吧，怎么冲着我撒娇啊，是不是又挂课了，或是失恋了，还是被退稿了？嗨，这些事还不都是家常便饭，你不至于为此矫情成一条丧家犬吧！"

待高寒忙完，两人各执一罐啤酒相对而坐时，俱往矣说："老高，你说说，我对你怎么样？"高寒回答："你对我？那还用说！在这个冰凉的人世间，唯有以诗歌取暖的人才能相互取暖。"俱往矣不耐烦地摆摆手："老高你别嬉皮笑脸的，你说真的。"高寒正色道："我没有嬉皮笑脸，我说的就是真的。你今天怎么了？"

"那好，那我就说。"俱往矣把剩下的啤酒咣咣咣倒进喉咙里，然后眼光射过来，"老高，我知道你这些天忙着采购忙着做营养餐，你在伺候刘丹坐月子，刘丹怀孕了，上个月做了人流。"

高寒摆手："哥们，别没劲，说这个干吗？是出了点故障。别管闲事，说你自己的事。"

俱往矣说："我自个儿没事，就是你的事。国际贸易系有我一个老乡，老乡宿舍一傻子弄大了女生的肚子，前不久女生要去医院打胎，问他要钱。这傻子一时凑不够四千多元，全宿舍就群策群力帮忙。我老乡把我刚从我妈那儿骗来的两千元死活给抠走了五百。一个傻瓜，人缘倒不错。"

"你不是要说我的事？这关我屁事！"高寒一仰脖喝干啤酒，突然一个激灵，"对了，是想问我借钱？老弟，免开尊口，免开尊口！"

"我不借钱，你没钱，你的钱也拿去打胎了！"

高寒一愣，把啤酒罐砸到垃圾箱里，声音提高了八度："你别说这么难听好不好？什么意思，找什么别扭！有话就说，有屁就放！"

俱往矣说："那好，我接着说，你别嫌难听。我老乡掏走了我的钱，我恨得不行，就说了句，是哪个破女生，书包里都不知道装一盒安全套，还好意思出来混！我老乡边走边回，是文学院中文系的刘丹，才女兼美女，不算校花系花，也算是大三年级的级花吧。"

哑寂无声的片刻。然后，高寒说："你给我滚出去！"

俱往矣低下头："老高，我知道你，知道你是真心真意对刘丹好，所以我刚听到这事，我整个人差点替你崩溃掉！我揣了我老乡几个狠拳。可是，可是这是真的。"

"你确定是真的?！你给我说清楚你怎么证明是真的？"

"确实，是真的，大哥！"俱往矣咽了口唾沫，又咬了一下嘴唇，艰难地开口，"弄清这个太容易了，我去了一趟我老乡的宿舍，老乡上铺就是那小子，手机上墙壁上贴的全是和刘丹两人的大头贴合影。"

"问题是，这还只是大海上露出的冰山之一角。"

"你什么意思？"高寒拿着烟的手轻轻地抖了，烟灰落在沙发上散乱的诗稿上。

"我调查了刘丹。她能在一个校园里同时和一个老师好，又和一个同学好，而且把老师同学都搞成了一副非她莫娶的痴情样，那她肯定不是省油的灯！我想她既能骗一个两个，就能骗三个四个。所以，我替你调查了她，我这个人社会关系和办事手段还是有一点的，这你知道。"

"其实，你不必这么费心。"高寒无力地低下头。

"目前所知，刘丹给她肚子里那个胎儿总共找了四个爸爸，你，本校国际贸易系大二小男生，某外企一个比你小三岁的未婚IT精英，另外一个，具体年龄不知，大概在45岁至60岁之间，是乐土房地产公司的副老总。这次绿色无痛人流事件中，你们老中青三代四个男人各自的表现是，小男生吓得屁滚尿流，凑了4500元给刘丹，但他不敢陪着去医院，他说他从小就晕针晕血；你和IT都坚决要陪刘丹上医院，但刘丹坚决不让你们陪，给你的说辞是现在在医院里做人流的学生很多，怕万一有谁看见你,影响不好,她自己受点委屈不要紧,但不能破坏你的形象;给IT的理由是,她爱他,只要他在身边,她就没勇气做掉他的骨血。她的话让你们两个都感动得涕泪交流,你把工资卡交给了她,她只用了6000元,把剩下的1200元退给了你,你更感动,于是天天跑菜市场买乌鸡买排骨,给她大补;IT精英呢,直接给她一万五,再三告诫说,钱不是问题,问题是绝对不能给身体留下任何隐患,以免影响未来生育;房地产副总在刘丹去医院前一天见了她,第二天派司机专车接送,之后一直和刘丹电话联系,他为那个胎儿所做的物质奉献,因为撬不开刘丹的嘴,暂无确切数目。刘丹去了全市最好的妇科医院,叫什么玛格丽特女子医院,是私立医院,收费比一般医院高两三倍,但也只花了你一个人的就够了。"

高寒躲在烟雾缭绕的后面,像一具泥塑。终于他悚然开口:"鞠旺宜!你是一个魔鬼!"

鞠旺宜是俱往矣的本名。

俱往矣说:"哪里,过奖!只不过是争取了一个卧底。这中间过程很复杂,先按下不表。刘丹的超级闺蜜、外语系的金泓,你当然知道她。她说,前阵子她过生日,你给她送了一本英文版的《里尔克诗选》,过了几天刘丹又叫来房地产老总给她过生日,老总给金泓的礼物是一串铂金项链。她说她还是更珍视你的礼物。"

"她竟然过两次生日!"

"两次算什么,现在的女孩都以女明星为榜样,专拿生日说事。说出来气死你,刘丹要过四五次生日呢!金泓说,她跟着刘丹一年要参加你们几个男人为刘丹举办的好几次生日Party。她说刘丹知道她满脸痘痘,人胖,眼睛小,是安全系数最高的女伴，所以一切事情都和她一起策划，一切男人都可以带她去见。"

"那她为什么只清楚这次别人出的钱，却不知道那混蛋副老总给刘丹多少钱？"

"老哥，你就是目光敏锐，一下子问到了事情的核心！这正是我策反成功的基础。金泓说她忠心耿耿，但刘丹还是给她藏着一手，她最受不了的就是这个。刘丹把小男生、IT精英还有你的事都嬉笑怒骂与她分享，但现在明明和老头子走得特别紧，却越来越不和她提了。她给金泓说，'亲爱的，说给你的都是浪漫的青春，不能说给你的是残酷的成长。'"

咚！高寒重重地一拳砸在玻璃茶几上，烟灰缸被弹起，落到了地上，随着一声尖锐的碎裂声变成了一堆残片。这是教师节那天刘丹送的礼物，她在包装礼盒上调皮地用七扭八歪的美术字体写道："我亲爱的猪猪老师，节日快乐！我爱你，我生是你的人，死是你的吉祥物。"为"吉祥物"一词，高寒当时差点笑喷。

俱往矣蹲下身，默默地收拾那一地心碎。他说："高老师，我知道你特别难过，但我不能不告诉你真相。你高贵的心不能再被这个女人欺骗，你也用不着为她生气。我想了好几天，想找几个哥们替你修理她一顿，逼急了就给她破了相算了，看她以后再怎么卖！可是，她值得我去犯罪吗？值得你身败名裂吗？她不值得，她不配！她就是一个坏女人！你知道吗？"

咚！高寒又一拳砸在茶几上，他咆哮起来："鞠旺宜，你突然改口叫我高老师是什么意思？我不需要你的同情，也受不起你的致敬，我是什么人，我有什么高贵的心，我就是一个只配睡坏女人的人，我就是活该被坏女人耍的人，我还有什么脸面被人叫老师!"

俱往矣抢前一步，按住了高寒又要砸下去的拳头。他紧紧抓着不放，声音嘶哑地喊着："老师，对不起，对不起!"终于，高寒颓然地倒在沙发上，两个人默然不语。好久，高寒苦笑着摇头说："你说什么对不起，倒是我对不起你啊，让你看到了一个写诗的人如此惨淡的生存境况，唉，但愿它不影响你的少年雄心。你看，我是个多失败的人啊，我35岁了，无房无车无妻无子，当老师虽有你们叫好却没有核心期刊文章发表，没有精品课没有教改项目，一个老讲师，在学院谁还拿你当人看，还不是让徐导那样的货色欺负！写诗多年，没钱，出不了诗集，除了你们几个学写诗的学生，也没人懂得我是真正写诗的人。你说我高贵，我高贵什么？我的高贵早被别人被自己糟蹋得干干净净了！我告诉你，我在这个校园里，前后和两个女同事三个女学生谈过恋爱，睡过觉。上天作证，每次我都想收获一份真的情感，想要一个安定的家，但到头来，不是我负了别人，就是别人骗了我！我早就是一副满身疮痍的破皮囊了，我还有什么高贵可言？我还有什么委屈可言？要是放在过去的年代，我这就是严重的生活作风问题，被逮起来毙了也是自作自受!"

从厨房里飘来一缕诱人的肉香，高寒起身说："对了，老弟，别垂头丧气的，咱俩干掉这锅肉骨头，刚才我还想冲进去砸锅呢，真幼稚，咱和肉又没仇！还有，我跟你说啊，别看这肉闻起来挺香的，其实是注水肉，经不起炖，也熬不出什么好汤。跑遍菜市场、超市，你会发现找到一块不注水的肉的概率几乎为零。你想想，好好的动物、植物，都硬是让人把真的给折腾成了假的，那人自己还能有真?"

"想通了这个,这年头你还有什么气可生!你还能生什么气!吃肉,吃完了肉咱出去喝酒!"高寒说,"待会刘丹也就来了,她来了,咱也请她一起去喝酒,共同庆祝我高寒又一次伟大的爱情隆重谢幕!哈哈!"

六

这天的教职工例会上,钱书记说首先通报一个消息,这个消息对文学院来说既是个大快人心的好消息,但也是个令人遗憾的损失。

什么事既大快人心又令人遗憾?嘈嘈切切的私语声一下没了,大家齐刷刷望向钱书记。钱书记对自己制造的场面效果很得意,大家急他偏不急了,拿起茶杯悠悠地喝了一口,这才接着开讲。卖了半天关子,果然是一件大事,院长吕鹏海调任人事处长了。

一屋子的目光从钱书记脸上齐刷刷转移到了对桌的吕院长脸上,但那张脸上依旧是他们所熟悉的云淡风轻,宠辱不惊。这是吕鹏海的招牌表情。早些年,许多人都曾被这种表情蒙蔽过,以为这是一个学历史出身的博士应该有的正确表情。但现在,这表情只能唬一下新分来的年轻人了,一个锅里抢食吃这么多年了,谁没见识过谁的穷凶极恶呢?谁不知道谁的一点家底呢?在这个校园,吕博士的鼎鼎大名,以及许多的故事,很多人都是口耳相传的。这很正常,每个大学里,总有一些颇具明星效应的真假学者。

有话说,两条腿的蚂蚱不好找,两条腿的博士还不多的是。但实际上,学会用两条腿走路,两条腿都走得稳走得狠走得开的博士还真是不多见。这两条腿一曰学术，二曰行政，学校官方名称谓"双肩挑"。吕鹏海就是这样的一个双肩挑人才。早些年，博士还比较稀缺的时候，吕鹏海就发奋苦读考上了。留职带薪读博期间，学校几次三番听到风声说他要远走高飞去一所名校，学校就有点慌，开始对他开出以前从不曾有过的优厚待遇。学位拿到后，据说他是很勉强地接受了学校新建的外教楼上一套三室两厅130平方米的房子，百般屈就回到原单位历史系上班。而和他一起学成归来的另外几个博士，照旧挤在筒子楼里。他们跑断了腿四处找领导签字，看够了财务处各色人等的脸色后，才千辛万苦报销了上博的学费和一学期只能往返一次的硬卧车票。一年后，吕鹏海又吵嚷着坚决要走，这回是公开说那边的学校连下学期的课程都给他排上了，安家费也打到了他的账上，所以必须得及早赶过去。学校坚决不让走，这人手头有国家社科项目，好几篇核心期刊的文章被复印转载，其中两篇被国家级权威刊物列为重点成果，这是一脉肥水，岂能让它流到外人田。再说了，那阵子学校正在迎接教育部的高校办学水平评估，什么是评估，就是把高校活活放油锅里煎！那样严峻的时刻，岂能放人走？教学材料不齐备可以全民动员日夜兼程地赶工作，硬件设施不完善可以先拆东墙垒西墙遮掩一下对付过去，实在不行也可以银行贷款，紧急购置补救，反正这年头大学是虱子多了不痒，债多了不愁，但博士、教授人数若达不到要求，师生比不合理，科研量化不达标，那可不是一时半会儿能补救的。校长说，说到底各大学打的就是人才仗。

那个秋季学期开学时，认定吕鹏海已远去的师生们又一次发现吕鹏海依旧出现在校园里，他没有去讲远方的名校早已为他安排好的课程，而是留下来在这里讲他的旧课程。不过，他已经不是普通的教师了,他成了系主任,成了学校最年轻的硕士生导师。他成了系主任,成了硕导,脸上还是一副不拿这个学校当回事、不拿这个系主任当回事、不拿这个硕导当回事的淡然,甚至漠然,好像随时都会飘然远去,不带走一片云彩。

不久,顺应全国高校做大做强资源整合的潮流,中文系、历史系、新闻系、旅游文化管理系等组成了新的文学院,吕鹏海升成了副院长,而另外几个资历更老的系主任,包括学生教工人数都居首位的中文系的系主任,却还是系主任。不同的是以前是独立一个系的主任,大小都是单位一把手,现在是文学院下属的系主任,连以前教研室主任的权利都未必能有。后来者如此居上,主任们便都颇有一些不服,有些人说,学校几个领导爱打牌,吕博士除了搞学问,唯一的爱好就是打牌,他打一手好牌,和同事玩素来所向披靡,但只要有机会碰到校领导和学校权力部门的牌友,就常常一输就是千儿八百,掏钱时还一脸谦逊,自叹牌技太臭;有些人说吕副院长的老婆傅丽萍一副好嗓子,吕副院长最喜欢让老婆在KTV请客,学校某些领导和傅丽萍对唱《心雨》,简直比毛宁和杨钰莹还深情;有些人说,吕鹏海的那些核心期刊的文章,其核心部位形迹可疑,绝非原创;还有些人说,他的所谓远走高飞去什么名校,纯属放烟幕弹欺骗学校,其目的就是要待遇要官做。除非是用膝盖想问题,才会相信,现如今的大学会把学历史的人当人才巨资引进,笑话!他如果真有地儿去,那地儿也比这儿好,那他干吗不像别人说走就走?说穿了,不过就是玩了点阴谋而已。这也不算什么高深的阴谋,《围城》中三闾大学的校园里,中文系主任汪处厚不早就把这点小伎俩传授给了教哲学课的副教授方鸿渐吗?

但问题是，既是一般性常识性阴谋，连老师们都能看出来，管老师的领导们竟会看不出来？所以，关键不在于你骗没骗人，也不在于你骗得了骗不了人，而在于是谁在骗人，是谁只要骗就能在双方心知肚明的情况下让对方心甘情愿无怨无悔地受骗。所以，想玩这种阴谋、玩过这种阴谋的人众矣，但前赴后继脱颖而出玩成功者鲜矣，盖无他，功夫在诗外也。再说了，胜者王败者寇，玩砸了才叫阴谋，玩漂亮了那还叫阴谋吗，那叫智谋！

又半年后，文学院院长调任学校学术委员会调研员，吕鹏海顺理成章毫无悬念地扶正，当了院长，并于同年晋升了教授。主持这么大一个学院的工作，事情自然是空前多起来，但吕院长日理万机之余，还是坚持每年招十来个研究生。他的大小事情，向来都是亲自操心过手。他一有时间就翻阅期刊，就从网上下载资料，反复研究，他鼓励每个老师都要保持科研不辍的劲头。他说，我知道我自己无论干什么，都不能丢了教学科研的老本行，这是安身立命的根本。

但大家知道，他安身立命的根本，不止于此。再说了，在文学院这样的穷学院，吕鹏海肯定是待不久的，他终归还要升。果然，这么快，就升了。从院长到处长，按说从行政级别上是平调，都是处级，但在中国，傻子都知道，学院院长和人事处长，这两个处级的含金量有多么不同。

钱书记说："吕院长调往人事处，这对他个人当然是大好事，但对我们学院的工作来说，大家都会感到是个大损失。不过，我们也不必搞得儿女共沾巾，毕竟还在一个校园里嘛。"钱书记说完哈哈大笑起来，他环顾一周，发现会议室里一片漠然的死寂，除了办公室主任徐导咧开嘴巴表示了一下，再没有第二个人响应他的笑。他只好讪讪地把目光收回来，落在对面吕鹏海的脸上。吕鹏海的脸上水波不兴，眼神安定又迷离，他好像看着钱书记，又好像看着他身后的墙壁，看着墙壁隔断不了的某个远处。

钱书记喝了口茶，定了定神，又讲："我们虽然很舍不得吕院长离开学院，但话说回来吕院长的高升对学院也是很有好处的，我总结主要有两点，第一，吕院长当了人事处处长，学校最重要的职能部门就有了咱们的人，以后就有人为咱们文学院说话了，朝里有人好办事嘛！第二，古人说学而优则仕，其实讲的就是人要靠硬本事，吕院长给我们文学院广大的青年教师树立了榜样，确立了奋斗的方向。"

高寒使劲地咳嗽起来，他好像被什么呛着了。又有几个人也跟着咳嗽起来，坐在旮旯里的谁打了个响亮的喷嚏，人堆里有了笑声。钱书记皱紧了眉头，正想喊肃静，却见田园站起来要往外走。平时开会偶尔有人出去接个电话上个厕所也是有的，他只当没看见。但自从那天听了田园的课，他对她就凉了下来，此刻看她离席就很不满。他板着脸说："田老师，会还没散呢。"

这一声说得会场刷地安静下来。田园在众人的目光中转过身来，正对着钱书记说："我知道会没散，我出去接个电话。"钱书记说："田老师，你不知道开会不能随便离席吗？开会也和上课一样，你难道在课堂上也随便出去打电话吗？"田园听了这话，目光直直地射过来，一字一顿地说："我在课堂上从没开过手机。我不知道这样的开会和我的上课是一样的。"说完，她翩然转身，绿色毛衫的身影消失在门口。令人不安的肃静中，钱书记听到过道里哐哐哐的清脆的声音，那是田园的高跟鞋在敲击瓷砖地面。

钱书记拿起一支笔敲打着办公桌说："大家看看，我觉得我们文学院现在出现了一些不好的苗头，纪律涣散！一些同志不严格要求自己，不互相配合工作，很多事上拧不成一股绳！本来这也是今天会议的议题，我是先报喜不报忧，先说了吕院长调任的事，现在请教学副院长通报这次教务处教学大检查的情况。各位老师，你们听听，我们文学院竟然有五位老师被教务处点名批评，我是痛心疾首啊！"

"被点名批评的分别是新闻系的李助教，他某天晚上提前下课9分钟。历史系的赵副教授，按教务处的说法他属于非法上讲台，因为没有携带经教学院长审查签字的教学进度表、教学大纲和计划。中文系在文学院人最多，出的乱子也多，刘助教早上第1节课迟到5分钟；张教授的问题是上课从没用过多媒体课件，并且对教务处的质询态度蛮横；高寒是上课只教书不育人，开学大半学期了，从未上交过一次学生出勤记录。以上几位老师按一般性教学事故处理，在本院接受批评，扣除一个月的岗位津贴，但不做全校通报。"

王副院长讲完了，老师们一片叽叽喳喳，场面乱极了。有些人脸上有按捺不住的窃喜或后怕，更多的人则同仇敌忾表示强烈不满，说这还让不让人教了，不用多媒体也要批评！那些正好挨着被批评的人坐的老师，便忙着安慰，说，这点破事别往心里去，教务处那帮白痴兼恶狗为了整老师抓老师的把柄，起早贪黑也不容易，扣的津贴权当赏给他们做辛苦费了！被批评的人听着这一片愤怒的声援，或默声不语作委屈状，或倾诉冤情加入声讨，或感觉到同事的温暖微微涨红了脸，或平静地不屑地注视着全场。

有些细心的人注意到了，前三个人的问题是教务处突击检查时发现的，但高寒被批评却和学院办公室有关，教务处要查老师们上交的学生出勤记录只能通过办公室查。老师们每学期开学领的教学材料中，有一份是学生出勤单，要求两周上报一次院办。可哪个老师真会上报呢？学生的出勤每堂课都由班级记录，任课老师再做一份不是重复劳动吗？就算是重复劳动，你画钩钩叉叉就能制约得了学生的出勤吗？这种制约有多少积极意义？怎么大学越搞越搞到中小学那儿去了？

　　所以，基本上多半的老师都未上交过出勤记录，或者到学期末补着画一下。问题就在这儿，大家都没有，偏高寒就被供出去示众了。

七

　　这天，田园正在给研究生上课，徐导推开教室门喊："田教授，人事处叫您！"她说："我这上课呢，什么事啊？"徐导说："吕处长亲自打的电话，没说什么事，就说让您现在去一趟。"

　　田园上完课去了人事处处长办公室，吕鹏海正在给一大盆长势极好的龙抬头浇水，他满脸笑容说："田教授大驾光临，蓬荜生辉啊！"然后放下水壶，关上了门。田园说："处长是不是看我评不了教授专拿我寻开心？"吕鹏海说："谁说你评不了教授？你怎么就评不了教授？奇谈怪论！你都评不了教授，谁还评得了？"听他这么说，田园恨恨道："吕处长，您是执政者，您莫非不清楚咱学校的规定？"吕鹏海乐呵呵地点着头说："清楚，清楚！学校的规定我清楚，你个人的情况我更清楚，田园同志，规定是规定，具体情况是具体情况，不要太教条嘛！"田园说："我倒想不教条，由得了我吗？"吕鹏海说："当然由得了你啊！关键是你这个人就是太教条，一根筋，认死理。"他拿纸杯泡了茶，说，"上好的新茶，你尝尝。"又问："最近忙什么呢？昨天今天我连续打你手机，都关机，我就知道你不是上课就是在图书馆呢。田园啊，我是真心佩服你啊，几十年如一日保持着这个状态，现在像你这样的人真的不多了。"田园低头看着茶水："吕处长，不是您说的这样子，我现在根本就没有状态，不知道自己是什么状态。"吕鹏海关切地看过来，问："你有什么事？"田园回答："没事。"然后问，"您叫我来有事？"

吕鹏海脸上浮出苦恼的样子，摆着头说："看看，就是这么生分！一口一个吕处长，还您您的！田园，我离你就这么远吗？你没事就不能到我这儿坐坐吗？"看田园一脸惊讶不安的神色，他颓然道："田园，看样子你是全忘了，咱们有过同甘共苦的过去啊！那年我硕士毕业刚来这个学校，你正好留校，我们几个年轻人在单身楼过得热火朝天的，一起做饭一起看电影，谁有了对象就先请大家吃一顿。一辆破自行车捎三个人，你一个朋友来看你送来一箱方便面，你请满楼道人分着吃。"

"吕处长不必怀旧，那都是过去的事了。"田园淡淡地打断，"那时候年轻，不知道以后大家都会有不同的生活。"

"有什么不同的生活？"吕鹏海激动地说，"你我还不都在一个校园里生活？我明白你的意思，我知道你们对我有很大的误会，这些年来我压力很大，但我忍着不做辩解。孔子说过，人不知而不愠，才是君子。我不怪你们疏远我，但我心里一直没有忘记过去，我常想起一句话，苟富贵，勿相忘。尤其你，田园，我是一直放在心里的。"

对面，是田园镇定的审视的眼神。吕鹏海喝了口茶，望着窗外说："有一件十五六年前的事，你可能忘了，但我不会忘记，你在外地读研时，我给你写过信，也就是求爱信吧。发走信后，我天天忧心如焚地等着你的回信，但一直没等到，我想是不是你没收到我的信，就又写了第二封、第三封，你还是没回。因为没回，所以好一段时间我不甘心承认自己被拒绝了，但事实上我就是被拒绝了，甚至比被拒绝更惨！因为你连个明确的拒绝都不屑于给我！田园，我就那么渺小，只配让你那样忽略不计吗？"

"吕鹏海！"这次，田园愤然叫了他的名字，"你翻这些陈年老账干什么？我当时不回信，只是因为那时候咱们大家关系好，怕拒绝会伤感情，想来想去，觉得装作没那回事是最好的办法。"

"是的，你当然可以装作没那回事，但我怎么装？我被你伤透了心不说，还从此在你面前抬不起头。我眼睁睁看着三年后你嫁给了老魏！田园，我比老魏差了多少，除了个子比他矮五厘米，我比他差了什么？他不就是只会在实验室对着瓶瓶罐罐发呆犯傻吗？"

田园看着吕鹏海眯着眼笑了："吕处长，全校的人有目共睹，你什么都不差，别说老魏了，你比任何人都强！怪只怪，我当时眼力太差，我没预料到你之后就是掌握我和老魏生杀大权的人物！"

吕鹏海扳着手指，一下一下，咔咔地响。他说："田园，你这是什么意思？什么生杀大权，好像我对你和老魏怎么了似的，你平心而论，这多少年我对你没什么不好吧！咱们在一个学院，我不好和你走得太近，但我明里暗里是照应你的。"

"我有什么事要你照应过？别怪我不领情，我还倒是真不明白，吕处长。"田园冷冷地说。

吕鹏海好脾气地笑着："田园啊，不要这样一副划清界限的样子，我又不是阶级敌人！说照应呢，具体也谈不上，你是骨干教师，事事走在人前面，自然也用不着我照应什么，不过在我心里，总是偏着你，拿你当自己人。你应该知道你也有你的弱点，太感性、太偏执、太外露，有时候显得不通情理，知道吗，这很容易得罪人，容易树敌。"

"我又不当官，又不争名夺利，我能树什么敌？我也不怕得罪人。"

吕鹏海伸出食指指着田园，感叹说："田园，你自己听听，这像个快四十不惑的人说的话吗？你要是只为讽刺我当官，讽刺我争名夺利，你可以赌气这么说说，但你要是真这么想，真相信自己说的话，那我简直认为你不是傻瓜，就是个大谎言家！田园，你真的有这么天真吗？你这半辈子，环境允许你这样一路天真下来了吗？"

田园呆呆地，半晌，她颓然低下头："就算你说的对吧，我就是一傻瓜，也是个大谎言家。"

"你什么都不是，你就是一拧巴脾气，有时候不管不顾的。"吕鹏海起身，亲热地把田园放着不动的茶杯端到她手里，顺手很自然地把她鬓边的一缕发拂到耳后，田园倏地闪开了身子。他笑笑，接着说："你知道吗，有段时间钱书记对你突然气愤得不行，时不时想找你的茬，我觉得奇怪，那家伙以前很惦着你嘛！后来我通过学生了解到，人家去听课，你给人家难堪，怪不得！听说你还以同样的方法当场气走了组织部的姚部长。

哈哈，你可真是做得出来！田园，你大概不知道我在钱书记面前做了多少工作，才使他不刁难你了。唉，你啊，就是幼稚！你无欲则刚，想抗议一些不合理的东西，可具体到人，你没必要得罪他们，为自己制造麻烦。"

"不过，我就是喜欢你这样，善良单纯，又爱憎分明，心高气傲。田园，这么多年，你竟然一点都没变！"吕鹏海眼睛亮亮地盯着田园，"你知道吗，我对你的感情也一点都没变。"

田园站起来："谢谢你，吕处长，原来你今天找我来是为了说这些，那就到这里吧，请你以后别再提起这些话。我不想再听第二遍！"

"等等！"吕鹏海起身拦在前面，"田园，你听我说完，我找你也不是单为说这些话。你不要以为我现在鼠目寸光，满足于做这么个处长，我还是要搞业务的嘛！我想成立一个地方文化历史研究所，好好地搞一下，打出一个漂亮的文化品牌来，学校方面基本上也走通了，现在我需要一些得力的人，你当然是不二人选。今天叫你来是要和你商量这个事的。"

"什么文化历史研究所，我不感兴趣。你找别人吧。"田园不假思索地回绝。

"当然还要找其他人，但你必须得参加！田园，你要理解我的一片苦心，我不怕你笑话，坦白地说，这事我基本上是为了咱俩想出来的。我现在离开文学院了，你我又不是一个专业，几乎没什么机会可以接触。但有了这个平台，以后咱们可以一起去调研，去开会，一起报国家项目，合作的领域是非常广阔的。你不是不知道，在科研上，我吕鹏海只要搞就不会吃亏，你跟着我搞，自然也不会吃亏！你做古代文学，这和历史文化有许多临界点，我们共同做，绝对是强强联手。"

"一起去调研,一起去开会。"田园重重地重复着吕鹏海的话,她直直地对着他的眼睛,"你想得很周密,吕处长!"

吕鹏海一把抓住田园的手,声音颤抖着说:"田园,怎么能想得不周密,我想了多少年了!可我从来没有机会,你对我一直冷若冰霜,咱们虽在一个校园一个学院,但始终咫尺天涯。我心里的话,从来就不敢对你说一句。田园,你心里是怎么想的,告诉我!我对你的这份情你难道一点都不感动?"

田园低下头,慢慢用左手掰开吕鹏海紧抓着她右手的手,慢慢抽回自己的手。吕鹏海说:"田园,我可能有点冲动,请原谅。"田园说:"吕处长,你说多少年都不敢对我说一句心里话,可今天一口气说了这么多,你表现得这么勇敢,这么男人,我对此变化很好奇,我想请你回答我,是现在的我沦落到任你羞辱还得对你感恩戴德的地步了,还是你搬到这个处长室后终于拥有了可以这么光明磊落地向同事的妻子表示爱情的权力了?"

吕鹏海一愣,脸色旋即沉下去,阴下去,他僵僵地坐回去,黑色真皮的旋转椅把他的后背冷冷地对准了田园,田园对着那未老先衰的猥琐的脊背一字一顿地说:"吕鹏海,你知道你和过去不一样了,过去你不敢说,现在你敢;我也以为你和过去不一样了,过去我不敢直接拒绝你,因为那可能是一份美好的感情,现在我根本用不着拒绝你,听到你今天的话其实就像不小心吃到了一只苍蝇!谁会对苍蝇说我不想吃你,我要拒绝你呢?"

"好,田园!算你狠!"吕鹏海猛地转过椅子来,他的眼睛里有着一种彻骨的寒意。四目相对。少顷,他的嘴角撕开了一缕笑,尔后神情恢复了一贯的迷离浑浊,滴水不漏,他拉长了音调,用平时开会讲话的腔调说:"好吧,田老师,既然你暂时不想加入我的文化历史研究所,那我们也不多说别的了,以后有时间再做交流吧。你和你们家老魏今年都要报正高吧,不过听说条件不太硬,该有的一些条条框框还没全部达到,是不是?本来呢,我还犯愁怎么帮你们呢,现在好了,负担卸下了,你这么清高,不允许自己接受别人的帮助,我呢,虽然在专门管这事的位置上,但初来乍到,不熟悉情况,也使不上劲儿。如果你和老魏的教授万一有什么麻烦,到时我只能爱莫能助,替老同事惋惜了!"

"吕鹏海,你比我们已知的、预计的还要恶心一百倍!"田园说完这句,掉头就走。门是锁着的,她开开,门口悄然站着人事处的李干事,田园目不斜视地离去。李干事惶然的样子,红着脸急急地说:"吕处长,我是刚过来找您签字的,这个文件要您签字。"吕鹏海说:"拿过来,我签。"然后又大声冲外面喊:"田老师,再见啊!有空常来聊!"

八

这个学期,学校接连出了大事。

先是一大二女生被同宿舍另外五个女生暴打侮辱,不堪忍受破窗跳楼而亡;后是刚入学不久的一大一男生因作业全文抄袭被老师指出,恼羞成怒,当场拿水果刀捅伤老师,然后一路狂奔投湖而尽。

紧接着,马上要封顶竣工的学生食堂大楼被勒令停工受检,说是查出了严重的质量问题。一个月后,学校基建处处长被正式逮捕,校长调离。但过些日子后食堂大楼还是竣工了,也投入使用了。每天进出那里的学生络绎不绝,老师们偶尔也去吃饭时,常聚在一起议论,没有人知道这楼后来经过了怎样的改造,那些质量问题最终是如何解决的。

来了新校长。新校长上任第一件事,就是废止了前任体育迷校长精心打造的教职工运动会。新校长说,动不动就整群众运动会,这也太社会主义的初级阶段了吧,体育就留给体育系的人搞吧,别的人该干吗干吗!

"这就对了,"钱书记在文学院教工会上说,"现代社会讲究的就是个精密分工,像我们文学院这号兵马,就算使出吃奶的劲儿办运动会,能办出什么好来?纯属劳民伤财,瞎折腾嘛!从这一件事上就可以看出咱们新校长务实干练的工作作风!我相信他和这一任学校班子一定能使咱们学校的发展上一个新台阶。"

钱书记是个胸怀坦荡的人,总是能当众剖露自己的心迹,但他好像忘了,就在这间会议室,就在这个座位上,他关于前任校长和运动会发表过更慷慨激昂的赞美和拥戴。会场闷闷的,大家听着钱书记冗长的回顾过去展望未来的讲话,内心里其实有点怀念准备运动会时那些乱哄哄的兴奋日子。怀念一套未来得及实现的夭折了的服装。

钱书记说:"学校新校长上任,咱学院也来了新院长,从学校到学院,万象更新,现在我把新院长隆重介绍给大家,让我们大家以热烈的掌声欢迎新院长上任。"

不算热烈但也不算不热烈的掌声中,一个平头小个儿的中年男人站起来微微点头,说:"谢谢大家,我很荣幸来文学院工作。"

虽是第一次正式亮相,但老师们对他的长相说话腔调着装等等没任何新奇感。他是这个校园里的一张老面孔。大家感到新奇的是他会来文学院当院长，而且一来就是全盘主持工作。上个月他还是学校宣传部的一个小科长，他在那里默默无闻地写材料写了十几年了。文学院的院长位置空出后，许多人上蹿下跳，使尽招数要来补这个缺。有些人撺掇两个副院长说："人说近水楼台先得月，你们倒好，要把江山拱手相让给别人，该活动就去活动，别坐以待毙啊！"其实说这话的人心里清楚，两个副院长从来就没有坐以待毙过，但这些话他们还是爱听的。听完，一个是摇着头冷笑，一副愤世嫉俗生不逢时的孤傲样；一个是摇着头叹气，一副深谙其中机关愿赌服输的倒霉样。还有几个人对徐导说："你是文学院的资深办公室主任，情况熟，有基础，这院长的位子你也可以去竞争一下。"徐导倒是一点都没被迷魂汤灌倒，他说："你们这些教授博士啊，可真是书呆子！我一个科级的院办主任，能一步跨到院长位子上去？不可能的事！我还是像蜗牛一样慢慢爬向副处级的宏伟目标吧。"

事实证明，徐导虽为资深科级干部，但在政治上也还是比较幼稚的，他认为不可能的事就摆在眼前。宣传部的一个小科长直接变成了文学院的一把手，虽然任命文件上院长俩字前面还有一个"副"字，但却是主持工作的副院长。所以一般情况下，去掉那个副字只是一个程序问题，指日可待。

新院长开始就职讲话时，高寒悄悄对坐在身边的于辅子说："于教授，您说咱们新院长会不会在名片上写'某某某，文学院副院长（没有正院长）'？"于辅子一愣，旋即扑哧一声笑出来，前后左右的人朝他看，他赶紧忍着笑，托托眼镜正襟危坐起来。过了一会儿，他又一个人笑起来，指点着高寒说："小高，你这个坏小子，记性倒是蛮好。"

高寒的话来源于他刚刚参加工作文学院还是中文系的时候，时光荏苒，风流云散，能一起重温这则典故的老同事已经不多了。那一年，老系主任退休，副系主任主持工作，他新印的名片上是这样写的：秦某，某大学中文系副主任（无正主任）。

可惜了那张制作精美的名片，散发了不到半年，就被迫停止使用了——中文系来了正主任。但那名片的事却流传下来，成了众多原创笑话中的一则，余音袅袅，源远流长。

会议最后一项内容是钱书记宣布今晚文学院全体教职工去"在水一方"酒楼参加新院长的欢迎宴。饭后愿打牌的去4楼"红袖添香"休闲吧，愿唱歌的去9楼"不如唱歌"KTV，这一条龙服务，徐主任都已为大家安排妥当。钱书记说："为迎接文学院将要出现的新局面，各位老师好好庆祝一下。"

高寒相当郁闷，错过了好一顿大餐啊！他晚上要去听课。最近报了个人事厅办的计算机培训班，准备参加年后的职称考试。他这脑子和电脑死活不来电，不培训一下是不行的。之前，他捣鼓了两篇论文，凑了些副高的条件，唉，成不成明年都试着申报吧。于辅子说，怎么着，诗人，要向体制投降了？高寒苦笑："不投降，行吗？我辈岂是蓬蒿人，著书只为稻粱谋。"于辅子长长地叹口气说，好！浪子回头金不换嘛！

同志们浩浩荡荡杀向酒肉场了，高寒在学校小吃店匆匆解决了晚餐，便去上课。不远一点路却堵车堵得天昏地暗，待赶到上课地点时已有点迟了，大教室里人满为患，找不见空位。他从前面走到后面，又从后面往回搜寻，这时靠墙坐的一个年轻女人站起来招呼他："高老师，我这儿还有一个位子呢。"高寒赶紧过去坐下，高兴地道谢，然后问："你认识我啊？"女人朗朗地笑了："你是大诗人啊，天下谁人不识君！"高寒说：

"别逗了,你以为我是李白?就算是李白,现如今也是走遍天下无人识,李白又不是王菲!除了我上课班级的学生,我这张脸没被人喊过高老师。难道你是我哪个班里的学生?"这下女人笑得更欢了:"高老师,我有那么年轻吗,你可真幽默!我认识你是因为咱们是一个学校的同事,自我介绍一下,我是教育学院的巩梅。"

校外遇到同事,自然很亲切,巩梅看上去又是个开朗爽快的人,高寒很快就和她混熟了,以后便相约占座,在一起听课勾题,一起研究其实很弱智的计算机操作。课后也交流一下各自学院的情况,骂一骂学校、物价和空气污染。

这天听完课出去时,外面飘着不大不小的雨,两人都没带伞,便在楼下踌躇了一下。路边有家四川小吃,巩梅说:"要不我们去吃碗酸辣粉,没准儿雨一会儿就停了。"高寒说:"好,我请客,如果吃完出来,雨还不停,你请客打车。"巩梅笑喊:"不行啊,那我就亏大了,一碗酸辣粉才6块钱!"

高寒一边吃一边聊刚才电脑老师说的一则笑话,巩梅看着高寒沉吟不语。高寒问:"怎么了,一脸的忧愤深沉?"巩梅说:"高老师,我觉得你这人其实挺认真踏实的,不像传说中的那么玩世不恭。你们学院今晚又去吃喝玩乐了,你放弃不参加,来上这个破课,可见你做事有始有终。"高寒乐了,说:"巩老师,你干脆直接把我定位成又红又专德艺双馨得了!"停了停,他问:"咦,你怎么知道我们学院又去吃喝玩乐了?"

巩梅答:"我就知道你不知道,要不怎么一次也不提起呢?高老师啊,你可真是不食人间烟火的诗人啊,你没听说过你们办公室徐导的老婆在教育学院吗?我就是。"

原来如此。原来,是徐导的老婆。

高寒放下筷子，慢慢点上一支烟。他的嘴角浮起一缕冷冷的笑："噢，知道了，那我传说中玩世不恭的高大形象是徐主任塑造的吧？他怕是没少说我的好话吧？"

巩梅没注意高寒的表情，她辣得吸溜着鼻子说："我也就一说，他呀，干着办公室那些没完没了的破事烦得要命，回家要么看电视要么就和儿子抢着打电脑游戏玩，哪顾得上和我闲扯！"她喝完了最后一口汤，很愉快的样子看着高寒，说："高老师为什么不吃完就抽烟啊，我觉得这粉挺好吃的，我就馋这个！"高寒答，是挺好吃的。巩梅笑了，停了停，她突然想起了什么，换上了很认真的神情，又往前倾了倾身子低声说："高老师，你以后可以帮我写论文吗？我有几篇论文一直发不了，我觉得就是写得太干巴，没有文采，没准你帮忙润色一下就能成。唉，说起来，我这人其实挺喜欢文学，但就是没天赋，所以我特崇拜像你这样文学素养高的人了！"

"帮你写论文？"高寒从烟雾的后面打量巩梅。他像第一次看见她那样细细打量她。这是一个年轻妩媚的女人，活泼的风情呼之欲出。她一双眼睛不算大，却灼灼有神，闪烁着简单直白的热望和欲求。她喜欢笑，但不笑时，静止的脸部表情在某一刻挺像徐导，这就是人们常说的夫妻相吧。

"高老师，你是不是觉得我说这样的话特冒昧？"

高寒扔掉烟蒂，对着巩梅幽幽地笑了，用极欢喜的语调说："不！一点都不冒昧，我太愿意为你效劳了，尊敬的徐太太！"

九

田园坐在那面湖前。是黄昏的湖，一轮圆圆的殷红殷红的太阳从不远处高耸的楼顶上照下来，湖面上一波又一波粼粼的金黄色光晕，连成了无穷无尽的金练，闪闪地晃煞了人的眼。

说残阳如血，果真如血。田园记得小时候听了这个词后觉得很美，就想实地观察一回如血的残阳，但一直没看着过，很失望。她记忆中的夕阳总是暖暖的金色，柔柔地一点点地褪尽那白昼的炽烈，在水一般流溢的光线中静谧地隐去，把祥和沉寂的黑慢慢推到前台。就是这样，过去很少见到这样红得不可思议的落日。有些人说，红日是大气污染严重的城市才有的景观。田园不知道是否如此，对科学她所知甚少。只是现在的她，不喜欢这么红的夕阳了。何必呢，不过是一次谢幕，搞得这么壮怀激烈。

记得那一年，那一天，是朝阳下晨光中的湖，她对着湖哭，又怕人注意不敢哭，焦一苇说，没事儿。于是，她就继续哭。

那好像是昨天的事，那些泪好像热热的，还在脸上，不由自主地，她伸手去摸，脸却干干的。已经20年了。20年一路走来，那样的泪已成了珍稀的记忆。青春是多么挥霍的事情啊，想哭就哭，想哭就有泪磅礴而出。焦一苇说，没事儿，没事儿。是的，没事儿，现在，心很疼，疼得很空，好想把这疼这空哭出来，眼睛里却没一丝泪意，这才真正懂得，那时候，哭得天塌地陷的自己是真的没事。好让人羡慕的那一个自己。那么多再也找不回来的泪水。

田园坐在环湖堆砌的石阶上。她的后面是整齐好看的一大片空旷的草，无数根连绵而成的草，在机器的裁剪修正下长成了一色一样听话的样子，长成了广告宣传图片里富足强大的野火烧不尽。

以前，这里是一片树林。那么多漂亮的松树，还有槐树、枫树、合欢、梧桐，还有叫不上名字的高高矮矮的树，春天有一嘟噜一嘟噜的彩色的花开在枝头，秋天有片片黄叶红叶在风中飘舞。无论春天秋天，树上都有鸟整日地欢叫，树下有制造着各种声响的学生。

现在，这里很安静。校园内外，四处可见都是多功能教室、网吧、饭馆和出租房。苦读用功的，唱歌吟诗的，互诉理想的，体验爱情的，都有了更合适更开怀的去处。没有了可栖息的树枝，也不见了争奇斗艳的孩子们，那些鸟们也不知去向了，它们全呼啦啦飞走了。

岁月了无印痕，仿若是那么多的明媚鲜艳就不曾有过，仿若是围绕着这面湖的本来就是这一览无余的绿草坪。

仿若，一直就这么安静。

可是，田园还是一遍遍地想，想那棵从众多树中脱颖而出，把它美好的投影洒到她和焦一苇身上的树，那一年，那一天，那一棵唯一的水杉。它后来怎样了呢？他们会把它怎样呢？

一棵树，长到那样葱茏的年纪，突然被人连根拔起，就算他们没把它怎样，就算它在某一片重新植根的泥土里还是一棵树，它怕是也回不去所有的好时光了。

树犹如此，人何以堪。

终于，红日从楼顶跌下去，暮色轻轻漫上来，田园最后看了一眼光影变幻的湖水，起身离去。走到草坡东面的小路上时，迎面一个女孩惊喜地喊出来："田老师！"

是中文系大四的东方昕。她手里拿着两本大大的英语教材，站在田园面前兴奋地涨红了脸，"田老师，怎么这么巧，我这两天正要找您呢！"

田园爱怜地看着女孩青春光洁的脸，亲切地问："找我有

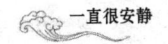

什么事啊，瞧把你急的！"其实她大致上知道她找她什么事，去年她教她们班时，她好几次说："田老师，我喜欢您，要考您的研究生！"记得自己还对她说过："傻孩子，可不能为了喜欢我就报考我，专业选择是很重要的事情。"其实，自己也是喜欢她的，这是一个安静读书的好女孩，漂漂亮亮又清清爽爽。上课时，她一双亮晶晶的眼睛看着你，她提的问题能看出是经过认真思考的。一个班上，总有一两个像东方昕这样的学生，让当老师的一口气讲几个小时不觉得累，让当老师的觉得一年一年这样讲下去把自己一点点讲老了的人生，也是值得的。

果然，东方昕说："田老师，过几天就要报名了，我要考您的研究生，想先跟您打个招呼，请示一下该准备什么。"

田园低下头，避开女孩热切的脸。好半天，她决绝地开口："东方昕，你报考别的老师吧，我以后不招生了。"

"什么？"东方昕大吃一惊，"田老师，为什么？为什么您不招生了？"

"因为，我调走了。下星期我就离开咱们学校了。"

死一般的静寂。田园抬头接住了东方昕的目光，那里有疑惑，有质询，更多的，是受伤。"您去哪里？您要去哪个学校？"终于，她问。田园答："哪个学校我都不去了，我转行不当老师了。""那您去哪里？"她执拗地问。田园说："我调到文联下面的一个理论研究室了。"

田园往前走，东方昕默默地跟在身边。她看见了她眼角闪烁的泪光。她说："东方昕同学，真是对不起。"东方昕咬着嘴唇，好像极力忍着一个天大的委屈，听她这么一说一下忍不住了，她用手中的英语书挡住了脸，泪水乱乱地流下来。"老师，您破坏了我！"她低低地哭出来，"现在我该怎么办？"

"东方昕,你听我说,没有这么严重,学校里还有一些很好的老师,可以去考他们的。如果喜欢我这个专业,我可以给你介绍别的更好的学校。"田园抚着女孩的肩,细声安慰。

东方昕更凶地哭出来,她摇着头说:"不光是考试,老师!您知道吗,我本来就很犹豫,从考上大学那天我就在想我要干什么,别人知道我很用功,但不知道我其实也很空虚,老师,我一直都很迷茫!"

"我从小学一年级就开始拼命用功地学习,学到了现在,可我不知道学习最终的目标。难道只是为了让人一路夸我爱学习,夸我乖乖女?或者这一切最终只是为了谋生?同学、老师、家长,人人说的都是找个好工作,可什么才是好工作?公务员是好工作?外资高薪是好工作?怎样才算是好的工作?老师,我真的很困惑。"

"去年,您给我们上课,我认识了您,一下子知道自己该干什么了。我喜欢您,我想要做一个像您这样的老师,在美丽的大学校园里安静地读书教书、生活成长。"

东方昕的话就像一滴一滴洁净的水滴进田园的心坎,又像一记一记重重的鞭影打在她看不见的伤处。她在渐渐暗下来的天色里看着女孩美好的面庞,胸口涌动着万千思绪,嘴巴却干干的,说不出一句话。

"从那时候开始我每天都学英语复习专业课,我要做您的弟子,将来也当中文系的老师,我想在咱们的校园安静地生活。可您为什么要走?连您都要走!您走了我怎么办?您把我扔在半路上了!您知道吗老师!"

东方昕一边说一边哭,她把内心表达得那么明晰流畅,那么理性,她一直都是个口才很好的学生,但她又哭得那么乱七八糟,那么任性那么孩子气,泪水不断地划过她的脸颊,扑簌簌落下。田园从包里拿出手帕纸,递了一张又一张。她有许多的话想说给这个心爱的学生,却心神疲惫,久久说不出一句。她急急地想要止住她的哭,却又想,没事儿,哭就哭吧,年轻时总有这么多恣意而哭,哭完了,她也就用不着别人的回答了,那些答案就在前路上,那些永远也没有答案的疑问也在前路上,所有的对和错都在过程里,让她自个儿一路走下去,慢慢经历吧。

是的,没事儿,真的没什么事。

和东方昕无言道别后,田园在13号楼下碰上了钱书记。钱书记正在遛狗,一只奇形怪状明明像羊偏偏叫狗的宠物。狗在钱书记身前身后千娇百媚地撒着欢,钱书记一路小跑逗着狗。这时候,他看见了田园,他好像不知道该不该和她打招呼,犹豫了一下,还是停下步子,说:"田老师,散步呢?"田园回:"书记好!"

田园低头微笑着打量狗,钱书记在她身边侧头打量着她。半晌,他突然长长地叹了口气,问:"田老师,下星期就走?"田园答:"下星期就走。"钱书记说:"田老师,我是个心直口快的人,有句话憋在我心里难受了好些日子,你要不调走,我也就不打算问了,影响团结的事,我向来不往心里去,过了就过了。可现在你要走了,我还是想搞个清楚。"田园看着钱书记平静地说:"您问吧。"钱书记说:"田老师,你知道这多年来我一直都是非常看好你,也是支持你的,可你好像对我有看法,而且看法还不小,究竟为什么?"田园说:"钱书记,我说实话,您会信吗?"钱书记说:"我当然信。"田园说:"那我告诉您,书记,我对您没看法。从来没想过要对您有看法。"

钱书记愣愣地看着田园,他一时揣摩不透她的话,眼睛里显出释然,却分明又笼上了一种很失落的神情。田园笑了,说:"怎么着,书记?看您这样子,是不是我对您没看法,您反倒因此对我有看法了?"钱书记回过神来,也笑了,说:"小田,要走了,你反倒调皮起来了!"停了停,他又说,"有些事,我还以为是你对我有意见,没有就好。其实我也想到了,你不过是看不惯学校对老师教学的一些粗暴干预,不光你,其他老师也都意见很大。"田园看着他,看着他身后迷蒙的校园夜色,难以名状的倦意从心底浮上来,她说:"是的。那就这样吧,再见了书记。"钱书记说:"再等等,话赶到这儿了,我有句心里话还想对你说,小田,我不知道你为什么执意要走,我觉得你这个决定是错误的。"见田园沉吟不语,他接着说:"要走也没什么,走的人多了去了,问题是你得往高处走,要是你去一个比咱学校更厉害的大学,那没啥可说的,你田园是有这个本事的嘛!可你去什么文联的理论研究室,那明摆着是个清水衙门,没什么奔头嘛,现如今谁还去那样的地方!小田,你也不是小年轻了,有道是人过留名雁过留声,你做事还得注意影响,不能让人笑话!"田园答:"如果有人笑话,也只好由他们去了。"钱书记听这话,一下子激动起来:"小田,你傻啊!这还不光是笑话的事,你自己知道的,你们这个硕士点马上就要升成博士点了,这里面有多少你的心血,你自己比谁都清楚!等你的正高一下来,你就是博导了,年轻有为的学科带头人,多风光!别人为这个打得头破血流,你却要走,把自己这么多年的劳动果实留到地里不收,让别人吃现成的,你真傻了?小田!"

田园说:"我不傻,我知道我收不了的,不想收的,就不是我的。"

"什么收不了,什么想收不想收,你别给我来虚的!听你这话,你还真是傻啊,小田同志!"钱书记连连摇头,一副恨铁不成钢的忧心状:"我告诉你一些不可告人的内幕啊!你自己地里的,是你的,别人家地里的,也是你的,只要你敢收,你能收,这才叫本事!你看看咱们学院那些人,以前的事不说了,就今年新来那几个女博士,哪个不是处心积虑口蜜腹剑的人精啊?人家那才是念书念活了!田园啊,你还得好好修炼呢,你别教古代文学把自己教成赶不上形势的老古董!"

"谢谢您,书记!"田园说,"不耽误您的时间了,您看,狗狗等急了,直催您呢。"

十

高寒这天从收发室拿到了一张汇款单,300元,这回还行,不少了。他高兴地哼着小曲去文学院办公室开证明。

到门口就听到徐导和几个团学干事说话的声音。咯咯笑的,是资料室的黎钰。这些坐班干行政的人有事没事就爱凑一起说闲话。高寒本想推门进去,但脑子一闪,突然想起上次无意偷听到徐导说他坏话的事。今天他们该不会又在背后败坏他吧?鬼使神差地,他放轻脚步,假装看橱窗里的信息通知,悄悄站到了门口。

"今年咱们学院报副高的老师有好几个,听说竞争挺厉害的,你看哪个最有戏?"这是小王的声音。

"我说不准哪个最有戏,但我知道高寒那小子最没戏!他要是也能成教授,那教授也太不值钱了!"这是徐导的声音,和上回一样的声音,和他一贯对高寒的态度高度吻合的声音。

黎钰说话了:"主任,我觉得你对高寒有偏见,其实他的学生反映不错,也有点真东西,主要是写点诗什么的,耽误了正事,没赶上趟儿。不然,像他这样的副高早上了,都该努力评正高了。"

"高老师怎么不结婚呢?"小王插进来问。

"他倒是想结,谁跟他结呀!哈哈!"徐导笑起来,又是刀子一样的笑声,"都是眼看着奔四十的人了,听说现在老男人很抢手,不过兜里没钱的不能叫钻石王老五吧,顶多也就是个资深光棍!"

停了一下,又听徐导说:"黎老师说我有偏见,说得没错,我还真有点偏见!我上大学时宿舍里就有个写诗的流氓,有些事——唉,不说了,总之,打那时候,我一看见搞什么破诗的人就烦!"

"呵呵!"这回是小王的笑声,"徐主任,是不是你们宿舍那诗人抢走了你的女朋友,给你留下了创伤性记忆?"

徐导呸了一声:"那小子根本不值得说,还是说咱们身边这个货色吧!你们说说,年轻的时候胡诌两句诗也就罢了,都这么大年纪了,一个娶不上老婆的人还好意思给学生搞什么诗歌沙龙,那叫诗歌吗?那叫内分泌失调!有句话说,人生最大的悲哀就是青春不在了,青春痘还在,说的就是高寒这种人!"

高寒推门而入,屋里的人慌乱地站起来,除了徐导。徐导坐在办公桌后,脸上嘲弄的笑还未来得及褪去,他就那么冷冷地盯视着高寒一步一步向他走去。黎钰挡过来,强作镇静地问:"高老师,你有事吗?"高寒和颜悦色地回答:"一点小事,汇款拿不出来,得徐主任开个证明盖个章。"黎钰悄悄地吁出一口气:"哦!"

徐导脸上的表情也放松了，他往椅背上一靠，用一副挺拿谱的样子指挥小王说："过来，你来给高老师写个证明。同志们啊，这几天可把我累惨了，学校左一个临时通知，右一个紧急会议，成天折腾，今年没运动会这档子事了，却又冒出个红歌会，学生也唱，老师也唱，这红歌会简直没法和运动会比，难度系数要高多少倍！又要指挥又要伴奏又要服装，等到你们练好了歌，唱得全国山河一片红，我也就累趴下了！唉，我这叫挣的是卖白菜的钱，操的是卖白粉的心！"

"徐主任，你可真是妙语连珠！"小杨在电脑后面笑得花枝乱颤。

"得，你这是说我鲁班门前耍大斧吧，我这儿可站着一大诗人呢。"徐导今天或许是有点心虚，或许是心情好，他挺客气地说："高老师，你也坐下聊会吧。"又说，"你这挣稿费是好事，不过挣一次稿费就得开一次证明，也挺烦人的，这改名的事办得不爽！"

高寒也客气地回答："你说得对，不过已经这样了。"停了停，他又说，"我要是有你这样的好名字，就不用这么折腾再改名了。"

"哦？"徐导很感兴趣地倾过身子，"我的名字好？怎么个好法？"

"你的名字很好，你们城里人的父母，就是会起好名字。"高寒说，"徐导，徐导，你听听，别人一听就以为你是硕导、博导，或者是电影电视剧导演，一听就知道不是一般人，一听就肃然起敬。"

"你小子拿我开涮呢！"徐导骂，一脸高兴的笑。

"还有，从字面上理解，两个字也很和谐有意思，导是教导,导就得徐徐地、慢慢地、谆谆地导,是不是?所以,大主任,你可别辜负你的名字,你以后教导我们就要清风徐来,不能简单粗暴。"

"哟嗬,这还真有说头,不愧是舞文弄墨的!"徐导笑得更开心了,他从抽屉里拿出大红印章,重重地盖在小王开好的证明上,然后抬起头很慷慨的样子对高寒说:"其实,你以前的名字也挺好的,高老师。"

高寒说:"我没说不好,也还用着呢,只是仅限于几个人用。"

徐导说:"这又有什么说头?让我们听听,哪几个人用?"

高寒答:"这能有啥说头,就自己家里人用呗!我爹、我娘、我姐、我表哥,现在,还有巩梅。"

徐导一愣:"巩梅?哪个巩梅?"

高寒答:"就是咱们学校教育学院的巩梅啊,咱学校没第二个巩梅了。巩固的巩,梅花的梅。这名字一般,没你的好。"

一刹那令人心悸的静。然后小王欢呼:"高老师有对象了?教育学院的?巩老师教什么课的呀?"黎钰厉声打断:"闭嘴小王!"小王噤声,诧异地看着突然变了脸色的几个人。

徐导喘着粗气,声音低沉得吓人:"高寒,你再给我说一遍!"

高寒平静地回答:"怎么了,这有什么不对吗徐主任?我说我爹我娘我哥我姐不叫我高寒,叫我耀祖,现在,巩梅也叫我耀祖!还别说,我发现巩梅说话怎么有点像主任你呢,挺幽默的!我俩在一起,她常说,'高寒高寒,你小子又不是嫦娥,你玩什么高处不胜寒!你别想揪着头发上天,你乖乖在地上待着,做我的耀祖'。"

"高寒，我宰了你这个浑蛋！"徐导大吼一声，绕过办公桌直撞过来。黎钰叫道："徐主任，徐主任，你冷静点！"高寒站在原地一动不动，面不改色。

"徐导，徐主任！"随着一声大嗓子，钱书记风风火火冲进来，"咱请歌剧院马指挥的事，徐导你咋还没落实呀？这红歌会比赛，文学院绝对不能落后的！"

遇 见

一

我是奔着湄城去的,我没想到要在青坝停下来。青坝是一个小地方,之前从未听说过。当然,湄城也是一个小地方,但它有大名气,过去是因为那里出产过中国历史上最著名的美女之一,现下是因为震惊全球的特大自然灾害。这些年,灾难多了去了,摊上谁是谁,摊到哪儿是哪儿,该着要出名的事情,人和地儿都躲不开,避不及。说起来,这也有点像人和人的遇见,像我在离目的地湄城二百三十公里的地方,突然停下脚步,和一个叫青坝的地方狭路相逢。

我得承认我说话有点绕,这是我的职业病——我是一个作家。这年头,说职业是作家是极其可疑的一件事,但没办法,我就是靠这个吃饭的。最初,写作是一种切口,是一种途径,是一种和这个世界以及自我发生关系的方式。慢慢地,它只是成了一种职业。所以,现在,我越来越搞不懂写作使我越来越明白生活了,还是越来越迷糊了。当然,在我们这一行里,犯迷糊的不是我一个人。年前在京城的一次散文研讨会上,许多人就文学应该是把纷繁复杂的事情简单直接地透析出来,还是应该把看似一目了然的生活剥筋刮骨深入迂回地表达出来,争论个不休。我忘了是哪个傻瓜先挑起的这个话题,反正争论到最如火如荼时我实在不堪卒听,忍无可忍只好一把抓起外套愤然离席。都快走到地铁站了,却又想起会后的晚餐。想起会后的晚餐，我几乎没经过60秒的思想斗争就掉头原路返回。这并不证明我是个馋嘴贪吃的人。谁都想得到，很多时候，饭局大于会议，吃饭的意义无穷大于吃本身。走在回头路上，突然有一句著名的电影台词跳进脑子里：出来混，迟早是要还的。我很悲壮地想，不是迟早要还，是随时随地都在还。为了一个有可能悬念迭起、活色生香的饭局，你就必须得让自己忍受一场无聊且冗长、弱智而又煞有介事的研讨。

这半年，这样的研讨眼见着少很多了，上面说，空谈误国。其实，空谈减少了，或者不空谈了，并不是因为怕误国，而是忽如一夜春风，神州上下开遍节俭之花。以往空谈圆满结束之后隆重推出的大餐，现如今变成了自助。当大家排着队往自己盘子里堆放萝卜豆腐，无暇顾及对面身后的同食者一眼时，吃饭的意义便跌回到了它最初填饱肚子的层面。更有甚者，有些会议连个自助餐都不安排，会一散，大家拍屁股走人，各回各家，各找各饭。既然，形势发展到了这一步，当年饭局上的无限风光不复再来，酒桌上的万千故事胎死腹中，那么空谈便被硬生生抽掉了它赖以生存的根基，它哗啦啦散了架，也全然没了往日指点江山气吞万里的架势。这样仓皇潦草的空谈，想让它误国，也难。

说起饭局，说起节俭，就不由得让人又气又笑地想起我出发来湄城之前的那次聚会。本来，我们那帮人是十天一小聚，一月一大聚，有事没事都喜欢瞎黏在一起。多少年都这么过来了，所以大家都坚定不移地相信把我们从五湖四海，从城市的各个角落召集到一张饭桌上的，是坚定不移的友情。是友情无往不胜的力量，把我们从父母、妻儿、情侣的晚餐上夺回到朋友的身边，从日常尘俗中夺回到神吹海聊的精神生活中。可是，到了今年，情况突然有了变化，而且是根本性的变化。这一变化，才让人彻底悟过来，多少年扎堆一起吃，一起喝，买单的不是友情，是陈少。

陈少买单的历史源远流长，从我们根本没有听到过买单这个词，所有的买单还统统叫付账的时候，陈少就开始买单了。他有钱。当然从初中到高中，同样有钱的同学少说也有七八个，我们读的不是一般的中学，而是机关子弟云集的被本市老百姓称为贵族学校的榆树庄中学。在榆树庄中学，有钱的学生并不是凤毛麟角，但又有钱又有大哥范儿的，我们却只碰见了陈少一个人。整整六年，陈少最爱干的事儿就是乐呵呵地把散布在各个班的我们召集到一起，然后满城去搜罗能吃能喝的地儿。对此，他兢兢业业，全力以赴，可以说从没错过一个可能的机会。我们的中学生活因为有了陈少，就像教室后墙上的"学习园地"一样五颜六色，乱七八糟。

人的精力是有限的，陈少的精力也不是无限的。他把有限的精力投入到无限的为弟兄们张罗吃喝的事情上，这必然导致了他的学习成绩和父母老师的期望之间出现了不小的落差。其实，他平时的作业倒是好的，而且字体各异，风格多样，数学有数学的好，语文有语文的好，很早就呈现出了专业分工的精密性。陈少的作业本上被各科老师意味深长地批满了"100"，"优"，"甲"，作文本上，除了"甲"之外，还有"中心突出，段落分明，语句流畅"之类的评语。本子发下来，陈少总是把它们囫囵扫进书包，而我常常在伙伴们一味高兴玩闹时，悄悄掏出陈少的作文本，翻看老师的评语——六年里，除了我踢球摔折了右胳膊病休在家那三周之外，陈少的作文，篇篇都出自我手。说良心话，我替他写作文要比给自己写用心很多。写了多少遍写到吐血的"一件有意义的事",写在他本子上的比写在我本子上的,愣是显得更有意义。而"寒(暑)假见闻"之类的,他的往往又有见又有闻,又有思又有感,险象环生,风生水动。临到给自己写了,那点江郎之才也耗得差不多了,懒得再做深度挖掘,笔下便寡淡了不少。但令人失望的是,老师给他的评语和给我的评语十有八九都是一样的话,就是那几个说滥了的词。现在回想一下,其实从我中学写作文的认真和期待老师写好评语这两件事就可以看出,我的写作打那时候起就基本进入了半自觉时代。我成为作家,并不是偶然的,就如同陈少必然要当官一样。

中学毕业后,我们这帮人去读了远近高低各不同的学校,但我们没有和别的小圈子那样一出校门就作鸟兽散,从此相忘于江湖。因为我们有陈少。陈少没有考上大学,他去上了一所我们搞不太清楚的什么干部培训学校,一年以后就在机关上班了。我们还是学生,他已领上了工资,这使他的大哥作风变本加厉起来。假期回家,往往是刚放下行李,还没有吃老妈精心准备的饭菜,就被陈少拽到了外面。"服务员,上最好的菜!你们店里的特色菜!告诉后厨,我给弟兄们接风洗尘呢,让他们别有一丝糊弄!"陈少的手在半空中一挥一挥,翻卷自如,颐指气使。他说:"挣钱干什么,还不就是图个高兴?可是,有钱就能买到高兴?大错特错!和那些勾心斗角的同事们在一起,花多少钱,结果都只能是高兴的反义词!所以,"他说,"只有咱们弟兄们在一起混,钱才是为人民服务的,才花得值,大家能吃吃,能喝喝,别省我钱,抽刀断水水更流,千金散尽还复来!"

其实,按说越到后来,弟兄们凑一块儿高兴也越来越不是那么容易、单纯的事了。大家上了不同的学校，各自有了新的伙伴，眼界不同，对未来的打算不同，高兴的内容也不同了。但问题是，我们变了，陈少却没有变，比如说话还是老腔调，喜欢夹带古诗文，常常走词串句但怡然自乐，喜欢用"反义词"这样可笑的课本用语，他说不高兴，很少说"不高兴"这三个字，而是说"高兴的反义词"。上学时，他的语文学得比其他功课好不了多少，所以我们一直以来很不理解他这种话语方式的由来。陈少更关键的没变是张罗人高兴的热情没变，号召力也没变。陈少不变，我们变了也等于没变。任我们风云变幻，他自岿然不动。统一人民思想那一套，陈少与生俱来，无师自通。无论后来，我们这些人走了怎样不同的人生路，无论陈少自己的官职怎样一步步升迁，腰围怎样一天天增大，他总是富贵不相忘，多少年将友情进行到底，把我们紧密团结在以他为核心的饭局上。

回顾历史再比照现实，你就明白陈少今年的表现是多么惊天地泣鬼神了：整整半年，他居然没安排一次聚会！刚开始时，大家没反应过来，咦，陈少这厮今年也忒忙了点吧？仕途跋涉最苦最累时，他都要隔三岔五招呼弟兄们，现如今稳坐着那么要害部门的第一把交椅，他倒大义忘亲，真的去做人民的勤务员了？待明白是怎么回事，便纷纷打电话打趣他，从此后真的金盆洗手，跟勤俭节约干上了？陈少支支吾吾，说大家先聚，大家先高兴，等他忙过了这阵。

日子一下清静下来。这才比以往更加清醒地看到，陈少不出头，我们聚不起来。陈少多少年为我们的高兴买单，天经地义，润物无声。眼下他隐身了，难道还会有谁拿着自己的工资卡挺身而出，力挽狂澜？比如我，我宁愿忍受弟兄们不得相聚的煎熬，也不愿以我无数个不眠夜换来的稿费以身试法。"五花马千金裘，呼儿将出换美酒"的气势，李白之下只有陈少才有。

这就是我去湄城之前的背景。总之，这个春天有点怪，除了冷清寂寞，还有一场一场的沙尘暴，雾霾天气驱之不散，人们都恹恹的。但我却在某一天得到了一个振奋人心的消息，我获准去"深入生活"了。"深入生活"不但是一种物质奖励，可以拿公家的钱去完成眼下炙手可热的一个词：接地气。对一个体制内作家身份的人来说，它更是一种精神荣誉。反正我看到自己的名字出现在官方网和报纸的重要通告中时，一时间心里油然而生一种成就感，成就感又蔓延出了使命感。我当即决定，由我出面出资张罗一次饭局，以结束这历史上从未有过的长达半年多的离散状态。

为了不让弟兄们生出抚今追昔的沧桑感，我考虑再三，最后还是咬咬牙去了以前陈少常请我们去的一家酒楼。一进门，迎宾小姐和服务生见我就像见了失散多年的亲人一样，领班亲自把我送进包间。往日这个时段人声鼎沸迎来送往的热闹荡然无存，整个酒楼冷冷清清的。领班说，现在所有的菜金打六折，个别特色菜还可以打四折。

陈少竟然差点不来。他说他有事，他确实不方便。我气得扔了电话。冯秋又打过去，说："我们九个人都到了，就差你了，老大！今天不是一般性的聚会，是在欢送作家上山下乡呢，明白吗，人家要去深入生活了！"陈少的声音大得满桌子人都能听见："阿樵那小子又在玩什么新名堂？他要去外地深入生活？这不扯淡吗，难道他现在没生活？"嚷了半天，他最后问了我出发的日期，这才答应赶过来。

半年多没见，陈少以头戴棒球帽的新造型登场了。难道这段时间,他不但告别了酒桌饭局,而且更进一步,直接走运动路线了?大家狐疑地打量他,发现他身形确有清瘦了一些的嫌疑,但整体并无改观,肚腩还是把皮带挤到了不能再往下的地步,只在那儿松松地挎着。节约也没见把将军肚减下去啊,我们笑。陈少把皮包扔桌上,对着满桌人吼:"看什么看,幸灾乐祸是不是?看哥们儿我现在落魄到吃一顿饭还得乔装打扮一下,怕被人盯上,你们的仇官心理是不是得到满足了?一群白眼狼!"

原来戴棒球帽是乔装打扮怕被人盯上?大家笑喷了,这也太夸张了吧,拿自己的钱和朋友家人吃个饭都会有麻烦?陈少,你也太自视过高了,你以为纪检委是为你一个人开的?听我们这么说,陈少鼻子里嗤地喷出一股冷气:"你们懂个屁!现在什么年代了,犯得着动用纪检委?随便什么人拿手机这么一拍,给你放到网上,你就百口莫辩了,谁管你是家庭聚会、朋友聚会、公费还是自费。没听说过吗,互联网时代,官员最是弱势群体!"他的话说得我后背陡起一层凉意,转回头看,包间的门紧闭着,并无拿手机瞄准我们的可疑之人。冯秋说:"老大,你言重了,你要相信党和群众的眼睛是雪亮的,他们不会放过一个坏人,也绝不会冤枉一个好人!今儿是楚樵请客,你就摘下帽子放心吃吧!"陈少一拳擂在我胸口:"你小子选这个时候搞饭局,明摆着这不陷害我嘛!不过,难得吃一顿,我豁出去了,爱咋咋!"他一现原形,桌上立马恢复了往日的笑语喧哗。

但陈少的棒球帽,自始至终没摘下来。而且,时间刚过十点,他就警觉地提议:"不早了,散了吧。""这就叫不早了?"大家无言,都无比同情地看着他。他避开众人的眼睛,径自招呼服务员买单。我一手摁住他拿皮包的手,一手拿出自己的钱夹。陈少哗地推开椅子站起来说："楚樵，想寒碜我是不是？难道我陈少已经怎么样了，连弟兄们一顿饭也请不起了？"我也火了："你这人讲不讲理，今儿是我招呼买单，这跟你什么关系！"但陈少寸土不让，要坚决捍卫自己的买单权。弟兄们也纷纷劝阻我："楚樵，就让老大付吧，你这么凶干什么，敢情去斯德哥尔摩领回那七百多万的是你？"陈少摁下我，掏出一沓钱交给服务员，服务员数出十来张，剩下的连消费单一起递给陈少，含笑说："陈先生，没这么贵，我们最近搞活动，菜金酒水都打折。"陈少哼哼说："好！搞活动就好，你们就做好长期搞活动的准备吧！"

十多年了，我们第一次见陈少买单付现金。他从来都是拿签字笔在账单上潇洒地一划拉。今天看他掏钱、装钱的样子，大家都怔怔的，气氛里竟然有了点肃穆的味道。我脱口而出："陈少，你不要太忧虑。"说完，立马觉得自己的话太不合适了。果然，陈少激烈地反应："我忧虑什么？我有什么忧虑的？楚樵你这个浑蛋，你这是要把我推到党和人民的对立面去啊！"然后，他搂着我的肩，手指一个一个地指过所有人，"你，你们！你们都不要虚情假意、幸灾乐祸，你们把我当成什么人了？我忧虑什么，恰恰相反，我是忧虑的反义词！要真有忧虑，我也是忧虑眼下这些事最终又不过是一阵风。哈哈，我劝天公重抖擞，柳暗花明又一村！"

五彩夜色中，我们各自散去。陈少在钻进车门的一时间，又回头重重地拍了下我的肩，说，阿樵，你确实也该深入生活，好好写点东西了，转眼咱们也就老了！他突然的语重心长差点让我鼻头一酸。

第三天，我就登上了南下的客车。我去湄城，那是组织上安排我去深入生活的据点。之前,关于湄城,我做了还算扎实的功课,它的风土人情,它的历史文化,已基本了然于我心。我期待它展现给我一个不一样的"生活",我信心满满地朝它驶去。

但我却在另一个叫青坝的地方停下来。

二

最初,楚樵全傻了,也跑坏了。他还来不及做自我检讨,让肠子在悔恨中泛出无穷的青。但实际上谁都知道,这样的事情发生在楚樵这种也算是走南闯北多少见过些世面的人身上,实在是不能饶恕的错误。之后几天时间里,来自组织上的批评,陈少、冯秋一帮哥们儿电话里接二连三的恨铁不成钢,都让楚樵越来越认识到这点。尤其是——叶子衿。在一起两年多了,她从没对楚樵说过一句重话。叶子衿是一个随和又含蓄的女人。但这回,她张口就说,楚樵,你还有什么委屈的,为了你那一口享受,你丢掉一只箱子一台电脑没什么了不起啊,丢掉一部长篇也值啊!她的话使楚樵无言以对。他觉得一记耳光从手机里劈空而出,响亮地甩在了他的脸上。

我之所以如此真切地描述楚樵的感受,是因为我有足够的发言权。快两年时间了,我和他休戚与共。我附着在他的思想中,他每一次的思绪流动生长着我,他的喜怒哀乐主宰着我。就好像,他说要有光,我就得赶紧起身点亮一支蜡烛。当然,事情貌似这样,但非尽然。更多的时候,是我牵着他的鼻子走。我自给自足,正在越来越成为一个枝繁叶茂的人。但我不知道楚樵还要拖多久,才能让我脱离他,真正成为一个独立的人。

相处这么长时间，我已深谙他的毛病，他拖沓、散漫，更重要的是，他舍不得放手，寻常的落幕也要淬心砺骨地完成。如若不是这样，我和他又怎会相失于江湖？说穿了，他对我这个人比起所有他经历过的人，更缺乏一点平常心，他想让我更完美一点，其结果，在一个叫青坝的地方，他把我丢掉了！

是的，我就是这段时间让作家楚樵痛不欲生的那个女人。为了我，他暂时放弃了去湄城，选择留在青坝。我知道他在找我，但我不知道自己该在这个陌生地方的哪个角落等他。我不知道还能不能等到他。我自以为水到渠成的命运突然间成了无法问津的悬案，前途跌进了无边的迷雾中。因此，我十分地恨楚樵，他本来可以让我和他的分别是瓜熟蒂落的喜悦和庄严，但落到如今却成了风筝断线的凄惶，花儿离枝的零落。

所以，当叶子衿的指责使楚樵尝到了被打耳光的滋味时，我虽感同身受却并不想对此报以同情。我甚至幸灾乐祸地想，你以为人家叶子衿几次劝你戒烟，你不听，这事就算过了？楚樵，别以为女人的名字叫软弱，等你自己马失前蹄时，新账旧账一块算呢！

不过话说回来，楚樵又犯了多大的错呢，他不过是去抽了一支烟。虽然抽烟时间严重不对，但老虎都有打盹的时候呢。况且，世上的事情，但凡命中注定要发生的，那就算怎样严丝合缝地经营，总还有节外生枝的蹊跷。我人有点宿命，总觉得楚樵和我和青坝，这么多麻烦的发生，并不是像他们说的如果楚樵这样而不是那样诸如此类就可以避免的。这肯定不是一支烟的事，冥冥当中一切皆有定数。

事情的经过是这样的。楚樵正在相邻厕所和盥洗室的那一处狭窄空间抽一支烟时，火车停在一个叫青坝的小站，广播说只停五分钟。楚樵抽完了剩下的那小半截烟,回到自己的铺位,无意中往行李架上扫了一眼,却立马惊出了一身冷汗:他的箱子不见了!他对铺的老者诧异不小:"那酡红色大箱子是你的?刚上铺那个小伙子下车时拎走了呀!"楚樵追至车门旁,汹涌的人潮堵住了他的视线。在列车将要关启车门的一瞬间,楚樵跳到了站台上。

接下来的事情无须赘述,在出口疯狂搜索,找车站派出所,报警等等,总之,一切无果。整个过程中,楚樵不断念叨着一句话,其他东西我可以不要,只要能把那电脑给我追回来就行,电脑追不回来,把那个U盘追回来也好!警官先生们鄙夷地忍受着他的絮叨,其中一个鼻子里哼哼着插话:"我们破案能追回什么,不能追回什么,并不是由你的需要决定的。你的电脑里U盘里有重要东西,你自己干吗不当心?"他们把他带回办公室,例行公事备了案,笔录时问到电脑和U盘的内容,这才带着惊讶和好奇重新看过来,"你是个作家?"

黄昏时,楚樵住进了青坝面河而立的一家宾馆,还好,他的现款、银行卡、身份证都在身上挂着的包里。离开派出所时,那个之前斜眼看他的警察态度很好,他握着楚樵的手说:"作家同志,你要是把那个U盘也装到你这随身包里就好了。"是啊,那个小小的U盘为什么没装到随身包而放到了拉杆箱里,这几乎像一个天问。宾馆门面不大,房间却也干净,床单雪白,水是热的。当楚樵重重地倒在床上,一种来自身心深处的挫败感随着窗帘后面浸漫而来的暮色,一点点包裹了他。

那时候,我正在一辆从青坝开往郊区被当地人称为三马子的拖拉机上。三马子风驰电掣,那个窃贼手里紧紧抓着箱子,他一路深藏不露的张皇开始换成了按捺不住的兴奋,他的目光柔情缱绻地一遍遍抚过箱子。这使我忍不住在心里替他惋惜，其实他真是在火车上看走了眼，楚樵那样的人，他的箱子里能有什么值钱的货呢？无非几件换洗衣裳，两双鞋子，几本破书，一条走哪儿都备着的抽惯了的烟，如此而已，除了那台电脑。那电脑是苹果。可它一旦沦落到坐三马子的命运，辗转在乡镇二手货市场上供人挑拣时，又能给这个辛苦的偷儿赚几个钱呢？

是的，楚樵的箱子里确乎没什么值钱的玩意，除了一个前途未卜的女人。

现在，你们大概也知道了，我就是那个女人。我叫夕颜，我是分别存在电脑和U盘里的楚樵的长篇小说《遇见》的女主人公。我个人非常不喜欢这个落寞风尘的名字，但楚樵每每为笔下的女性取名都要走这种唯美细巧的路线，我觉得这充分证明了他的不成熟。可此时此刻，当我颠簸在三马子的加速度中，风以强劲的逆力吹向我时，我突然就接受了自己的名字。我说过一切皆有定数。楚樵的《遇见》已写了二十七万字，二十七万字中我已经被宿命所破损，体无完肤。我和楚樵都盼望着能在最后的三万字里与一种月白风清的终点相遇，让我成为一个不被时光的浮尘淹没的女子。本来，我对此深怀信心，在我和楚樵相处快两年的时间里，我见证了他的成长。我心无旁骛，等待着他最后对我的完成。可是，只一支烟的功夫，他就把我放逐到颠沛流离不知所终的命运中。夕颜啊夕颜，我对自己叹息，往昔之容颜，自开自落，自生自灭，连一个归拢的结局都被风吹散了。

一小时又五分钟后，三马子开进了一个依山傍水的被稀稀落落的绿树遮掩着的村子。一只狗站在高坎上，懒懒地朝着我们瞅，哼哼都不哼哼一声。我环顾四周，立即明白了它何以会有如此见多识广见怪不怪的样子。这个村和眼下中国许多个村子一样,正在经历着最彻底的纷扰。纷扰过后,它将永远消失,而这片土地将属于另一个世界的热闹和繁华。这是又一个将要被征占拆迁的村子,一座座青砖白瓦的老屋上,刷上了刺目的"拆"字。正该是青苗拔节抽穗的时节,但房前屋后却看不见一垄绿色。放眼望去,田间地头,已被铲车推土机开挖出了一片片大沟小洼和山一样的土堆。我随着三马子路过淡定的狗,枯败的井,漠然的老妪,和穿着山寨米奇童装的小孩,最后停靠在一片平整的地方,那里散落着更多的老人和儿童。一面墙上挂着残损的大红"告示",上面是征地拆迁领取青苗补偿费的村民名单和金额。告示的最后一行被扯掉了一角,但依稀可辨那惊叹号前面的字:若有人强行种地,不但领不到青苗补偿费,种下的庄稼也将被连根铲除。

我来不及看什么,便被那只拎箱子的手扯离了三马子。我听见一个老汉吐了口痰,清着嗓子大声地问过来:"改革,你还不同意拆?村主任都被你气倒了,他婆娘跑你家门上号几回了!"拎着箱子的人答:"她男人倒了,那是拿昧心钱太多了,老天看不过去呢!她到我门上号的什么丧?"老汉说,"这二期的赔额比头期多好多呢。"这边答:"再多我也不同意。"一个小孩嘴里嚼着包"北京"牌方便面,也嘟囔着插进来:"张改革是想上电视呢!我都知道,死不拆迁的人是要上焦点访谈的!"

现在,我知道了,这个人,这个给我和楚樵以致命打击的人,他叫张改革。他是这个村的钉子户。

张改革拎着箱子离开了人群,走向拐角后面的家。所有人感兴趣的、关注的、议论的都是另一件事,眼下眉间心头让他们寝食难安的事。没有人注意到箱子。现如今,村里的人,但凡走得动走得开的都去外面打工，留在村里的老弱病残们早就看惯了外出的人拎着各式各样的箱包回来。尤其这两年，村里人往外走，城里人却不断来他们这儿打探，他们都是见过些世面的。所以，虽然很多人看到张改革拎着一只先前没见过的箱子回来，但没人提起这个。就连拖着鼻涕的小孩，也没有显出不识相的大惊小怪来。

是的，没有人注意到箱子。就算注意到了，谁又会想到它那在石板路上趔趄前行的滑轮正拖动着一个女人二十七万字的沉重过往呢？一个女人和一只皮箱的隐秘关系，决然不属于这个叫胭脂镇的村子的认知世界。

三

几场酒喝下来，我真有点不知今夕何夕了。每天的晚饭，小蝉、蓝夜、白丹伦和黑禾四个人轮番请我，每天还都有三五个新面孔来陪，热闹一波连着一波。当我们在深夜的大街上东倒西歪勾肩搭背地穿过，引得路人侧目视之时，我有一种回到校园时代的感觉。浪荡在这一帮人中间，就像和陈少那些发小们一起混一样，让人放松，不装。但和陈少们不一样，和这些仅仅三两天前还互不相识的人在一起，更有一种别样的情致，恍惚间，我以为我之所以停留在这个叫青坝的地方，就是千里迢迢来会这些文朋诗友的——这是多么让自己感动的事情：我风尘仆仆，衣衫褴褛，但风餐露宿无法阻挡我寻找同类的脚步。终于，我日夜兼程找到了那些在我的心里熠熠闪光的人们，他们眼含热泪迎接了我，他们为我奔走相告，为我欢呼雀跃，吟诗作文，我们彼此从未相见，但文学的味道使我们这么容易就从人群中互相辨认出来，我们一见便是终生。我安心地换上穷诗人仅有的长袍，安心地享用富文豪一掷千金的招待，他们的就是我的，我的就是他们的。一夜豪醉，推开书房后窗，南山悠然入目，那漫山遍野的诗情真意啊！

然而，没有后窗，没有南山，宾馆的暗色窗帷垂挂着弥散不去的烟酒味，我头疼欲裂地醒在又一个茫然的早上。房间里一片狼藉，但洗手间倒没有难以入目的不堪。明明，我昨晚是吐过的，吐了一地，当时身不由己，但神志是清醒的。记得蓝夜架着我，小蝉从后面捶着我的背，轻声说："楚老师，你不能喝以后就少喝些，别这么让自己难受。"

卫生间，肯定是她打扫的。那个温婉的女子，她清洗了我的酒后污秽。我一阵阵羞愧。又想起她的话，以后少喝些。还有多少以后？我还要麻烦他们多久？我不是自己想象中的那个云游四方以文会友的才子，那些发生在遥远的行走年代的文学和友谊的故事，于如今已是炫目而温暖的传奇。但他们依然给了我感动，虽然我羞于表达，但这感动在短短几天内已浸淫我心，使我在恍惚的想象中忘了自己的倒霉，使我本该是度日如年的青坝记忆呈现出葱茏纷繁的模样。我从心底感谢他们每一个人，若没有他们，我一个人如何在这陌生之地困守我的失去？

他们中只有白丹伦是之前认识的。其实说认识也只是以前同上过某一期刊物，然后进了对方博客，然后一来二去就成了有时QQ聊几句有时互相转发个什么邮件之类的那种文友。我好像听说过他生活在这一带，但从来没问过究竟。说来，真是有缘，在青坝的第一个晚上，我失魂落魄地抓着手机，想倾诉一下自己的遭遇，更想利用无所不能的网络散布我的寻物启事，以寻求帮助。但半个多小时过去，我只是木木地浏览着别人的见闻，自己一个字都写不出来。事情太过严重，震得我一时难以梳理自己的思绪，万千愤懑不知从何说起。正在那时，白丹伦的QQ像却向我闪亮起来："老哥，最近得意吧？从报纸上看到你'深入生活'了。"

半个小时后，白丹伦敲响了我房间的门，原来，原来他就在青坝上班。他长得高大威猛，和他那些旖旎精致的散文很难联系起来。第二天，他带来了写小说的小蝉，写诗的蓝夜和写情感专栏的黑禾。一个小小的县里，竟然有这么多写东西的人，这使我深信不疑，哪怕是到了今天，神州大地的每一个角落里依然盛开着永远的文学青年。只是他们不再像二十世纪八十年代的前辈一样，呼朋引伴，招摇过市。他们隐秘地遍布在各种行业领域中，但是，只有听到文学这一共同的暗号，他们便立即从混迹于其中的人群中脱颖而出，迅速地聚拢到自己的同道中。现在，落难青坝的我就成了这一声暗号。

从此后，夜夜笙歌。

但箱子没有消息。派出所那边没有消息。朋友们这边也没有消息。我知道这些天他们夜夜陪我吃饭喝酒，白天各自散去又为我做着什么，是怎样地拼尽全力。蓝夜的老婆正好是青坝公安局干警，她上上下下地打探着。现在，怕是全世界都知道了吧，有一群人在寻找一只箱子，殚精竭虑，不惜代价。

我在青坝已是第七天了。我已经吐过五回了。

我不知道，夕颜，她在哪里。

叶子衿说："去湄城吧，还留在青坝，你就把自己也弄丢了。"她话里越来越多的责备，使我一时适应不过来。我想象不出她说这些话时，嘴角是否在冰冷地撇起，或者，那好看的眉心蹙成了烦厌的表情？两年零四个月的同居中我几乎没见过她絮叨的样子。她顶多就是偶尔说两句我抽烟太多,偶尔不知为啥事闷闷地抱着那个大癞皮狗枕头,不说话而已。距离真是个怪东西,只几天工夫,叶子衿就从一个安静的小情人变成了指手画脚的老婆样。她说:"你少喝点,你天天喝成那样,不嫌丢人?"她从一开始就旗帜鲜明地反对我留在青坝。她说:"人家有结果了自然会通知你,你赖在那儿,莫非想亲自破案?你离不开青坝,到底是为了那部小说,还是为了哪个等你的人?"好像专门为了配合她这一句无中生有的指控,小蝉偏正在这当儿插进来一句:"楚老师,给你换一杯龙井吧?"她的声音不大却很清亮,电话那头的叶子衿肯定是听见了的,不然她不会愣怔一下,然后哼的一声,哐当挂了座机。既然事情这么不巧,我当下也难做更多解释。我的房间里横七竖八躺着好几个哥们儿,但叶子衿看不见他们,她只听见一个女人。深夜里,一个女人在为我沏茶递巾!

我想象着叶子衿对此展开的无穷的典型想象,更加头大。但我同时发现,烦恼之余,自己倒也有点无可名状的小得意和恶作剧般的好奇。没错,好奇。我承认我对叶子衿这个人至今存留着好奇之心。

我和她是在陈少的饭局上认识的。陈少组织饭局很少来当下时兴的美女作陪那一套,他这个人不好色,好色也不在弟兄们跟前好,我们从来都是纯爷们儿聚会。那天领叶子衿来的是另一个主儿,什么银行的高层。陈少说那个人找他办事,一听正好有买单的机会就执意前来。"那女孩儿是什么人,他的小蜜?"我问。陈少说:"不像。"

陈少说不像那自然是不像,什么能骗得了一个老江湖的贼眼?果然,后来,越看越不像。那女孩拘谨腼腆,毫无承欢恃宠的样子。而那黑胖的高层，基本就不怎么拿正眼瞅她。可为什么他领来她，她跟着他？洗手间里，陈少冲着我大摇其头，"阿樵，虽说你如今落单了，也不至于口味清淡到这种程度了吧？这么平常的女孩子，你也上心？你老打听她干吗，她爱跟谁谁！"我不屑地回他："你少见多怪了吧，我纯属好奇。"陈少笑说："这还差不多，作家就是研究人和人的关系的，你很敬业嘛！"

我的敬业在之后的KTV包厢里达到了爆点。是的，我不得不告诉自己，我被叶子衿这个小女子深深吸引住了。和前妻离婚已五年了，这五年时间里，还没有哪一个女人让我怦然心动过。正如朋友们所知道的，男女之事上我并不是一个历史干净的人，但荒唐的交往对一个成年单身男性也算不上什么，有些事发生的同时也就走向了终点，春梦了无痕。刚离婚那会儿，陈少他们没少张罗给我介绍对象，尤其是冯秋他老婆，以澎湃的母性包围着我，今天牵来一个因事业耽误了婚事的女海归，明儿又约到一个因太过挑剔沦为剩女的白富美。用她的话说，反正都是配得上我的高端女。但最终的结果是，我一无所获不说，还严重地伤害了冯秋他老婆的做媒热情。冯秋说："阿樵，以后你别再想到我家蹭饭吃了，我老婆说了，楚樵那小子不是个好玩意儿，当作家的就没几个好东西，看看他们写的那些破书就知道！他们哪想娶妻生子正经过日子，他们要的是艳遇，是邂逅！"

我很难过我以一己的不良形象带累了整个作家群体，但我百口莫辩。没有哪一个女子再度唤起我走进婚姻的雄心。我从来都不想要什么艳遇，什么邂逅，但事情弄到最后都成了那个样子。渐渐地，我也就死了对女人的那份心。其实，清心寡欲的单身生活远没有想象的那么可怕，至少没有承受一桩不合适的损毁你磨蚀你的婚姻那么可怕。我想大多数人之所以不这样认为，只是他们没有过比较。

是叶子衿的歌声抓住了我。怎样形容那个看上去柔弱平淡的女孩儿唱出的绝妙歌声呢？那是一种有力量的声音，有力的悲情，有力的性感，有力的蛊惑。除此之外，事前事后，我再也没找出更多准确的词儿。我只是在她唱完第一首歌默默坐回到角落的那一刻就爱上了她。这感觉来得太过突然，令人猝不及防，又异乎寻常地生猛强劲，难以抗拒。我对自己说，哥们儿，你沉住气，别拿感动当感情，别把声音和人混为一谈。可是，声音又怎么和人分开呢，既然那声音是那个人发出的。况且，我又不是没见识过好声音的人。作为资深歌迷，我曾经沧海。华语女歌手中，当年苏芮、朱哲琴、林忆莲的歌让我深深沉醉过，她们之后基本就难为水了。如今，唱歌选秀节目几乎要挤破电视屏幕，会唱歌的人简直太多了，民间藏龙卧虎，后浪更推前浪。这些不提了，就说身边圈子里的人吧，几个写小说的女作家歌声个个堪称天籁，小时候是学校的文艺骨干，现在都沦落为KTV的麦霸。所以，问题不在于我在那晚的KTV遇见了一个唱歌好的女孩儿，而是，一个女孩儿唱着人人都唱的寻常情歌，莫名其妙就俘获了我的心。

我只隔了三天就等不及地约了她，等不及地问她有没有男朋友，甚至很过分地问起那天她为什么会跟着那个银行高层。她好脾气地做了解释，为了一笔单子，她的头儿硬派她死缠着人家。原来如此，我禁不住表达了义愤之情，她很感激我的同情。于是有了下一次见面，再下一次。很快，我们就开始交往了。但我一次也没约她去KTV。一来我怕自己听她唱歌时那种揪心的感觉，二来我想在KTV之外的世界认识她，毕竟那才是我们需要面对的真实。事实上，叶子衿正如第一印象中的那样，安静、随和、平实，没有现下女孩常见的那种骄纵、任性、做作，更没有她唱歌时迸发的那种激烈和狂野。她静静地坐在我的身边，静静地听我说东道西，我看着她的眼睛，恍惚觉得自己像是穿越到了被那些文学老人们怀念不已的二十世纪八十年代，正在对着一个虔诚的女文学青年进行文学布道。这使我在体验了刹那间的成就感后转而跌入沮丧和失败。我有好几次脱口而出："叶子衿，你干吗不说话？我这又不是讲课，我是谈恋爱呢！"她莞尔一笑："谈恋爱非得两人抢着说话吗？你说我听，不是挺好？"

也许确实挺好，因为她看上去蛮快乐的样子，话虽不多，却有主见，也时不时帮我拿个主意，慢慢我又适应了有一个女人陪着管着的生活。陈少他们最初不看好她，一来外表的光艳度上她比我前妻差很多，这帮人总是比我更耿耿于我前妻的美貌；二来她在证券交易所做事，其工作性质和我的文学事业毫不搭界，他们说她干这行除了能为我写小说提供点人间喜剧的素材之外，别无其他共同话题。但他们发现这两点意见我一样都不在乎，便也不再发表不识趣的言论了。后来有一次饭局上，陈少说："别看叶子衿清汤寡水的，倒真把咱们阿樵给降住了，没办法，一物降一物！"我拍案而起："怎么说话呢，什么叫清汤寡水，太损了吧！"大家笑得前仰后翻的，陈少起身坏笑着向我道歉："原谅哥用词不当，我自罚三杯认罪！其实我们早就该想到了，叶子衿那丫头是有点硬功夫的，不然能把我们的大作家轻易拿下？她怎么会清汤寡水呢，她肯定是清汤寡水的反义词！"

我没法向这帮哥们儿说出我对叶子衿的感觉。想想其实自己也很茫然。他们说的一切——外貌、收入、文化背景、共同话题——既然我都不在乎,那我在乎的是什么?交往半年后的一个晚上,叶子衿带我去参加她一个女同事的订婚晚宴,一群小我十多岁的年轻人们花样百出折腾到半夜,到半夜后居然又浩浩荡荡杀向KTV。

在KTV叶子衿显了原形。这半年,我以为她很快乐,她很甜蜜,我以为我已经充实了她的日子。但音乐一起,一切土崩瓦解。她的歌声和半年前一样,以最快的速度震慑了全场。可是,为什么,在今天,在已经有了我之后,她还可以这样伤痛,这样落寞,她的声音里还可以蕴藏着这么多故事?为什么她的伤痛,她的落寞,她的故事又一次成了直击我的暴力?我侧身在沙发的最边角,无可名状的愤怒使我游离于笑语喧哗之外。他们嗨了一个通宵,我听了想了一个通宵。我终于明白,我和叶子衿不能失散于人群。让她在我看不见的时空唱着这样的歌,让我想象她在唱着这样的歌给另一些人听,给另一个男人听,无异于要了我的命。

凌晨五点的街道还没生出白天的红尘喧嚣,空气里弥散着一种豁亮舒放的味道。这无边扩张着的城市啊,平日里就连它的每一丝气息也都是拥挤的、紧绷的。马路上一汪一汪的水,原来夜里下过雨了。远远地,有清洁工在扫街,"哗""哗"地更衬出一街的清静。一片梧桐叶子悄然飘下,不偏不倚落在了叶子衿肩后连衣的帽里。而她浑然不知,只顾走着。她整个人看上去一派恍惚。从KTV震耳欲聋的一夜吵闹里突然走进这沁人心脾的寂静,脸上有点恍若隔世的表情也没有什么不对吧?我搂过她,把那枚落叶递到她眼前,说:"叶落知秋啊!"她接过它，并不说什么。我思忖再三，还是开口："子衿，为什么要唱这么伤心的歌？"她扭头，用一种奇怪的眼神打量我，好半天才慢慢开口："你说什么呢，只是唱歌而已。"我说："我知道是唱歌，可是为什么你要那么伤心地唱歌，你不开心？难道你一直不开心？"她并不躲开我的逼视，她说："我说了，只是唱歌。"

"好吧，只是唱歌。"我重复着她的话，一遍遍在心里按捺着蕴蓄了整整一夜的愤怒、失落和柔情。这么多缠杂不清的东西绞缠在我的胸口。终于，把她送到她租住的小区门前了。她说："你回去睡觉吧，我收拾一下还得上班呢。"我说好，就在转身离去的那一刻，却没想到自己像电视剧里的男主角那样猛然回头，对她说："如果，如果你不嫌我年龄比你大，不嫌我有过婚史，那么——搬到我那儿去吧。"话一出口，我就直想抽自己嘴巴。我本来是想说，那么，就嫁给我吧，可为什么，它半道上就变成了"搬到我那儿去吧"这样的混账话？我愣愣地盯着叶子衿的反应，我想她也会像电视剧里的女孩们那样，把嘴角嘲讽地扬起："这算什么，求婚？"如果她这样，我即刻纠正自己的口误，就地求婚。然而，没有想象中的画面发生。叶子衿低下头又抬起头，她轻轻说："好吧，那我今天请一天假，就搬过去，不然还得多扣一月房租呢。"

这一幕情景，后来我曾多次在脑海中回放。我不知道它不合适在哪里，但我还是认为它本该确有更恰如其分的表达。但此刻，隔着一千七百多公里的距离，隔着两年零四个月的时光，在如此未曾预料过的地方和遭遇中，再一次回想起它时，一直以来的那种意犹未尽的遗憾感突然地被一种愧悔和心酸取而代之。是的，当我心头响起叶子衿细软的声音，我真的有点想哭的感觉。两年零四个月,她无名无分地跟着我这个男人,洗衣做饭,擦窗养花,她分明已经把我那小小的二室小厅当成了她的家。但她从没提出过任何要求。就是在那些最忘情的深夜里,在最缱绻的时刻,她也从未有过张狂骄纵的样子。自相识至今,她从不曾开口为自己要求过哪怕一件小小的礼物。但我却对她存着什么狗屁的好奇。好奇是什么,不就是疑惑,不信任吗?而且,那天晚上,让她在电话中听到小蝉的声音,真的是始料不及,不可避免的吗?我想试探什么?

两年零四个月,她第一次像老婆一样指责她不成器的男人,你天天喝酒,天天喝醉,你不嫌丢人吗?你为什么还不去湄城,你以为你这样子等在青坝,就能等着你的箱子?你知道你的箱子一定在青坝?

她似乎一天也不能忍受我继续滞留在青坝了。虽然我还不习惯她这突如其来的激烈,但因为有了小蝉的声音撞进电话的事,一切变得很容易理解。我想再留下来就是伤害,人为地制造伤害是多么可耻而又幼稚啊。

那么,好吧,子衿,我去湄城。就把夕颜留给命运,既然我不能确定把她留在了青坝。

四

现在,我只有臣服于张改革的行动了。他要怎么样,我才能随之怎么样。这是过去的两年多时间里,楚樵和我做梦也想不到的故事的另一种走向。

楚樵箱子里的内容确实很令张改革意味索然。他把那两条旧牛仔裤和汗衫一脚踢到了门背后,恨恨道:"真穷!恁大个箱子，装两件破衣烂裤！"

　　那台笔记本电脑，全球时尚的苹果标志，张改革自然是认得的。他知道它比同类们多值几个钱。但这几年下来，张改革艺高人胆大，胃口也决然不比刚出道那会儿了，所以他并不稀罕这个据说一些年轻人卖血都要买的玩意儿，他把它胡乱搁在窗前的纸箱子上，然后再一次研究楚樵的拉杆箱。那些里外夹层又细细搜了一遍，一只小小的U盘滑到了手心里。再搜，却还是没有发现什么漏网的人民币或者值钱的东西。他长叹一声，郁闷啊！

　　几天来，村子里乱哄哄的，人心惶惶。村主任来找张改革，很是软硬兼施的样子。张改革和以前一样，不理他。一些人自己左右摇摆，听见张改革回来了也来探听口风。但张改革不想掺和到别人的事里，他可不愿挑头聚众闹什么事。自己的地，自己的房，自己的祖坟，拆不拆，迁不迁，自己拿主意。他想再休息一两天，就早点把那破苹果拎到镇上处理掉，电子产品越放越不值钱。更重要的是，他自打干上这行，基本就没在青坝这一带出过手，兔子不吃窝边草，起码的脸面形象和行业道德还是要顾及的。这回在火车上忍不住手痒，顺手牵来这么大个华而不实的皮箱，多少有点心虚。这中间，他也出于好奇打开了电脑，他甚至发现了《遇见》，他几乎得以与我碰面。但多年前读初中时成天捧读《读者》杂志的张改革，如今对文字类的东西毫无兴趣，他关心的只是游戏。既然那个美国老头儿发明的电脑比别人的高一头，那么拿这个打游戏肯定更刺激更过瘾吧？但他很快就发现，他根本就进不了游戏，配置不同，他不会用它。这更坚定了他速速出卖它的决心，什么破玩意儿，玩也不能玩，趁早整干净，留着是祸害。

张改革上网浏览有关苹果的信息，他得知道基本的行情。做生意没有一点知识储备是要吃亏的，这是他这几年走南闯北的经验。可是，在网上逛了二十分钟后，他猝然掉进了一个天罗地网：青坝公安局在悬赏寻找一个酡红色的拉杆箱，一台黑色的苹果笔记本，一个蓝色的纽曼牌U盘！一群人在微博里，在微信里，在QQ群里，在一切网络空间，寻找着那箱子那电脑那U盘！置身于同仇敌忾的虚拟世界里，无限放大的错觉使张改革惊悚地意识到，全国人民都在寻找着那箱子那电脑那U盘！

我知道张改革抓着手机的手肯定有冷汗渗出。虽然，在他不算太长的职业生涯中，比这凶险一百倍严重一百倍的事情时有发生，但这回有点不同。这回是在家门口。家门口的张改革，是一个打工挣钱、种地务农两不误的好青年。他供妹妹读书，从小学到大学，他为寡母端茶倒水，寻医治病，最终风风光光地送了终。他的事迹令所有知情人唏嘘不已。在拆迁事件之前他还没成为钉子户的时候，镇上村里都曾把他树立为先进典型。除了二十七八了还没有娶媳妇成家这一条外，谁敢拿斜眼瞅张改革一下？

张改革扔掉手机，下意识地跳起来，把那只惹眼的箱子塞进了大立柜里，又用纸板把电脑包扎起来，放到立柜的顶上。做完这一切后，他连连摇头，为自己欲盖弥彰的可笑行径感到脸红。唉，怪只怪自己心贪手野，一时没把持住。早就知道小地方不能做，家门口不能做，偏这回要犯规，活该倒霉吧！

可张改革不会这么轻易地自认倒霉，他已然是一个老江湖了，就是翻船也只能翻在惊涛骇浪里，一个浅水塘子还想溺死他？根据职业常识，他知道像这样的偷盗案每天不知发生多少起，那些办案的官人们听到这类报案，通常连眉毛都不带眨一下的。他们之所以开着警车到案发地走一圈,然后录个口供什么的,做出要立案破案的样子,那纯属安抚民心。真要一一去破,开国际玩笑,还要不要人民警察活了?

所以这事有点蹊跷。一个破箱子一台旧电脑,是怎么也够不上如此大动干戈的分量的。还有,一个小U盘,是什么绝顶重要的东西?难道,那个箱子的主人,他是掌握着超级机密的人?他是官员?肯定不是。就是微服私访的纪检干部,也不会挤在乱哄哄的硬卧车厢里。他是卧底的警察或记者?不,那些人的机警程度绝不会给别人以太岁头上动土的机会。那么,他是寻衅报仇的生意人,还是官场上被人利用又抛弃的野心未遂者?张改革一路想过来,两边的太阳穴兴奋得一直跳,平日里看过听过的新闻八卦都往脑子里涌,那些狗血电视剧的情节也历历在目。他跳起来拿起U盘扑向自己的台式电脑。干这行也不是一年两年了,张改革还从来没有遇到过像今天这么重大的时刻。今天,他觉得自己和那个失主的命运紧紧联系到一起,如果那个人注定要成为新闻,绯闻,丑闻,那么他张改革不想出名也难。如此纯精神的压力自天而降,他的手抖得几乎插不进U盘。到底,这U盘里会有什么?买官卖官?行贿受贿?财务机密?商业间谍?官员不雅照?明星包养门?

我对张改革生出了一份恻隐之心,他期望太高,必将失望更重。这个U盘将和那个大箱子一样,再一次使他体味到扑空的感觉。我是知道的,楚樵的U盘和张改革想象中的有关政界商界娱乐界一毛钱的关系都没有,那些反腐剧侦破片商战戏里屡试不爽永不过时的情节推进,断不会发生在张改革和U盘之间,它甚至就连他暧昧的桃色想象都不能满足丝毫。楚樵的U盘里只有两个女人,文字的我和照片的叶子衿。他已经有过和我的失之交臂，此时此刻也不会有心境研究二十七万字的莫名的我，至于叶子衿，她是一个面貌平淡的女人，张改革手机图片上的任何一个女人，都比叶子衿更具观赏性。更何况，U盘上那一组照片都是楚樵亲自给她拍的户外照，穿着中规中矩，没一点尺度可言。重口味时代的孩子，瞄都懒得瞄一眼那样的照片。

但我却听见了张改革的一声惊叫！在打开第一张照片的第一秒，张改革对着电脑上笑笑的叶子衿，发出了一声惊叫。实际上，那听上去更像是一声惨叫，一声嚎叫。紧接着，他按了下一张，又下一张，紧接着他的手越来越快，鼠标在他的右手中被捏得咔咔乱响。三十多张叶子衿像乱了节奏的幻灯片从他眼前翻过，终于，那台老式的联想电脑反应不了他的速度，屏幕一片灰寂，死机了。张改革一拳砸在电脑桌上，震飞了电脑桌上横七竖八的碟片。

发生了什么事？虽然这两天以来，我已经习惯于用全知视角述说张改革的所行所思。但事情走到了此刻这一幕，我不得不承认我们究竟是陌生人，相知太浅。我不明白他看到叶子衿后何以发出那样惨痛的声音，不明白他的脸为什么有了那么可怕的扭曲？不明白他为什么此刻一头扑到了床上，他呻吟着哭喊："招弟！招弟！"

招弟是谁？谁是招弟？

然而，没有时间思量这突发的一切了，另一个突发遽然降临。张改革家的院门被撞开，有人喊他的名字。外面突然人声鼎沸。远远地，有警车刺耳的声音划过，淹没了时断时续的妇女的哭喊声。

张改革在最后一刻，将U盘拔下来，环顾四周，他转身把它塞进了枕套里。

我在这一刻，对他充满了钦佩。我觉得他像那些遥远年代里的革命者，在敌人砸开门的一瞬间，沉稳地将机密情报揉进嘴里，吞下去。

五

小蝉说："楚老师，你干吗急着走呢？你的东西还没有下落呀！"我只好倒过来安慰她："没关系，有你们在，东西会找着的，到时我们再聚。"她欲言又止，嗫嚅了好半天还是开口说："我觉得你没必要急着赶去湄城，其实在哪里都是深入生活呢。昨天青坝发生了一件事，我觉得你该了解一下。你们外面的人，了解一下比较好。我们小地方的人，不敢。"看她一脸的严肃，我只好停下收拾行李，其实我现在也没有什么行李了。这几天，天气渐热，白丹伦给我送来两套短裤T恤，小蝉早就备好了一个旅行包。本来，街上什么都有，随时可以买，但他们热情又细心，难以推拒。

昨天，因为征地拆迁的事，青坝县胭脂镇的村民和外面人发生冲突，十几个村民被打成了重伤。今天早上县政府发表公告，说打伤村民的不是政府人员，而是一些不明身份者。有村民把现场手机视频放到了网上，当时现场有青坝县政府一些领导、乡上重要干部、公安干警，警车远远地停在村口，但最后向村民施暴，拿着铁棒往死里打人，连妇女老人都不放过的，确实不是这些干部，而是另一群人。他们突然出现，又突然逃散。

好一个另一群人，好一个突然出现，突然逃散！我的胸口在小蝉力做平静的陈述中，揪成了一团，一阵又一阵痛。这些年,这样的痛来了一次又一次,但每次来,还是痛。

还有,今天早上,一个省上的都市报记者前往医院采访受伤村民,结果被监守在医院的又一群不明身份者围堵,相机被抢走,恐吓、谩骂达两个多小时,最后记者晕倒在地,才被医院护士救出。

我抽了一根烟。又抽了一根。我决定放弃晚上七点途经青坝开往湄城的火车。我不知道,我留下来干什么。我知道,我留下来也只是为了印证那个在黑夜里走遍大地的诗人悲哀的诉告:诗人何为?但我还是决定留下来。或许,我只是觉得,就连小蝉这样轻婉的女子都为某一件事让声音发抖的时候,我应该留下来和他们在一起。

晚饭时,蓝夜说:"楚老师,我们都想让你留下来,多陪我们几天,可是,你要是为这事留下来,我们就得撵你走。你千万别趟这浑水,你趟不起呀!"小蝉说:"蓝夜,你别一口一个我们,你的话代表不了我们。你老婆是公安局的出纳,你在教育局当副局长,你和我们不是一条道上的。"一听这话,蓝夜一巴掌打飞了眼前的啤酒杯:"小蝉,你今天给我说清楚,我是哪条道上的,你又是哪条道上的!"大家按下他,纷纷劝阻。白丹伦一口灌下整杯酒,悲怆地叹道:"这啥事都没整,一个屁都不敢放,咱弟兄们倒起内讧了!"蓝夜手指着小蝉的鼻子,低低地吼:"你说的对,我是全家都吃的体制的饭,所以我是懦夫,我是行尸走肉,可你呢,你以为你是谁?你以天下为己任?你铁肩担道义?你能吗?你敢吗?"我挡掉他的手:"你喝醉了,哥们儿,别对女孩子这样!"大家都不说话了,小蝉起身红着眼睛收拾地上的碎玻璃。

默默地走了一圈,黑禾说:"楚老师,你别见怪,我们这帮人常这样，打来闹去的，不生分。"我说："见什么怪，弟兄们就这样。"又是沉默。蓝夜的脸喝得越发涨红了。白丹伦给每人点了一支烟，开口说："其实，蓝夜心直口快，话糙理不糙，想想我们这些人，也就是做做文学梦，娱乐一下自己，抚慰一下自己而已。'责任''使命''担当'这些词太重了，我们扛不起啊！"小蝉也轻声插话说："楚老师，他们说的对，我不应该把村民挨打这事说给你。这样的事现如今哪儿没有呢，这回不过是发生在我们眼皮下，所以心里更激动一些罢了。可激动有什么用，你激动得过来吗？这边，为自己被逼卖淫的11岁女儿讨说法的上访妈妈被抓进了看守所，那边，校长又领着小学生们开房去了。"

又是一个醉生梦死之夜。期间，接到叶子衿电话，她问："你出发了吗？"我说："没呢，还在青坝呢，本来……"她立即挂了电话，刺耳的"嘟嘟"声堵住了我的解释。可是，我又能解释什么呢？今天的场面比哪天都更是溃不成军。蓝夜抓着小蝉的手，两人似乎进入了深度交流的境界，但听去却无非是语无伦次的重复之语。黑禾歪在我肩上，不停地念叨："楚老师，楚大哥，我想写的和别人不一样，我想写出我自己的风格，我不想和别人一样啊。"我抖开他，不耐烦地回答他："你只要不抄袭别人的，写的自然和别人不一样！"

不如醉去。

第二天，蓝夜大早上就过来了。我说："兄弟，从今天起让我单独活动几天好不好！"蓝夜问："你想干什么？"我笑了："你这问的，好像我真的能干什么似的！我去青坝走走看看吧，这么多天咱们光顾了喝酒聊天，一点都没去感受一下新农村建设的大好形势。"蓝夜还是直勾勾地问："你想干什么？"我只好答:"想去医院看看,或者再去一下胭脂镇。"蓝夜说:"那好吧,我陪你。"我劝他:"不用了,这小地方谁不认识谁,你一个局长大人,太招眼了!"蓝夜冷笑道:"什么局长不局长,你以为我真在乎?"我说:"你这叫什么话,太幼稚了!同志啊,就算你有自我牺牲的雄心,也过了意气用事的年龄喽!你不会是真傻到要和小蝉那丫头执气,做出什么英雄之举给她看吧?不管是为江山,还是为美人,都且收起。维稳大业从我做起,你赶紧麻溜回去上你的班吧!"蓝夜扑哧一下笑了:"楚老师,走,咱们去外面瞧瞧!"

果然如我们所料,那家收容了受伤村民的中心医院的某病区处在严密的监控中,根本不可能靠近。所有悲壮的想法都不攻自破,沦为调侃自己的笑料。蓝夜找车载我去了胭脂镇,情况依然。一切恍若回到了黑白战争片里的路条时代,情急之下,我竟然掏出作家证,正好,人家防的就是拿着记者证作家证什么的四处乱转乱拍,然后乱讲乱写的人!

我恼羞成怒,悲愤交集,回程的路上就当即决定回宾馆拿行李然后直奔火车站,离开青坝。蓝夜不听,说还是明天走吧,大家还未能送行呢。我坚决止住他通知别人,两人无言驶往车站,相拥作别。

离火车进站出发还有一个小时多,我走进小小的候车室。来往乘客并不多,但每个人都大包小包,前提后背,看得出是进城务工和贩卖山货的农民。他们就是离得很近也要高声说话,像是在隔着山头喊话。他们的行囊和大嗓门挤得空间更加拥攘。我给叶子衿发信:"我在火车站,一小时后离开青坝。"她回两个字:"随你。"我感觉很疲惫,很灰心,又写:"其实,我不想去湄城,我哪儿都不想去,我想回来,见你。"她回:"你拿了公家的资助,你有任务。"

没办法,这就是叶子衿。

火车在青坝站只停五分钟。我好不容易挤到自己的座位,还没有喘口气,手机响了,是蓝夜。他开口就问:"你在哪儿,上车了吗?"我说:"上了,刚上。"他喊:"那就快下车,下车!"他的声音震得我耳膜直疼。我说:"兄弟,送哥千回,终有一别,告诉白丹伦他们,后会有期!"这回,他那边直接就吼上了:"少废话,下车!"我也喊:"干吗呀,给个理由!"他答:"你的箱子,箱子找着了!"

在列车将要关启车门的一瞬间,我跳到了站台上。这是第二次了。第二次以这样的方式相遇青坝。

箱子找着了。电脑也找着了。而且,电脑里的所有内容完好无损。当我把鼠标从《遇见》的第一行拉到最后一行时,我真有点喜极而泣的冲动。这两年流行问人:"你幸福吗?"如果此时此刻哪个傻子来问我:"你幸福吗?"我一定大声回答:"我幸福!"我对蓝夜说:"今晚把你老婆也请来,我要向她致敬!你们青坝公安局太厉害了!"蓝夜不接话,表情讪讪的。我这才发现虽然他们都为我高兴,可眼里却浮着一层忧戚。我忙问究竟,都很沉默。只有小蝉回答说:"真是很戏剧性呢,没想到咱们关注的两件事最后搅到了一起,成了一件事。"

原来,虽然我的东西完璧归赵,但这并不是青坝公安局破案有功。今天清早,县上乡上的干部、警察,再一次突袭胭脂镇。又一群不明身份者闯到那些不同意拆迁的村民家里,大行打砸抢行为。乡长拿着大喇叭喊话说,党和政府决不姑息迁就破坏新农村建设的黑恶势力。

蓝夜说:"也就是我俩到胭脂镇之前,政府再一次实施了打击行为。""怪不得,村口戒备那么森严呢。"我说,"这也忒嚣张了吧,别说和中央精神对着干,这完全是在践踏法律嘛,地方政府也不能横行霸道到如此地步啊!"白丹伦说:"要没有践踏法律的本事,要都依法办事按章行事,这么多开发项目他们拿得下来吗?"

结果,在钉子户张改革的家里,意外查获到公安局立案寻找的一个皮箱、一台电脑。下午,青坝公安局直接去医院逮走了正在疗伤的张改革,以盗窃罪正式拘留。

我,彻底失语。

六

我又回到了楚樵的手中。我永远忘不了他以光标的速度浏览我时那急切的泪眼。失而复得的幸福,在同一时间春暖花开般陶醉了我和他,几乎使我们与长期以来处于对峙的某种坚硬的东西在瞬间达成了和解。

但阴霾随之而来。更大更沉的阴霾,转眼间遮没了楚樵与我相失又相逢的喜悦。这些日子来,楚樵每分每秒等着案子破获的消息。因为我的缘故,他像诅咒杀人犯、强奸犯一样诅咒着那个偷箱子的人。但现在,想要的结果等到了,事情却呈现出了完全想不到的另一种样子。为什么两件事搅和成了一件事?为什么惩戒一个个体堕落却要仰仗着群体的犯罪来实现?为什么受害人不能享有正义伸张的快慰,倒过来却还要承受助纣为虐的自责和拷问?

我知道楚樵内心的痛。他从来都是一个柔软的人。况且,做他们这一行的人,从古到今,都习惯于认为站在撞向墙壁的鸡蛋这一方，是他们应有的立场和姿态。

而此刻的张改革，正被更沉重的痛和疑惑包围着。身上的伤让他彻夜难寐，但痛和惑并不源于此。被打，被搜家，被抓，这一切，并不使他惊讶——他太了解他们了。相比胭脂镇那些心存幻想算计着在延宕中抬高赔偿费，结果却等来暴打的村民，他更了解他们。他们什么都做得出来。他痛悔的只是关于那箱子。一失足成千古恨，一念之差就毁掉了自己在家乡的英名，给死去的爹娘抹了黑。但同时他又极其宿命地意识到，这一切都是命里带来的，躲也躲不掉，避也避不开，要不是这样，他怎么会偏偏偷到一个U盘？怎么会在那个U盘里看到招弟？

那个箱子的主人，那个他只观察了十分钟就决定对其下手的大大咧咧的瘦男人，他是谁？为什么他的U盘里那么多招弟，他是她的什么人？招弟现在哪里，她做着什么？

一轮一轮的审讯，张改革死咬着牙，不交代箱子之外的任何前科。"坦白从宽"，见鬼去吧。他们那一套招数，谁不知道，越坦白越深挖，越胆小越是什么脏水都往你头上泼，没准儿他们多少年破不了的案都让你一个人应承下来呢。况且，这本来也不是什么单纯的公安办案，这是对不同意拆迁的村民实施的报复镇压。张改革说："你们就是打死我，我也没偷过第二样东西！就这一次，你们破案也没走正常程序，你们私闯民宅，非法取证。你们中断我的治疗，草菅人命，执法犯法。"一听这话，办案的壮小伙噌地站起来就要往张改革面前冲，旁边年龄大点的干警摁住了他，冷笑着对张改革说："好，算你狠！你蛮懂法的嘛！既然如此，你就等着法律的惩罚吧，抗拒从严，必严！"

张改革不怕他，他知道他为什么摁住了那个拳脚痒痒的打手。自己已经伤痕累累，再打是要出人命的。这些人虽然有上头的旨意，但出人命可不是闹着玩的。公众舆论监督越来越变得防不胜防了，谁愿意为一个拆迁纠纷为一个偷盗案，整出人命，把自己搭进去呢？所以，他们现在不会对张改革再来硬的了。

入夜，最煎熬的时刻，身上每一个骨节都在痛，心却倒安静了，麻木了。U盘里招弟的笑容，像儿时看过的露天电影，无比真切却又恍若隔世。她有多久，没对他这么笑过了？她把他丢在人群中，把他丢在他从未准备过的一种人生中，是有多久了？

警察的声音，高的低的凶的善的，无穷的声音在耳边响起，你第一次作案，是什么时候？第一次，第一次，第一次——

那天早上，他们和往常一样吃了稀饭油条。和往常一样，他整六点二十出门，招弟要晚一点，收拾完屋子才走。招弟勤快，爱干净。每天晚上，无论多累，只要一脚踏进整齐、舒适的屋里，张改革就觉得辛苦是值得的。他最爱说的话就是："招弟啊，就一个出租屋，你都收拾得溜光水滑的，等过几年咱买上自己的房子了，还不知你怎么忙乎呢？"招弟通常回答他："买自己的房子？你就吹吧你！"

怎么是吹呢，张改革心里一直存着这个目标。自从有了招弟，他就给自己立下了这个目标。两年来，他什么活没干过，他做事从不嫌苦，不嫌累，只要赚钱多。两年来，他存折上的数字虽然增长缓慢，但也不断增长着。况且，大多时候，招弟挣得不比他少。招弟在一家私营公司做会计，因为工作出色，经常有额外的奖金。张改革常常在同乡们跟前炫耀，我们家招弟啊，风吹不着雨淋不着，一年四季在空调房享福，挣的钱愣是比我多得多，谁让人家是文化人呢！同乡们看他得意，就激他："那你干吗还不扯证？那么好一个媳妇，可得看好了，别让人给拐走了，攀高枝飞走了呢。光住到一起不行，还得扯证，生儿子！"张改革很不屑："谁像你们鼠目寸光，把儿子猪娃般生在破工棚里？我要买上房子才娶招弟呢。"

招弟和张改革是同乡，又是同学。初中毕业后，招弟读了一所财政中专学校，张改革辍学打工，学了不少技术活。招弟毕业后没回原籍，而是去了一个大城市找工作。张改革追随而去。他们在一起已两年多了。过年张改革领招弟回胭脂镇，招弟见张改革老母，张口就唤娘。招弟的家在青坝县的另一个乡上，但那是一个已经回不去的家了，她中专毕业的那个夏天，因遭遇意外，父母双亡。小她一岁的弟弟娶了媳妇掌了家，弟媳妇厉害得不行，不容人。张改革知道招弟心里有委屈，就里里外外地疼着她。他想他这些同乡懂什么，扯不扯证，招弟都是我的人。

张改革平时晚上下班不坐地铁坐公交。公交绕，得换两班车，比地铁多费一小时，遇上堵了，两三小时也说不定。但坐公交比坐地铁要少一块钱，用一块钱买一小时，值吗？张改革觉得值，那一小时是在家吃饭、睡觉的时间，是再也生不出钱的时间，多花一块钱急吼吼地去享用那一小时，实在是二杆子的做派呢。这不是一天两天的事，吃不穷穿不穷，账算不佳一生穷啊。

偏那天进了地铁。那天是七月十二，招弟的生日。招弟不爱过生日，过生日会想父母，伤心。父母在世时一味偏爱弟弟，给予招弟的只有忽视和歧视。但连那样的父母，那样的家，招弟命里都没能保得住。张改革还没和招弟搬一起的时候，给她过过一次生日。谁知她喝了一点酒，不停地哭骂死去的爹娘，哭了半宿，骂了半宿。张改革吓坏了，自此后不敢再提过生日这茬。但她的生日,他从念初中时就没忘过。这一天他想好了要尽早回家,亲手做她爱吃的几样菜。平日里,都是招弟做饭,但七月十二这一天,他一定要让她歇着,不管她自己还记不记得这个日子。

你们一路看下来大概也有所了解,我人如其名,是一个多少有点文艺的女人,但接下来发生的事,我只能以零度叙述的姿态,尽可能简洁、冷静、客观地讲述,因为我知道任何一个局外人,就算极尽煽情之能事,也不能道尽张改革心中之万一。一直以来,我怨叹于自己的命运,怨叹楚樵何以要为我安排一路如影随形的错误的相遇。但在知道了张改革的前世今生后,我才懂得,这世上还有另一种遇见,是楚樵和我这种人的视界所看不到的。

那天,张改革一脚踏进地铁,就看到了招弟。招弟被三五个男女撕扯着,高声叫骂着。她蜷在车门旁,死命护着身上的斜纹包,而那些人想要掰开她的手,抢下她的包。"你们干什么!"张改革一声巨吼,撞开了那些人,一把拉起招弟,把她护到了身后。一个红色爆炸头的女孩冲张改革尖叫,"笨猪,你想路见不平啊,想英雄救美啊,有没有搞错啊,她是小偷!"张改革伸手打掉女孩戳过来的手指:"放屁!谁是小偷,她是我老婆!""哦,原来是同伙!"那些人喊,哗地围住了张改革。张改革一拳打退揪住他领口的高个小伙,大喊:"你们不要血口喷人,她是我老婆,她是公司白领,是文化人!"女孩怪笑:"哇,文化人哎!文化人做贼,蛮能放得下架子的嘛!"张改革气炸了:"你少给我装港台,瞧你那德行才像贼!"

推搡,撕扯,有拳头砸在张改革脸上。一片混乱中,列车停到下一站了。下车的人,上车的人,车门一时水泄不通。突然又听到那港腔女孩惊叫:"女贼跑了,不见了!"

招弟不见了。但张改革牛仔裤后兜里不知何时被塞进了一个白色的女式钱夹。那些人冲他吼:"这是LV!LV是什么,你听说过吗?贱民!"他被扭送到了地铁警务室,然后是派出所。

他在里面待了半个月。没有家属来交罚金,招弟的电话成了空号。十五天时间里,他日日夜夜想着这一件事,他坚信她是被冤枉的。如果那个钱夹当时在她的背包里,那也肯定是被栽赃陷害的。就算是她把钱夹塞进了他的兜里,那也是情急之下的仓皇之举。就算是她,就算之后她只顾自己逃脱,就算她逃脱后把电话变成了空号,他也信她。

十五天后,张改革回到了他和她租住了两年多的家。屋子干干净净,厕所里晾着一排他的衣服,就连过冬用的棉毛裤都洗过了。揭开床垫,他的存折分毫不差地躺在那儿,她的那一张不见了。枕头下压着一封信,里面没有信,只有家门钥匙,和450元钱,那是他给她的这个月的菜钱。

他找到她的公司,说已辞职,不知去向。

他在他能想到的任何角落去找她。他几乎走遍了那个城市的大街小巷。他第一次知道了自己寄居的城市原来如此之大,如此之空。

他被单位除名了。虽然他知道再找一份工作是可以的,虽然多年来他早就习惯了这儿不行,再到别处,但这次,他身上的某一根主心骨被彻底卸掉了。他不知道自己还要那么辛苦干什么,为吃一口饭吗?如果只为吃一口饭,什么饭还不都是饭?

在城市的烧烤摊上,张改革揣着一瓶啤酒跟跄而过。两个女孩叽叽喳喳地挑着菜品,其中一个的声音轰地让他想起地铁里的那个红毛爆炸头。他停下来观察她俩,一个女孩背着鲜艳的双肩包,另一个身后左侧一点的椅子上,放着一只牛皮原色拎包。

张改革慢慢走过椅子,用搭在胳臂上的外套裹走了那只包。

包里有现金3740元,诺基亚手机一部。还有银行卡三张,VIP贵宾卡、香薰卡什么的。张改革把那些无用的东西狠狠扔进街边的垃圾桶里。他想象那两个女孩转身面对一把空椅子时的表情时,心里竟无一丝感觉,冷冷的、死死的。有雨丝细细地飘下来,他在夜色里缩紧自己。招弟洗好的秋裤这几天都上身了,还是有点凉。离七月十二号,已经过去三个月了。

三个月了,张改革终于又为自己找到了一份工作。

今天,在家乡,在离那个城市千里之外的青坝,当警察的声音炸雷般一遍遍在耳边回响时,张改革自己也有点恍惚了。是啊,第一次作案是什么时候?是六年前的七月十二号,那个晴天霹雳般的女式钱夹,还是三个月后第一次伸出去的错误的手?他不愿回想这些。自打干上这一行,他最不愿做的事就是回忆,回忆那些汗流浃背地干活儿挣钱,晚上头一放到枕头上就呼呼入睡的辛苦日子。他不愿知道,他其实也有过那么多好日子。那些曾真实地紧攥在手心又眼睁睁看着抛弃了他的日子。

我前面说过,我这人有点宿命,总认为冥冥之中一切皆有定数。其实,我并非个案,所有倒霉之人都喜欢这样判断世间之事,认识自我。譬如张改革,连日来,他就不断生出一种面对人生谜案恍然大悟的感觉。原来当初走上这条不归路,原来这次莫名其妙冲破底线在老家的车站出手,都只是为了偷到一只U盘,为了遇见六年后的招弟。

他必须见她。无论她在哪里,做着什么。无论她是那个箱子的主人或者别的男人的什么,他都要见她,告诉她,她没有

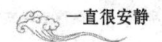

必要从那个七月十二号开始就躲起来，不见他。就算他现在成了这样的人，他也信她，他从来都信她。他只信她。

七

陈少打电话问我还要在湄城待多久，我说这趟至少得三个月吧。他说："楚樵，别那么死脑筋，生活嘛，多少深入一下就行了，别真要扎根似的，我劝你还是回家浇你家花吧，不然干死了！"我骂："狗嘴里吐不出象牙来！"陈少大笑："我说的真是你家那些花儿，你小子偏要往低级趣味处想，俗人啊俗人！"我说："大人有话明示，别捉弄小民。你知道的，这段时间，本人一直不爽。"陈少停下笑，换上了认真的口气："你应该高兴才是呢，你做的那些事是有意义的。长风破浪会有时，天下谁人不识君！"

陈少说前天下午叶子衿去找他，把家门钥匙交给了他，她说她去外地参加一段时间的培训，怕家里养的花干了，请他照看一下。陈少说："阿樵，我当时有点纳闷，你们家叶子衿除了一起吃几次饭之外，和我没什么交往啊，她怎么一下就找到我这儿了？再说了——"陈少在电话里压低嗓门，"我好歹是个厅级干部，高干啊，同志，尊夫人把浇花扫地这样的大任交给我，这不是要把人民公仆整成你家私仆吗？我觉得人民不能答应，我也不能答应，所以，特此向你严正声明！"

我笑不出来，感觉心隐隐往下坠。陈少还在啰唆："我也问她了，干吗不让你女伴们照看呀，我这儿公务挺忙的。她说，就得给我。楚樵，你们家叶子衿和你说话是不是也这样啊，她惜字如金，很有寡人金口不开开口不改的派头哦，呵呵，这女人有点意思!"我打断他:"你为什么不早点给我说这事?"陈少一惊:"怎么了?她去外地的事你不知道?这钥匙前天才送来的,昨天我开一整天会呢,哪顾得上和你闲扯。莫非,这里面有什么情况吗?"我答:"没什么情况。我家那些花儿,老大你看着办吧。"

我立即给叶子衿打电话,两天了,还是关机。家里的座机,自然也没人接。我担心她会有行动,但没预料到这么快。事实上我做好了准备,等这几天在湄城有个好开端,就马上回去见她。发生了这一切后,我怎么还可能在这里安然地待上三个月呢?可她,还是不给我一点时间。她总是这样,不等人。张改革说,他被送到派出所两小时,招弟的手机就变成空号了。

我犹豫许久,才往叶子衿的单位拨电话。我怕事情没有悬念,果然没有一点悬念——人家告诉我,叶子衿不干了,上周就办手续离开了。又打给郭小琪,她是我认识的叶子衿的唯一闺蜜,平时常一起吃饭一起玩。郭小琪一听到我的声音就大喊大叫:"大作家呀,你这是越洋电话吗?让叶子衿和我讲!她前天打电话说你去美国做什么驻校作家,她辞了工作跟着去,就一句,电话一挂,人就不见了,我这儿正恨得牙痒痒呢,有你们这样的吗?好消息瞒得严丝合缝的,说走就走,都不请我撮一顿,狼心狗肺啊!"

所有的线索都断了。这个女人,她不留一丝余地,于人于己。从招弟到叶子衿,她的手段一点没变。

湄城的夜色和青坝不同,也和我生活了三十多年的城市不同,湄城的夜色里氤氲着一种巨大的气息,那是安宁、祥和、沉静。这是现下的中国,从大城重镇到小乡边里,都极度缺乏的一种气息。这座在过去的十年间接二连三地遭受灾害重创的小城，在经历了世间最惨烈最黑暗的考验，见证了数以万计的生离死别后，却沉淀、结晶出了生命最本真的颜色，那是破茧而出的欢欣和感恩，它使每一个踏上这片土地的人在扑面相遇的第一时间，就强烈地感受到这种久违的抚慰，心灵经过最初的震颤、悸动，迅疾变得安静下来，满足起来。是的，当一个涅槃重生的新城以绿荫下的婴儿车、夕阳中的老年广场舞和牵手走过的对对情侣向你诠释幸福的含义时，还有什么不满足？

我来湄城当然不是为了只看这些，但我还是愿意看到这些。尤其是现在，当我自身遭遇到一种意想不到的打击时。我徜徉在湄城别样的夜色中，久久不愿回归那间客居的小屋，它使我时时想到千里之外被叶子衿遗弃了的我的家。是的，遗弃。我之所以用这个对叶子衿来说其实并不公平的词，是因为我越来越意识到我和那个家是因为有了她，才可以称为家的。

但我必须面对，面对曾经的真相，面对可能的将来。那天，当我拨通叶子衿的电话，然后把手机递到张改革的手里时，我就知道我只有面对这一种选择了。我第一次认识到，自己原来可以这样残忍。

叶子衿给我打来电话时，已离张改革和她通话十个小时了。十个小时，我数着时间等着。我知道她会打来。

"你帮他，是在替我赎罪？"这是她的第一句话。

我在听到她的声音的一刹那，喉头哽住，泪水糊住了眼睛。我感觉自己像一个做错事的孩子，愧疚难当的感觉使我不敢哭出声，同时，无限的委屈又像一记一记闷拳砸在胸口，让人喘不过气来。

"我只是做自己的事，我不知道你何罪之有，子衿。"

她笑了，说："楚樵，你可真会自欺欺人！何罪之有，难道你现在还不清楚?我是小偷,而且,我嫁祸于张改革,让他代我去坐牢,而且,我欺骗感情,落井下石,玩人间蒸发。"

我打断她:"叶子衿,你不要这样说自己了。张改革坚持认为地铁里那事是有人陷害你,我也知道,这一切,不是真实情况。"

"那你告诉我,什么是真实情况?"她几乎是温柔的口气,像在忍耐着一个无理取闹者。我无语。然后听到她说:"这就对了,楚樵,你不会像张改革那样盲目相信一个害了他的女人,你是有自己的判断的。"

"可是,是因为什么呀!子衿,到底为什么?"我喊。

叶子衿说:"楚樵,如果我说,那天是我第一次,也是最后一次,你信吗?我这辈子只做过一次贼,你信吗?"

"我信。"泪水从我酸胀已久的眼眶里流出来,胸口的郁结似被狠狠抽动了一下,有点刺痛,有点松泛。

叶子衿长舒一口气:"谢谢你,楚樵,我只求你相信这句话,因为这是真的。"我说:"可是,子衿,哪怕是唯一的一次,我也不愿相信是真的。为什么,你?"

"唉,要是知道为什么,就好了。"她轻叹了口气,"这辈子,要是做许多事都知道为什么,也许生活就是另外一个样子了。"

我沉默在叶子衿的声音中。我想象不出此时此刻她的表情。我不知道我在青坝突然生发的这一切,在她的脸上心上刻上了怎样的表情?这个叶子衿,还是我临行前那个安静柔顺地依在怀里的爱人吗?或者说,这个叶子衿,真的是张改革故事里那个改写了他命运的招弟?我觉得一切是这么陌生,难以掌握,就像写得很顺溜的一部小说,突然间横生波澜,所有的人物和情节集体反击,颠覆了我步步为营的安排。

叶子衿说:"我小时候过生日,娘要煮两个鸡蛋。一个给我吃,一个给弟弟吃。弟弟过生日,娘也煮两个鸡蛋。两个,都弟弟吃。"

我静静听着。在一起两年多了,我从没听叶子衿说起过这些。她一直少言寡语,我以为她天性如此。她普通话标准,听不出任何口音,我没有追问过她的出生地。我甚至不知道她的生日。此时此刻,我如梦初醒,一个人如果从没听过对方的童年往事,他们怎么可以说是相爱?

"弟弟过生日,吃两个鸡蛋。我一直想,为什么他可以吃两个,为什么他还可以在我的生日也吃到蛋,而我不能。我在弟弟过生日那天,每次都想偷他的一个蛋吃,但每次都不敢。等弟弟无比得意地晌午吃一个,晚上又吃完另一个,我悬了一天的心才能放下。"

"后来,长大了,鸡蛋不金贵了。再后来,爹娘也没了。这些事,也就都忘了。"叶子衿的声音,还是那么淡定,我的心里却似倒进了咯吱作响的冰碴。

"那天我和那个红头发女孩们是一起从始发站上的车。他们一上车就吵嚷要去哪儿过生日的事。那女孩的男朋友打电话来,说是在西餐厅等他们。女孩骂:'一有机会就吃西餐显摆,你就像个没见过世面的乡巴佬!'过一会儿,又冲电话骂:'怎么,改到皇城老妈了?这大热天的,能吃火锅吗?''对,我是爱吃火锅,可我没说今天吃呀,你没见我脸上长痘痘了吗?'骂完了,她给同伴们看一个钱包,说是她妈送的生日礼物。'哇,LV!'那几个女孩一派惊呼,红头发一撇嘴:'这有什么,我妈什么都舍得给我买!'

"我听说过LV是一个什么国外大牌子,但那钱包看上去也不是有多漂亮。关键是,那女孩说'我妈什么都舍得给我买'的那种神情。说完了,她顺手就把LV塞进了掉裆裤斜叉的口袋里,然后又没完没了地讲电话。那钱包在她的裤袋里被来往的人碰来蹭去,摇摇欲坠,看得我的心一阵阵发紧,她怎么就那么不当心呢?她以为妈妈给的东西就是天经地义命里带来的,就是不会丢掉的?她以为生日这一天就必须是礼物天?

"她不知道,挤在她右手扶栏旁的我,和她同一天生日。

"在又一个上下车乱哄哄的当口,我靠近那女孩,抽出了那钱包。当然,我马上就被人发现了。那会儿,我要是扔下钱包跑的话,也就跑掉了。可是,我不但没扔掉钱包,还把它塞进了自己的背包。我不知道自己是怎么想的,其实,根本就什么都没想。"

我说:"子衿,别说了。"沉默。然后,我又开口:"可是,子衿,接下来为什么那么对待张改革?这是我唯一想知道的。这辈子,你只偷了一个鸡蛋,他却因此要做一辈子贼。"

"也许,也许是因为在我的潜意识里,原本就想离开他,那样的日子让人看不到尽头,只是我没有狠劲结束感情。也许,我认为当他看到地铁里那一幕,我们就再也回不去了。既如此,就把事做得更绝一点,让他彻底断了念想。"

"可他看到的那一幕,并没有使他怀疑你,看轻你,他是爱你的。"我说。同时,我觉得自己并不是说这话的合适人选,于是,补上一句,"就像今天,当我知道了这一切,我还是爱你的。"

叶子衿笑了,很爽朗的笑声,我听着却一缕缕凄清。她说:"楚樵,我就这点上命好,你看,对我好的男人个个心善。可是,咱们,你和我,也回不去了。你现在知道我为什么那么反对你留在青坝了吧?我有一种预感,我怕自己又从叶子衿变回到招弟。可这是没有办法的事,看,你还是认识了张改革,认识了青坝孤女叶招弟。你既然认识了他们,我怎么还可能是那个陪着你去听交响乐,看小剧场,参加朗诵会的叶子衿?"

"子衿,别瞎说,信我,等我。等我去湄城报个到,我就回家看你。你今天说了太多话,现在需要静心休息,剩下的话,咱俩在家里慢慢说。"

她最后一句话是:"那好吧,其实也没剩下多少话了。"

两个月后,我被陈少拖进了饭局,那帮哥们儿一见就骂,回来干吗不打招呼,藏在家里装宅男呢?陈少止住大家,说:"别指责楚樵,现在他正在脆弱期,玩玩一个人流泪到天亮,也是应该的。"我笑:"这什么乱七八糟的!我不过是知道现在不时兴吃饭,所以没敢打扰老大。"陈少连连摇头,"NO!NO!谁说不时兴?只不过稍稍用点策略,换换形式罢了。君命虽不可违,但人民群众的智慧用来对付这点事还是绰绰有余的。城春草木深,野火烧不尽啊!再说了,眼下,我们正热火朝天走群众路线呢,走群众路线能不吃饭?民以食为天哪!"我说:"陈少,别这么油腔滑调的,还记得我去湄城你们为我送行的那个晚上你说的一些话吗?你内心里其实是有期待的。"陈少摆手,"兄弟,就此打住,莫谈国事!莫谈心事!"

话题聚到了我被盗前后。大家都慨叹不已,说我失而复得了一个纸上的女人,却丢掉了一个枕边的女人。冯秋说:"我多少次劝你找一个我老婆介绍的那些女孩,毕竟大家都是一个层次的,好合好散,不会玩这种低级的失踪游戏,你偏不听!"我骂:"你以为你是什么层次的,不就是世袭了个好爹吗?"陈少插话:"冯秋,你们还真不知道,叶子衿那丫头确实是有点个性呢,楚樵的家她最后是交给我的,后来我知道是怎么回事后,当真去楚樵家一次。你们都知道,这小子家里是攒了些值钱的玩意的,可人家离开得那叫一个干净呀,尊严呀,像八路军过村,秋毫无犯呢!"我拍桌警告:"都住嘴,陈少,你听听自己说的话,你们这就叫有层次呀,也不嫌害臊!"陈少笑答:"是,我很惭愧,不过,楚樵,你也别太高姿态了,你前妻走时,能拿的拿,能砸的砸,那飒爽英姿比漂亮脸蛋还让人难忘呢。"

正乱着,手机响了。是小蝉。我到洗手间去接。寒暄过后,她说:"楚老师,想给你说说胭脂镇。你知道吗,咱们做的那些事一点用也没有,胭脂镇还是整体拆迁了,村民们都签字同意了,包括上次被打的那些人。只有张改革不同意。张改革守在他娘坟前,三天三夜没有离开。第四天,他不见了,他娘的坟也被刨开了。有些人说是他到北京上访去了,有些人说是他那个大学毕业后在大城市工作的妹妹给他找上了临时工,他去干了。也有人说——"说到这儿,小蝉停住了。

我急问:"说什么?你快说!"小蝉轻轻说:"也有人说,他偷东西偷到了黑社会的地盘儿,被做掉了。"

我无言以对。还能说什么呢?这个世界上,谁又会真正关注一个弃儿的来去,一个窃贼的生死?就连传言,用不了几天也就无声无息了。小蝉沉默半晌,挂了电话。听着嘟嘟的声音,我才想起,应该问一句蓝夜、黑禾、白丹伦他们。而且,小蝉的声音也不似先前清亮了,她好吗?但问候与否又有什么关系呢?他们在那个叫青坝的地方,做着和我一样无谓的事情,写字,数钱,常常失眠,偶尔吹牛,偶尔在酒精的麻痹中遗忘自己的无力。这就够了,我知道,他们之于我,就像青坝,一旦遇见,便不会再走失。

再回席,陈少他们已换了话题。话题像纷飞的马鞭抽打着本在疾驰的车轮。甚至没人逗我一句，谁的电话要躲到厕所接，是不是又有什么新情况了？

甚至没人注意到我再次拿起手机离开饭桌，没人听到我颤着声音喊出的那一声："子衿！"

是叶子衿。她音调依然沉静如初。她说："楚樵，打电话给你，一是想让你放心，我不会有事的。我会在某个地方重新开始。当然，对不起你。二是想问你，那小说，《遇见》，写完了吗？"

我不知道她为什么特意问起小说。我把手机从耳边拿下，再次确认了这是一个不显示号码的来电。我再次体验了千言万语不知从何说起的心情。我说："没写完，还停在二十七万字上。"

叶子衿说："楚樵，我搬进你家的第二天，你就开始写《遇见》了，那个女人，夕颜，她是和我同时走进你的生活中的。都两年多了，你写得那么慢，那么小心。我有时想，她才是你心里的那个人，而我不过是住到了你的房子里。你看，现在连我都放不下她。最近，我一直想，你最终会让她怎么样。我不愿意你为了所谓的小说艺术性，再给她一个百折千回的结局，或者是你最擅长的那种没有结局的结局。我想请求你，给夕颜最后一个简单、明白、完好的交代，好吗？一个女人，走过了那么多坏日子，等待了一生，寻找了一生，她当得起那样一个交代。你们写小说的人，为什么认定一个绝望的尾声，一个模棱两可的结局，就一定比电视剧的大团圆更高明呢？"

"楚樵，不要让夕颜穿着黑裙子走向暮色中的大海，不要让她一个人在KTV唱歌，不要让她在下一个路口再遇见什么，就让她一直往前走。"叶子衿说。

雪候鸟

一

随候鸟南飞,风一刀一刀地吹。

小憩在一万三千米的高空上,脑海中突然跳进这么两句,岳绒一时有点被自己惊到了。她起身茫然四顾,一排一排的座椅上,人们要么漠然地安顿着自己的疲累,要么扑在小桌板上划拉着电脑。只有很少的几个人在热闹地说着什么。洗手间的水有点凉,岳绒就在这一刻猛地想起,刚才那话来自一个叫熊天平的歌手唱过的歌。是很旧的一首歌了,歌名已彻底忘记,但那华丽又充满磁性的男声一经想起,便从时间的深处汹涌而来,绕耳不绝。

飞机起了一阵颠簸。岳绒在空姐的微笑催促下回到座椅。窗外,依旧是云朵千变万化的单调。为什么,会想起这么两句歌词?这两句后面是什么?"我不想南飞,泪一滴一滴地坠?"岳绒下意识地伸手抚过脸颊,那里并没有湿润。是啊,这不是南飞,是北归。她在心里说。

但江城,那么远。三年来,江城无处不在,但还是那么远。三个小时的飞机,再九个小时的车程,两天一夜的尽头,才是群山环抱中那小小的城。从电视画面上看,它现在没那么小了。8月8日那一天,好几个朋友同事打来电话,说正在看江城三周年专题节目。"你们江城,重建得挺漂亮的嘛!"他们都说。岳绒心里很感激这些人的问候,但她说不出更具体的什么,只能含含糊糊地附和，说是啊是啊——她看到的，也只是电视。

本来范信这次要一起来的，临到快出发时却被硬抽去参加了学校的一个什么对外活动，死活挤不出身。他说："这三年，我好歹都去过江城两次了，这次不去也就不去吧。可你自己也总得露一次面吧？当然，要是孟芳文那边说得过去，你也可以再缓缓，等我忙完这阵子再陪你一起回去看父母。"

孟芳文那边有什么说不过去的，她只是给岳绒来了个短信而已。那短信是邀请，但看成简而告之好像也没什么不对。是的，孟芳文只是告知岳绒，她要开始新生活了。她并无执意相邀岳绒出席的意思。所以，岳绒一遍遍地对自己说："我为什么非得赶去，参加那样一个婚礼呢？"

但孟芳文的话，让岳绒胸口堵了好多天。"我希望你能来。三年了，总要面对。"她说。这是什么话？安慰，劝诫，还是鼓励？反倒像谷秋子是岳绒的丈夫，而不是她孟芳文的。回想这三年来，就是在最黑暗的起初，岳绒也没给孟芳文说过这样的话。她知道她在面对，她必须得面对。现在，她看到了孟芳文面对后的结果：江城此起彼伏的中年婚礼之又一盛典。刚听到这个喜讯时，岳绒一时无法接受，就像三年前她不能接受那个噩耗一样。可想来想去，也就这样了，还能怎样呢！偏孟芳文，却把什么面对的话反掷给了岳绒。孟芳文就是这样，从小到大，她那张嘴脸，总是让岳绒咽不下气。范信多年来苦于理不清她们之间这种恩怨纠结的关系，看岳绒生气只好化繁为简、避重就轻地感慨着："你们俩呀，掐掐打打多少年，见不得又离不得，也算是铁杆闺蜜了！我们大城市的人，大学还没去读，中学同学就找不着了，几年过去，就算茫茫人海中再碰上，还能认出来，也基本无话可说了。哪像你们，中学同学做了一辈子的朋友！还是江城好啊，地小，人少，情深。"

岳绒向来看不惯范信凡事都从大城小城的角度去诠释。她觉得在她这个小城人面前，范信有掩藏不住的大城优越感。有些话听上去是自我批评，但其中不无炫耀之意。岳绒就说："是啊，你们的城市实在太大了，大到没有哪一个角落是你们可以抓住，可以拥有，可以安放共同记忆的，所以，你们怎么能和小时候的同学做朋友呢？"范信听这口气，便怕岳绒恼了，于是装作听不懂她话里的敏感情绪，连连点头说："正是你说的这个意思！所以，共同的记忆要共同呵护，孟芳文的婚礼，你还是得参加，必需的！"

岳绒看着范信无辜真诚的样子，心里就想，其实，人和人之间没有太多共同的记忆，又有什么不好呢？

现在，她正朝着那共同的记忆所在飞去。事实上，三年来，她之所以一次次地放弃了还乡，一次次地拒绝回望这个方向，是因为她心里极其清楚，那承载着记忆的物事定然已面目全非。皮之不存，毛将焉附？一代人的成长印记随着一个小城百年不遇的重大事件，永远地被抹去了。这是一个多么简单浅显的道理，这是城市化进程中放之四海而皆准的一个道理。所以，根本用不着2010年8月8日江城天塌地陷的证明，岳绒早就懂得了这个道理。但孟芳文说，总得面对。

面对，真的比仅仅是懂得难很多吗？

二

父母比半年前离开上海时又老了一些了，尤其是母亲，脸色泛黑，背深深地驼着，第一眼就让岳绒鼻酸眼涩。她在岳绒身前身后忙忙地这儿动一下，那儿拍一下，好像不知道要做什么。她的眼光是切切的，又是怯怯的。岳绒不知道从什么时候起，母亲打量自己的儿女，开始变成了这样的眼神。她避开她的眼，只和哥嫂寒暄，又向父亲招呼："爸，你身体咋样？"父亲朗朗笑着说："好啊，挺好！跟在你那边一样，吃得好，睡得好！我不像你妈，在哪儿都不安生，一天都不安生！"大哥愤然说："你看，小妹，三句话就要扯到妈身上，无论说什么最后都成了他俩互相攻击，我简直受不了这样的老人！"岳绒听大哥这口气，心里倏地划过一阵刺疼。她轻轻说："他们一向这样，习惯了。哥，你别认这个真。"

有好几年了，每年开春，岳绒的父母都要来上海住一段时间，立秋过后再回江城。他们受不了南方冬天的冷。范信笑着说："你父母这整个是和候鸟对着干嘛！"正因为有他们这几年的南来北归，岳绒才整整五年没回江城。三年前特大泥石流灾害发生后，所有的人都认为她应该回去一趟，她还是没回。最难过的是春节。父母倒好说，他们老观念，认为岳绒过年应该随夫家的人。虽然公婆已过世了，但范信的哥嫂、妹妹，都还是要照应的。但岳绒的姐姐知道是怎么回事，她一次次地责备："岳绒，你看看电视里的春运报道，你的良心就没受一点震撼？大家那么千辛万苦为什么？还不就是为了赶回家过一个团圆年！为什么就你例外？"岳绒只得编各种走不开的理由，实在不行就干脆撒娇："哎呀姐，干吗那么重形式？过完年，你们就送爸妈过来了，有什么团圆不团圆的事！过年是个啥，还不就是天天七大碟八大盘地吃，我一年四季呕心沥血地节食，只要回江城过一次年，就前功尽弃，我敢回来吗？"

回去，做什么？既然，父母和兄弟姐妹都能在江城以外的空间相见，相伴，那么，那个小小的悲城，为什么还回去见它？

可今年，今年不一样了。半年前父母回江城时，带走了所有的衣物。母亲说："绒儿，这一去就不来了。你知道的，妈不行了，不能再走动了。"那一刻，岳绒五内俱痛。她知道，这一天终是要来了，而她无处藏匿。父母覆水难收的衰老、病痛，这一切的最后。还有，与江城的再见。

她想得太过严峻。实际上，只半年时间，一场婚礼的邀约，就将她的归期提前了。

哥嫂去看电视了，厨房里，岳绒喝下一碗黑米红豆粥。抬起头，又是母亲那样的眼光。她说："妈，这粥你从前天下午接我电话就开始煮了吧，烂得跟糨糊一样！"母亲笑了："烂就好，你打小就爱喝妈熬的烂粥。"随后，她又凄然地说："妈现在也只会熬个粥了。本来今天想给你晒铺盖，但胳膊使不上一点劲儿，愣是搭不到院里的铁丝上去。"岳绒打断母亲："妈，西屋一下午都照着太阳呢，一点儿都不潮，不用晒被褥。"一听这话，母亲满脸的小心换成了无比的释然，释然又换成了感激，感激再换成了歉疚，她的声音低下去："绒儿，你知道你要睡西屋？"岳绒不应声，她起身到院里水池下哗哗地洗了把脸，然后把拉杆箱扯进西屋。母亲跟在身后，这次是喜悦的近乎巴结的语调："绒儿，我刚没说完，被褥是晒过的呀，晒了一整天的好日头呢。我搭不到院里去，是你爸晒，你爸铺的。"

是那种味道。整整晒了一天的北方太阳的好味儿。在这个院里的时光，屋子，床，母亲洗过晒过的衣裳，都是这个味儿。强烈的旧气息裹住了她，岳绒把脸藏进被窝，就是在黑暗中，她也不愿看到自己在流泪。太阳的味道一点点吸干了来势凶猛的泪水，她慢慢将头探出来。陌生的窗帘，透漏进丝丝缕缕的月色,光影直白地射在岳绒的床上。她再次把头藏进被窝——就连月色也是陌生的。岳绒所熟悉的娘家的月色,是透过石榴树婆娑的树影,和芭蕉树摇曳的风声,迤逦而来,水一样流泻到窗棂的。

可这是西屋。那时候,她从没想过,有一天,自己会从西屋看月亮。

岳绒的娘家是二十世纪八十年代末单位修建的那种砖混结构的老房子,但关键是它是"家属院",而不是"家属楼"上的几间单元房,这就金贵了。如今住在城里的大多数人,都几乎不能想象一个普通人家可以拥有偌大的独门独院。确实,岳绒家的住房条件一路过来都属上乘,这其实也是她在中学时期特别有同学缘的硬件原因:她家地儿大,玩得开。后来,单位家属院买下来成了自家的产权房,老房子也在不断地修缮、改造、装修中,与时俱进,走向现代化了。这几年,老房子所处的地段地价开始稳稳地上涨。岳绒的父亲最喜欢吹的牛之一就是,这房子随便转个手,就能赚几十万。

就是这样,二十几年的光阴里,院里院外的一切都变了模样,但这小院岿然不动,还有一样也没变:这个院子最东边一间屋,是属于岳绒的。她在这间屋里读完了初中和高中,考上了大学,大学毕业去南方工作后,一年里回两次家她还是源源不断地往这间屋添置装饰,她结婚后带范信来在这间屋里度过了蜜月,她生下儿子不到两个月就被家人接回到了这间屋。二十几年里,所有的家人提起这间屋都称为"绒儿那屋"。

最初就是岳绒自己挑的那屋。那时候,大哥已成家,在单位分到了房子,与父母另过,二哥在外地工作,姐姐刚刚嫁人,还没从镇上调回来。所以,小院子里六七间屋,平时只有父母和岳绒三人住。搬进来第一眼,岳绒就看中了东厢房的窗前有花坛,可以种树种花,墙根下可以栽爬山虎。几天后,父亲为她种下了一棵和她一般高的石榴树,二哥不知从哪里挖来了爬山藤的根苗,而栽芭蕉树的坑,是她自己用手刨出来的。她至今还记得黑而松软的沃土从指间流过时,心里翻涌的那一阵阵欢喜。它们都活了,那棵石榴树,竟然在当年就开出了满树火样的花。树下,她又撒上了菊花的种子。深秋的早晨,她推开门,菊花如雪似云涌入眼帘。那时候,岳绒才十二岁,不喜欢读书,只着迷于各种花树植物。父母哥姐都纵她,说:"我们绒儿又有眼光,又有手气,将来肯定是园林专家。"

后来,她并没往园林专家的道路上发展,但花树一样在她的窗前葳蕤生长着。爬山藤渐渐扩满了整面东墙,芭蕉树越发高大了。女儿渐行渐远,老去的父母把不尽的顾念转注到了她的花坛上,伺弄得更是活色生香。范信第一次来江城,翻来覆去念叨一句话:"岳绒,要是我们把你家这院搬到上海去,那是个啥情况?"岳绒就得意地答:"你说啥情况,上海小弄堂阁楼里出来的小范信出落成资本家了呗!"

但今夜,回到别了五年的江城,在娘家这个院里,平生第一次,岳绒住到了西屋——岳家的客房。

母亲的眼睛,母亲满脸皱纹里堆出的那些表情,母亲那一句如释重负又歉疚难当的"绒儿,你知道你要睡西屋?"所有这一切,自踏进院门,看到的听到的,一一地从岳绒心头走过。她其实并无伤感,沧海桑田,万物之律,她知道她不应该伤感。但母亲,别离不过一百余天,她为什么就老得那么快呢?老了,为什么就变得那么愚钝呢?她问"绒儿,你知道你睡西屋?",难道她一直揪着一颗心,怕任性的小女儿一脚踹开已不复存的"绒儿那屋"的门?

江城有老规矩,照顾父母的责任通常是由家中长子承担的。半年前,父母从上海回来后,便将家中一切事宜交给了大哥。为了正式,家庭会议上拟了书面协议,姐姐代岳绒签了字,自愿放弃继承父母房产。一个月后,姐姐电话里说:"大哥大嫂把自己家出租出去,搬过来和爸妈一起住了。老房子里又大动干戈了一番,他们把中间几间屋打通,整成了大客厅,卫生间从厨房后边移到了南墙那边葡萄架下,装上了新浴室。就爸妈的卧室,还有西屋那一间客房没变。"姐姐说。

岳绒知道姐姐想说又避开不说的是什么,她就问:"那大哥大嫂的卧室呢?"姐姐犹豫了片刻,答:"他们住进你那屋了。"

姐姐说:"你那屋本来干净、规整,他们倒也没怎么折腾就搬进去了。不过是把你那些五花八门的小物件撤掉算了。只是,大嫂说你那屋门窗前面挡着太多花呀树的,湿气重,她腰腿不好,见不得阴,所以,所以就把芭蕉树砍掉了,墙上的爬山藤,也给扯下来连根清除了。那棵石榴树,倒是留着。大嫂说这石榴是老品种,结的果个儿不大,但比街上卖的那些都甜。"

今天进娘家院门时,天已蒙蒙黑了。岳绒在躁乱中,没看清那棵幸免于难的石榴树——事实上,她没让自己朝那个方向看。此刻,她在西屋光秃秃的月色下,开始想起它,一棵近在咫尺却已远在天涯的树。当告别了昔日的繁华,看着旧伙伴在它面前萎然倒地,它该是怎样的模样?它知道它是孤零零地站在陌生的老地方吗?花是一样要开的,但果,得十分小心地结才是,要甜,要比街上卖的甜很多才成。如今,这是它存在的唯一理由。

也或许,石榴树什么也没想,它只是和过去一样,静默地站在时间里而已。一棵树,在见证了整整一座城的陷落、重生之后,面对一个小小院落日升月落的变迁时,它甚至懒得让风撩动一下自己最细小的枝梢。

三

孟芳文说:"你不要和那些外乡人一样,抱着一束白花去纪念碑前默哀,这样的场面,三年来我看够了。"

岳绒斥道:"总是你的话!你怎么知道我会那么做?"

孟芳文不再说话,她默默地靠过来,握住了岳绒的手。岳绒的心抖了一下,又抖了一下,胸口某个地方一阵痉挛。整整十八年了,她和她的手不曾相握。她已不能习惯自己被她握着。这个三年前一夜之间失去了母亲和丈夫的女人,这个明天就要嫁作新妇的女人,她的手有着岳绒所不熟悉的沁人的凉。

她们手拉着手慢慢走过江畔,走向北山的脚下。"那我们现在干什么?"孟芳文问。"就看看人家跳舞吧。"岳绒答。

到处都是跳舞的人。城市里,只要能找出一块空地儿,人们就在跳广场舞。江城也是这样。岳绒熟悉的旧广场,这次回来第一次看见的新广场,都是广场舞的天下。每一个广场上,又分列着三四个舞蹈方队,阵势最大的是中老年妇女队,其次是年轻一些的女人们,在跳着更轻盈、更有难度的健身舞,而交谊舞和街舞的队伍,前者多为秃了发顶的男士带着些舞步青涩的姑娘,后者是一群打扮入时的少年。他们这两摊人马,虽一样放着强劲的乐曲,但和老太太们一比,显得很是散兵游勇,看客倒比舞者多。

孟芳文说:"岳绒你这不是看我跳不成舞,故意跑这儿来刺激我吗？"岳绒头都不回："放心，你什么风头没出过，就这点小场面还能刺激到你？"孟芳文笑起来："那你有病啊，你在上海看不到广场舞，听不到凤凰传奇的《最炫民族风》？你听听，一曲比一曲更俗不可耐！"

但岳绒没在意乐曲，她只是出神地盯着那些在乐曲中忘我地动作着的人们。是的，在哪里都能见到这样的情景，但这里是劫后余生的江城，一切在岳绒眼里便有了别样的意味。这样祥和欢乐的场面，更像是一种告慰和祈福，感恩和表达。那些面容沧桑的女人们是那么投入专注地做着简单划一的动作，仿若在举行庄严的仪式。

她们蹦跳着的新广场，曾是泉美月圆的家园变成的大废墟。

岳绒握着孟芳文的手。三年前，当这双手在如许绝望的废墟上，将十个手指刨出淋漓的鲜血时，她就该来握住它。岳绒，不能原谅自己，就像多年前她不能原谅孟芳文一样。

"死，也就死了，那么多人都死了。我不甘心的是，人家都找到了，挖出来了，为什么就没有秋子！我生要见人，死要见尸！"孟芳文说。

"我到现在都不能相信，秋子真死了。一个人，死了，总得有个坟墓吧，总得有个小小的骨灰盒吧？可秋子，就像一阵风，说没就没了！"孟芳文终于低低地哭喊出来。

岳绒知道会有这么突然爆发的一刻。今天，在一起的整整一天时间里，孟芳文一直忙忙地说这说那，但绝口不提谷秋子。甚至，她给岳绒讲起母亲的后事，讲起好几个遇难的老同学时，话题也平静地绕过了谷秋子。但岳绒知道，她必将崩溃下来，必将爆发出来。只有过了最后这一关，明天，她才能释然地走进另一个男人的生活。

"三年了,我不甘心的就是这个,那么多人在找,那么多人都找到了,为什么单单找不到秋子?"孟芳文的眼泪在夕阳下灼灼地射着光,像扑闪不尽的火苗。

岳绒依旧只是紧握着她,不作声。她知道她在犯糊涂。其实,还有许多人和谷秋子一样,没能给亲人最后的一个慰藉。他们与家园化为一体,已经重生成脚下的土地了。

或许,这也没什么不好。但孟芳文的泪,还是凶凶地流着。岳绒的心,重重地痛着。

老城区新建的住宅区,坐落在高大嶙峋的北山下,远远地看去,一幢幢白墙绿窗柔和得像是一幅水粉画铺到了川地里。那里,有孟芳文的两个家。一个是政府给她和谷秋子那个旧家的赔偿,130平方米的房子,朝向、户型还算好,一整天都能照到太阳。另一个,是她明天就要嫁去的新家,也是赔到的三室两厅。孟芳文说:"装修时老王要把第三个卧室弄成书房,我说还是算了吧,都弄成卧室。所以现在,我、老王、谷雨,我们一人一间卧室。"

"什么意思?你婚后不和老王睡一个卧室?"岳绒警觉地问。

孟芳文笑了:"岳绒你看你这一副敏感相!也就是为了休息得更好嘛,没什么别的。我试过了,我在老王身边睡不踏实,我从没睡过囫囵觉,他打呼噜。"

"男人到中年,大多都打呼噜。你这样做,是不对的,你得适应。"岳绒劝。

孟芳文踌躇了一下,还是开口:"其实也不光是我的问题,老王他夜里时常耳鸣、头痛,做噩梦,不停地折腾,他怕影响我,挺赞成分房睡的。他这些毛病,也都是出事后落下的。他是个苦命人。"

是的，孟芳文至少还有谷雨，但老王却父母妻儿一家四口都没了。儿子考上了重点大学，那天，几个朋友来庆贺，一家人都是在西街的老川菜馆吃的饭。饭后，老婆儿子先回家了，老王留下喝酒。于是，就那么简单，一个家转眼便只剩下了孤零零的他。

岳绒知道老王，江城中学一个高大白净的教书人。他原也是高岳绒、孟芳文她们三届的江城中学的校友。大学毕业后又回母校任教。

"你要多关心他，让他好起来。看他对谷雨的态度，是一个好人。大家能走到一起，多不容易。"岳绒突然有点想哭，她咬着上唇，望向远处。她已经见过老王和谷雨了。她记忆中的谷雨还是那个扎着羊角辫的粉团团的小姑娘，蜜糖一样黏着谷秋子，要他讲故事。但五年不见，小姑娘已出落成俊逸挺拔的青春少女了。她的神情举止都越来越像谷秋子，烟雾一样的郁悒笼在眉目之间。

"文儿，你要好好的，你要让自己，让孩子，让老王都好起来。"岳绒又说。这次，她唤的是孟芳文的昵称。整整十八年，她没这样叫过她。

孟芳文说："你放心，会好起来的。"

就像岳绒所知道的那样，孟芳文还是老性情，哭了，喊了，也就平静了。她把岳绒送到回家的路上，说你回去歇着吧，明天你还得陪我一天呢，够受的！咱们江城规矩多，虽说我和老王都是二婚，也还得讲那些规矩。

岳绒摇一下孟芳文的胳膊："别二婚长二婚短的，你说话怎么这么难听！"

孟芳文答："那是自然！小城泼妇嘛，说话哪有上海的大教授好听!"岳绒皱眉:"听听,当真成了泼妇了!"两人都笑了。不觉间便走到了岳绒家门前坡下的大槐树下,几只夜归的鸟倏忽飞过,把唧啾的欢叫声撒到了她们的头顶。岳绒循声望着树枝高处的鸟慨然道,它们肯定不认识咱俩了。孟芳文说:"你说谁不认识咱俩,鸟儿啊?你太自恋了吧!这鸟儿都传宗接代好几代了,凭啥认得你!除了这百年老槐树,谁还记得这俩老女人也是打蹦蹦跳跳的丫头时候走过来的?"

岳绒说:"文儿,你都送我到家门口了,咱俩别再磨蹭了,你走吧!回去做个面膜,临睡前眼睛上要敷点嫩黄瓜,消肿。明早五点我就过来,我和谷雨陪你去化妆打扮,把你整得漂漂亮亮的。"

孟芳文不走,她的双眼直直地盯过来:"岳绒,我一直等着你问我为什么要再婚,为什么刚刚三年就再婚,你为什么不问?"

"我为什么要问?"岳绒一愣,狠狠地顶回去。四目相接。然后,岳绒先转开身,和缓了语调说:"芳文,你别多想了。其实,三年,也不短了。"

孟芳文依旧目光灼灼:"岳绒,我这一辈子,你命中注定要做我一次伴娘!我嫁谷秋子,你当然不会来祝福我。所以,我得再结第二次,才请得到你。这是你欠我的,却要让我付出代价。"

"够了,你!"岳绒甩开她,扭身就走。孟芳文在后面稳稳地喊:"岳绒,我一直想告诉你,只是怕伤到你,我宁愿你只恨我一个人!其实,秋子他是爱我的。没有那天晚上的事,他也会和我结婚,他是甘心情愿的。这十八年,你知道吗,我们过得特别幸福!"

身体某个地方,某个最软弱的地方,被重击了一下。孟芳文的声音裹着这个世界最凛冽狰狞的痛向岳绒袭来,她脚步踉跄,几欲被它撞倒。

有一只鸟从岳绒耳边闪过,悄悄停到了大槐树身上那只洞眼里。它不认识她,可它一直望着她,好像在偷偷观察她。岳绒慢慢靠到树上,她想,鸟的寿命到底是多少呢?这小精灵,它真的不是过去那么多鸟中的某一只?

但槐树无言。它不说话,谁又能洞悉燕来雁去的老时光遗留下来的秘密,谁又辨认得出一只鸟的讯息,辨认得出比一只鸟的翅羽更轻的人心的翻云覆雨呢?又有谁会铭记着那些一句一句说出来的狠话,把人的半辈子都交代出去了的那些狠话呢?

这老槐树下,似乎专门就是一个说狠话的地方。二十三年前,孟芳文说:"岳绒,你不要他,我就要他。"十八年前,岳绒说:"孟芳文,我不原谅你,死生都不原谅。"

今天,孟芳文说:"岳绒,我一直想告诉你,秋子,他是爱我的。没有那天晚上的事,他也会和我结婚。"

四

岳绒歪在西屋床上,听范信汇报他和儿子的饮食起居。儿子抢过电话问:"妈妈,你每天都去吃酿皮,吃搅团吗?江城的酿皮和搅团还那么好吃吗?"岳绒听着他咽口水的滋滋声,不禁笑出声来。儿子来江城是在五岁之前,他哪里有吃什么酿皮、搅团的记忆,还不是平日里自己老念叨,念叨得连儿子都上心了。不过,儿子的口味确是跟了岳绒的,对上海的各种精美甜点没有兴趣,贪的只是一口鲜辣。岳绒家的厨房里,常年备着江城土产的各种山货,辣椒和花椒更是每餐必不可少的。范信常说："我这个上海人的肠胃饱受江城风味的摧残啊！"说归说，其实，他极爱吃岳母做的酸辣面片。岳绒奚落："是啊，因为摧残才吃两碗呢，这要不摧残，范博士是五碗不过岗的壮士呢！"

但范信对岳绒最爱吃最放不下的另两样江城小吃——酿皮和土豆搅团却反应淡定，他说："盛名之下，其实难副，没你夸得那么玄乎嘛！"岳绒气得从此不和他提这茬。儿子是岳绒的小跟屁虫，凡岳绒说好吃的，他必定认为好吃，所以，遥远的江城酿皮和搅团便成了母子两个人共同的思乡情结。

岳绒结婚晚，生孩子也晚，江城老同学们的孩子大多都高中毕业了，孟芳文和谷秋子的女儿也十七岁了，她的儿子才上小学五年级。

范信问起孟芳文的婚礼，岳绒说挺好，挺热闹，摆了十好几桌。又问起孟芳文新夫种种，岳绒说老王也挺好，别的不说，单看他给谷雨收拾的小闺房，就知道他是个待人真诚有爱心又有眼光的人了。范信说："那就好。"少顷，又添一句，"这你就可以放心了。"岳绒回："我有什么不放心的？"范信幽幽地说："岳绒，你不知道你自己的不放心吗？"

岳绒明白范信心底的芥蒂。其实，那不过就是一些疑惑、猜测，或者，只是一种隐隐的妒忌，因为自己的不能介入其中。多年前，他第一次随岳绒回江城，就被孟芳文、谷秋子夫妻俩请到当时最好的饭店隆重接待。孟芳文那不由分说的热情，拣菜添茶时大包大揽的熟稔，一看就知是岳绒知根知底的儿时伙伴，但岳绒对孟芳文，却是一张阴晴不定的脸，看得范信一阵阵纳闷，一阵阵尴尬。中途孟芳文出去了一趟，提回来一塑料袋酿皮兴高采烈地摆到了岳绒面前，"知道你馋酿皮呢，可这饭店里的哪有老陈家摊子上的好吃！你嘴刁，以前只吃老陈家的，我跑去给你买来了，快吃！"

谁知岳绒连眼皮都不抬一下，她闲闲地把一筷子青菜放进嘴里，又慢慢喝一口茶，才回："什么老陈家酿皮？我怎么不记得了？"

气氛一时便僵住了。那盘酿皮辣香扑鼻地摆在他们面前，岳绒碰都不去碰一下，孟芳文颓然地靠在后椅上，谷秋子默默不语啜饮着酒，范信只得没事儿似的笑着夹了一筷子，又夹了一筷子，打圆场说："芳文，你说得对，果真好吃！"话没说完，嗓子被辣椒呛着，他惊天动地地咳嗽起来，脸涨得通红，甚是狼狈。岳绒根本不理会，孟芳文起来给范信倒茶递纸，等他的咳嗽好不容易平息了，她让服务员撤走了酿皮。"范老师，你上海人吃不惯这么辣的东西，别吃了。"孟芳文眼望着窗外说。

那天回去的路上，范信开始数落岳绒："你要么干脆不去吃请，要么去了就别给人家脸子看，又要去又要不痛快，这是何苦呢？"岳绒反唇相讥："是啊，一到关键时候就胳膊肘朝外拐，恨不得帮别人灭了我，这是何苦呢！"范信急得当街就跳起来："你讲不讲理！人家孟芳文怎么你了？什么叫帮别人灭你，我们大家巴结你还巴结不过来呢，瞧你那臭架子摆得！"岳绒不再理他，只管往前走，脚步快得生风。范信一步不离地跟在后面，口气早已软下来："岳绒，我不是责怪你，我不过就是好奇嘛！今天的你可一点都不像平时的做派，你哪儿这么待过人？那个孟芳文又请你吃大餐，又跑去小摊给你买小吃，她容易吗？""她的腿——她的腿管我什么事？"岳绒停步，厉声打断范信，"她的腿，她活该！"

范信听岳绒言辞凛冽如坚冰，但双眼却汪满了泪，便不敢再出声。又有一次,闲聊中不经意问起孟芳文的腿疾是因为什么落下的,岳绒冷冷地笑:"我倒也很想知道是因为什么呢!你既然对她这么感兴趣,不妨打探清楚了把谜底告诉我。"范信很觉没趣,自此后,他尽量避免和岳绒提起这些事。但岳绒自己倒冷不防就会说到她和孟芳文小时候的事。"你根本想象不到孟芳文那时候有多淘,比男孩子都无法无天。她带着我满世界乱走,江城那小地方,就没有我俩没吃到、玩到的角落!"岳绒一脸的神采飞扬,范信在她的讲述里,慢慢勾勒着少女岳绒江城年代的飒爽英姿。但往往正听到高兴处,岳绒莫名其妙就打住了,脸色淡得白水似的。

他们每次回江城,岳绒的老同学们都要聚聚,尤其是孟芳文两口子,还是像第一次见范信一样,盛情招待。岳绒也还就那喜怒无常的老样子。其实,一两回过去,范信凭着做丈夫的直觉,早就断定岳绒和孟芳文这两人犯迷糊的亲疏远近,肯定是和谷秋子有关。那个男人不爱说话,饭局上很少掺和岳绒和孟芳文的女人话题,也不太和范信交流,只是不断地劝范信酒,自己也一杯接一杯地喝着啤酒。但范信从没见他喝醉过。孟芳文说,江城的男人都是喝白酒长大的,这点啤酒算什么!有一年夏天,范信一个人去江城,刚巧又在街上碰见了谷秋子,谷秋子还是非要请范信吃饭喝酒。这次,孟芳文也没来。两个男人在江边酒楼里默默地对坐,喝酒。范信觉得不自在,冷清。但谷秋子却一副范信本来就是他哥们儿的样子,好像他们之间从不需要第三个人的联介。他脸上天长地久的表情,让范信很是感动。但感动过后,却陷入了一种莫名的情绪,他凭什么这么对他?他算是他的什么人?

甚至,范信对谷秋子特有的标志式忧郁气质都生出了嫉妒,他为什么多少年如一日,让忧郁深锁在眼角眉梢?一个小城男人,一个在路边小饭摊上抽烟喝酒的乡下小公务员,他何以忧郁得这么优雅,这么云淡风轻!

范信有点惭愧自己内心深处这种狭隘的"大城意识",他在岳绒面前向来是拒不承认这点的。但面对谷秋子的干净卓然,他还是极自然地这么想了。他从此对岳绒和孟芳文夫妻的关系存了心思。但他从没问起过,岳绒那脾气,怎敢轻易招惹?都说上海男人怕老婆,范信尤甚。其实,怕就是疼,范信疼老婆那是在同事朋友的圈子里小有名气的。岳绒发脾气,不像别的女人摔盘子砸遥控器,不吹胡子瞪眼做河东狮吼,也不拿上信用卡到商场狂刷,她有个怪毛病,一生气一吵架就立马起身走人,火速撤离不和谐现场。若在家里,她即刻往外冲;若在外面,她抬脚就回家。范信几个哥们儿刚开始听这症状,都很不理解范信的叫苦连天,反过来直羡慕他呢:"你媳妇不愧为高级知识分子啊,打架也打得文明!走人好啊,过一阵儿双方都心平气和了,再见面就什么都好说了。换了我们家里那些死缠烂打的,你想逃开一会,逃得掉吗?"

但后来,当他们有幸目睹了岳绒的文明发作,便立即对范信充满了深切的同情,对他们自己的老婆生出了感激之心。是啊,他们宁愿被她们死缠烂打,也不愿经受范信那样的强刺激。啧啧,想象一下吧,一个女人,风驰电掣、横冲直撞在都市的车水马龙中,她勇往直前,如入无人之境,一条街道的交通因她而陷入了瘫痪。

范信多少次事后苦苦哀求岳绒说:"你怎么发脾气都行,可以摔家具,可以骂我打我,就是不能走,不能乱跑。"他把自己说哭了,"岳绒,你要是给撞了,我怎么办啊!"看他这样子，岳绒总是后悔莫及，她紧偎在他怀里，一声接一声地说："老公，对不起！老公，对不起！我以后再也不了。"

以后，却还是老样子。慢慢地，范信也就不再求了，不再试图改变岳绒了。范信只能改变自己，力求不惹岳绒生气。同时，他时时看紧她。是的，认识他们的人常开玩笑说，范信怕老婆，范信把老婆看得那叫一个紧。范信想：这有什么不好，我不怕老婆我去怕谁？我不看老婆我看谁？

范信爱岳绒，当年在留学生同学会上第一次见她就爱上了她。为了追她，毫不犹豫从研究所调到她的大学去教书，三年辛苦终如愿以偿喜结夫妻。除了生气的表现形态略有点剑走偏锋之外，岳绒是一个特别好的妻子。结婚十多年了，范信对她的感情无丝毫削减。他的父母在他当年刚出国读书时就相继去世了，他把未尽的孝心全补偿给了岳绒的父母，一直当他们是自己的亲生父母一样。岳绒也信任他，总是把娘家的事放心地交给范信，多年来他一趟趟接送岳父母于江城和上海之间。说起来，范信回江城的次数要比岳绒多好多，他已完全适应那里的一切。有一回，他在江城着了风寒，全身酸痛，忽冷忽热。岳母做了酸汤揪片子给他吃，硬逼着他吃。结果那一大碗汤面一下肚，他全身出了场透汗，一觉睡过来，通体舒泰。后来在上海，又是岳母拿酸汤面片治好了他的感冒。他从此贪上了那又酸又辣的好味道。这以后，只要范信打一声喷嚏，岳绒就笑，"想吃我妈的酸汤面明说，别来装感冒这套！"

今年，岳母离开上海后，范信又感冒了一场。岳绒照着母亲平日的做法，给范信做了半锅看上去还像那么回事的酸汤面。但范信吃在嘴里，觉得不是他馋的那个味儿，他只吃了半碗。岳绒做不出母亲的手艺，最地道的江城味已跟着老岳母远走了。

想着这个,范信心里怅怅的。他觉得那千里之外的西北小山城,也成了自己的故乡。

但有一点,范信知道自己是无法与之融为一体的,那就是岳绒留在江城的青春岁月。岳绒娘家院里的姹紫嫣红,鸡鸣犬吠,最是他恋恋不舍的风景,但在"岳绒那屋"里,他却常常感到一种外来者的滋味。原本,在江城,在那个院里,岳绒的屋该是他感到最亲近的地方,但事实上恰恰相反。范信常常看着那些岳绒舍不得扔掉的旧物件,看着压在书架最下面的几大本旧影集,已蒙尘褪色的油画框,精巧的挂钟,巨大的兔宝宝,听挂在床头的样式老旧的风铃发出细碎的叮叮当当,他就想,这一切的背后,有着怎样的一个成长故事?这屋里一步步长成的岳绒,真的是最终来到他面前的这个人吗?他为什么会觉得,她和他之间,隔着这么多他不懂得的旧时光?

岳绒一直知道范信心里的这点事。其实,说穿了,还不就是因为自己和孟芳文的特殊关系使范信起了疑问?说穿了,归根结底还不是因为谷秋子这个人的存在让范信难以释然?都是冰雪聪明的人,这层窗户纸哪里用得着捅破?范信从来不问,岳绒从来不说。父母在江城,她不能不回江城。近年来,她能做的只是尽量把父母接出来,尽量地不回江城,尽量地减少一切回江城的可能性。但只要回了,和孟芳文、谷秋子相见该怎么说话还怎么说话,想怎么撒气还得怎么撒气,虽然范信在旁边看着,她也做不到装。她不是有意要伤害范信,而是连自己也不知道该怎么和这两个故人交往。许多时候,言行并非由衷,好像只是惯性在推着她走。

或许,她只是习惯了以这样的姿态对待孟芳文和谷秋子?

现在好了。谷秋子没有了,孟芳文另嫁人了。连"绒儿那

屋"也没有了。岳绒想,范信那话其实说给他自己才合适:
"这你就可以放心了。"

五

大嫂这两天脸色难看,饭桌上也不太招呼岳绒和公婆,只自己闷闷地吃。岳绒倒没觉着什么,她知道大嫂心里烦。但母亲紧张得不行,老是偷偷看各人的脸色,又急急说些搭讪的话,掩饰着对儿媳对女儿的讨好。岳绒最见不得母亲这样子。夜里她坐在母亲床边落了泪,"妈,这半年你怎么成这样了?都是你的孩子,有话你就直说,干吗缩手缩脚的?你以前多强势的人呐!"母亲头对着墙壁,轻轻说:"还提以前有啥用呢?你看,你五六年才回这么一次家,我做不动了,都让你吃不了一顿可口的饭!厨房也交给你大嫂了。"岳绒又说:"妈,你和大嫂得长期处呢,这不是一天两天的事,你别憋屈自己!"母亲说:"你懂什么,媳妇儿究竟比不得闺女,得互相礼让着才行。现如今可不是我们给人家当儿媳的年代了!"岳绒一时无言。母亲转过身来握住了她的手:"绒儿,你好好过你的日子,好好待范信,管好我外孙儿,娘家的事不用你惦记。你们好了,我和你爸才能安心呢。"

母亲蜷缩在被筒里,身形小小的,单薄得像一个孩子。她的眼神里,有凄惶、无奈,但更多的是服老认命,是彻底放手之后的松沓和懈怠。这样的表情集结在母亲的脸上,使她在岳绒的眼里突然变得陌生起来,隔膜起来。有一刻,岳绒特别想俯身紧紧抱住母亲,但她怕自己哭出来。她只是紧攥住母亲的手。母亲说:"不早了,绒儿你也睡吧。赶明儿也和你大嫂聊聊，宽解一下。这两三年，她过得难场啊！她娘家那些泼烦事，没一天让她省心。"

岳绒早在电话里多次听父母、大哥、姐姐讲过大嫂娘家的事。大家都很愤慨，却又不好铿锵有力地指判谁是谁非，末了只能感叹一句，世道变了，人心变了！尤其是母亲，每回提起总要归结到抚今追昔的主题上去。"咱们江城以前不是这样的，咱们江城人以前做事不是这样的啊！"母亲说，"哪有亡人还没有入土，灵前亲人们就反目成仇打得不可开交的道理呢？作孽啊！过去谁家要是闹出这种是非曲直，那名声早就臭了，可现在，你听听，满耳朵都是这档子事，丢人现眼败坏门风好像成稀松平常的了，世道啊世道，怎么就变成这样了！"

岳绒理解母亲的痛心疾首，可她更清楚，这全然陌生起来的故乡其实不过只是走在一条中国广大城镇早已走着的路上。江城多半的人家都搬到新区去了，留下的也要听从老城改造的安置。他们房前屋后的花椒林和菜园子，只要是一块地，就都变成了一幢楼。他们的猪圈牛舍被房地产商收购，他们门前的泉眼，一处处被堵死。江城的九十九眼泉水，早在泥石流发生之前就已沦为传说了。泉水当然好，但人们一律住进了住宅楼，自来水日夜哗哗地流，也就淘走了那份怀想。新家里，不能再养下蛋的鸡，不能再养猪，不能再起火，世代流传下来的熏腊肉也就没法再自制了。但宠物是可以养的。以前的江城，人们养狗是为了看家护院，现在江城也时兴养狗，却是因为狗成了宠物。既然城市人都喜欢养宠物，江城人怎会不喜欢？广场上，穿着手织毛线肚兜的狗狗昂然走过晒太阳的老人们面前，它瞥都懒得瞥他们一眼。它知道自己要是淘气一下，跑到那个石柱子后面藏起来，主人就会焦急无比地唤它，四处找它。而这些佝偻着身子的老头老太太,大早上来,一坐就坐到了石阶被暮气打湿的时辰,为什么没人喊他们回家?家里难道就没有等着他们回家的人?他们一个个歪在那里,像无人问津的泥塑。那些早已说过了说倦了的陈年旧事,莫非可以当饭吃,当水喝?

就是这样,既然什么都变了,变得简单而彻底,人心又怎能不变呢?世道若不变,还叫世道吗?

"可再变,总不能把做人的良心一锅端掉吧?总不能人伦纲常一点都不讲了吧?"大嫂说。岳绒看着她悲愤的样子,不知道该如何劝慰她。三年没见,大嫂鬓角的头发丝丝缕缕变白了。母亲说,都是愁白的,都是闹心闹的。岳绒觉得母亲说的这个闹心一词特准确传神。是啊,闹啥呢?闹来闹去,闹的还不是自己的心!

大嫂娘家人少,父母就她和弟弟两儿女。三年前那场灾难中,大嫂的弟弟也没了。但比痛失手足更让人难以承受的是接下来发生的事。弟媳独占了政府按一比三的比例赔偿下来的大房子,对古稀之年遭受丧子重创的公婆无丝毫抚恤之意。弟弟生前的房子是父母资助买的,现在房冲走了,人没了,财都落到了弟媳手中。大嫂不服,她支持父母将弟媳告到了法院,自此,双方恩断义绝,使出了最狠的手段,法院久判不下,判了也执行不力。死疙瘩越结越大,整整三年了没有眉目。大嫂的母亲自儿子死后就没下过病床,前不久更是被气得住进了医院。媳妇翻脸也就翻脸了,但孙子跟着翻脸,跑到爷爷奶奶处,什么难听的话都骂了出来,到最后竟然动手砸碎了爸爸在世时拍的唯一一张祖孙三代的全家福。那可是爷爷奶奶一手带大的孙子啊!老太太当场就晕了过去。

"小妹,你是文化人,你给评评理!有这么教唆儿子的吗?"

大嫂越说越气，越说越伤心。"那个女人坏到没有任何底线了，她知道俩老人放不下的就是孙子，做一切事都是为了孙子，所以她才要往他们心口戳刀，她打发儿子去和老人们闹，就是为了把老人们活活气死，能早一天气死就早一天气死，她好没有一丝麻烦地享用我弟用命换来的一切。"

"那孩子，他太没有良心了，他太伤人的心了！你知道的，他是我们家的独苗，我弟没了，就只剩下他这么一个为我们老尚家顶门户的，我们做什么还不都是为了他？谁知这三年他妈生生把他教成了白眼狼！"大嫂忍不住抽泣起来，她的脸上早就泪水横飞了。岳绒递着纸巾，眼睛也湿了。她能体会到大嫂的伤痛。那孩子上次她回江城时还见过，亲亲地跟在大嫂身边，一声一声地唤着"姑"。现在，他该是和孟芳文的女儿谷雨一般大的高中生了吧？岳绒想象不出他对爷爷奶奶翻脸打骂时是怎样一副凶恶的面孔？他知道他砸碎的不是一副全家福的镜框，而是一对苦难的老人心吗？本为骨肉，相煎何急！

晚上在姐姐家再提起这事时，姐姐对岳绒说："你也别听大嫂的一面之词，闹到这个份儿上，双方都肯定有责任，一个巴掌能拍响？但凡有一个人念点旧情，能看在死去的人的面子上退让一步，事情何至于到这么人仰马翻的地步？大嫂和她父母，口口声声说她们争财产是为了那孩子，可人家是孩子的亲妈呀！为了孙子，那么对待儿媳，说得过去吗？孙子能领情吗？说实话，媳妇是不孝，但老人的所作所为也确实挺让人寒心的。"

这些事三年来岳绒也略有耳闻。说是大嫂他父亲抢先领取了儿子的死亡抚恤金，给媳妇连声招呼都没打，然后又跑政府，跑民政局，要求继承儿子的全部财产。他的理由是孙子还小，他得做孙子的唯一监护人，替孙子处理一切事宜。据说儿子的头七刚过，老爷子就盘问儿子家里的存款，还要带儿媳到公证处公证他拟定的财产分割协议，那个协议大致意思是，在他们老两口去世之前，在他们的孙子大学毕业参加工作之前，儿媳不得改嫁他人。她若做不出有法律效应的保证，就得放弃对儿子的监护权，对丈夫的继承权等等。

"你说这事做得愚不愚蠢！"姐姐说，"其实老人可能也是担心自己的养老送终问题，担心媳妇万一改嫁了孙子不好过，但不管怎么样，事情不能做这么绝呀，本来平日里就处得不好，这不明摆着要火上浇油嘛。听说大嫂弟媳当场就拍了桌子，撂了狠话：'就算我明天就嫁人，儿子照样是我的，房子也是我的！和你们半毛钱的关系都没有！'这不，仇怨一结，几家子人三年都没能安生下来。"

"法律上应该有比较明确的规定吧，既然走到这一步，法院按程序走就是了。"岳绒说。姐姐黯然道："走程序有那么好走吗？人情薄凉时，法律也不过就一张纸啊。这几年，在咱们江城，这样的事不是一家两家，一桩两桩了。你说这怪不怪，经过这么大灾难，家破人亡的，许多人反倒更看不开了。有多少钱，有多少房产，到底有什么意义？人这辈子，说到头就到头了，走的时候谁都带不走一棵草！"

"也或者，恰恰是因为人都看这么开了，才争眼前这能抓在手里的东西呢。"岳绒说。

正是万家灯火的时候，岳绒走过江城熟悉的十字街。这里比五年前更灯火璀璨，声响震天了。夜色中人头攒动，似乎比岳绒过去在江城停留的多少年间遭遇的人还要多。记得十七八年前，只要一走到十字街口，迎面碰上的总是认识的人。就算不认识，也肯定是面熟的人。可今夜，熙攘的夜市人流中，岳绒找不到一个熟悉的身影,没发现一张对她绽开的笑脸。恍惚间,她以为自己是走在上海的街市上。是啊,这个时候出来玩的都是一些更年轻的人,他们怎么会认识一个少小离家的中年妇女呢?她的那一代,看着她那一代由少年步入中年的上一代人,此时此刻,都该是在某一个窗口的灯火下静默地面对生活的人了。十字街口夜里的繁华和热闹,已不属于他们。

但这街,却是唯一一条没被改变的街道。灾后重建已经完成,城市扩建新建还在如火如荼,到处是密密麻麻的高楼、鳞次栉比的大桥。就像夜灯下的人流一样,它们和岳绒互不相识。可这十字街,却还是二十年前那条街,是三十年前那条街,站在这条街上,岳绒闭上眼都能找得到回家的方向。只有走在这条旧街,这条旧路上,岳绒才觉得自己确实是回到了江城的土地上。

她抬起头望向两边的高楼,这都是些漂亮的新楼。它们突兀而起,遮去了远山,遮去了星空和月色,只让夜幕下的一切沐浴在霓虹的招摇中。这家KTV的招牌是五种颜色的,旁边的洗浴城却更胜一筹,仿若要把那暧昧的广告画直接植入天空。但无论高处有怎样迷乱的布局,街道上却横着一条旧的道路。岳绒想,这是多么好的事啊。

那些住进新楼上去的人们,他们的心中,定然是有这么一条旧路的吧。

六

孟芳文说:"咱们那些老同学请吃饭,该去你还得去,别让人说你现在成大城市人了,架子大,请不动。"

岳绒说:"随他们说去吧,我还真吃不动了。你看看,最近这几个饭局,请的时候,都说是农家乐,结果还不都是大鱼大肉?现在举国上下刮节俭风,城里的大饭店是冷清了,可农家乐里别有洞天啊!"

孟芳文吃吃地笑:"吃人的嘴软,你反倒吃了人的又说人!你又不是纪检委的,管人家在哪儿吃,吃什么呢。你要理解别人的心情嘛,你这衣锦还乡了,我们留在江城的人,也得给你显摆一下我们在这儿也混得不错,吃得开玩得转,是不是?"

岳绒黯然道:"何必呢?说实话,我是应酬不动了,关键是好多人坐一起,也没什么话说,无非是喝酒闲扯。中学毕业都多少年了,每个人走的路不一样,内心里其实陌生得很。"

孟芳文说:"但你还是老样子,这么不顾人情面,一说话就要说真话,一说人就要说内心。内心是什么?你不懂有时候情面比内心更重要吗?"岳绒说:"行了,孟芳文,你别这么高抬我了,我早就不是你说的那种纯粹的人了。我当然知道情面比内心重要,岂止是情面,许多事,都比内心重要。最最不重要的就是内心了。"

孟芳文拉下脸:"你这是给谁甩话呢?"岳绒回:"没给谁,瞎说呢。"两人都沉默下来,暮色一点一点洇在西屋的窗棂上。母亲在外面喊:"绒儿,你和文儿一起到堂屋来看电视哦。"岳绒闻声起立:"芳文,你回家吧,今天又陪我这么长时间。我再过三天就回上海了,明后天给妈妈换洗一下衣裳什么的,就不出来了。你好好待老王,看好谷雨的学习。咱们就此别过。"孟芳文骂:"这巴掌大一块地儿,抬脚就到了,你急吼吼地别什么别!你走时,我还得过来一趟,给你送些山菌干果,都备好了。"岳绒劝:"你别这样好不好,那狼肚菌什么的,咱们小时候吃得和萝卜白菜一样,可现在都炒成什么价了,你还买!你觉得值吗?

上回你捎来,我就跟你说过了,坚决不能再买。再说了,现在全国的市场一个样儿,咱们这儿有的上海一样不缺。"

"知道!"孟芳文平平地打断岳绒,"知道你们上海什么都有,只要有钱就没有买不着的,可这是江城的东西。"

岳绒长叹一口气,不再开口。孟芳文拍拍她的肩,说:"我走了。你别这么无奈的样子,好像谁欺负了你似的,不就是一两袋山菇草菌吗,知道你爱吃,才两三年里买一次给你,有什么了不起!"岳绒说:"好,好,都是你的理,我爱吃,你以后就供我吃吧。"孟芳文笑着开门:"哟,那可供不起,秋子说那年你俩去泸沽湖玩,一路走过去,你把人家云南的各种菌菇尝了个遍,尽着当饭吃呢。吃完又念叨,说还是江城的山茸狼肚菌最可口。秋子说,那一趟玩下来,他但凡看见有菌菇的菜,胃里就泛酸呢,可你怎么就没个够!"

夜,哗地从开开的门里扑进来。比夜更黑的黑,从孟芳文的话音里涌过来,重重地打在岳绒的眼里。她的手抖抖的,抓不稳另一只手。恍惚中,她听见孟芳文脆脆的声音朝客厅喊:"阿姨,我走了,赶明儿再过来送岳绒。"她看见母亲急急地走出来,说:"文儿啊,这天都黑了,你一个人走行吗?小心啊!"

"等等!"从东边那间花树掩映的屋门里传出声来。岳绒的心头,石破天惊般浮起一个声音。随着这声音,从"绒儿那屋"的花门帘后面,走出来白衣的谷秋子。他说:"要不,我去送送芳文?"树影斑驳,看不清他脸上的表情。他的声音和平日一样安稳。岳绒伸出手挽住他,高兴地说:"好啊,我俩去送她。"

"绒儿,芳文走了,你也不送出院门,愣这儿干吗呢?"母亲的声音在耳边响起,岳绒一个激灵回过神来。她看见自己站在哥嫂的卧室门前,看见自己的右胳膊突兀地朝前伸着,右手在夜色中摊开着,空空的——是的,幻境中,她挽不住十八年前的那个人。

十八年前,和今夜如此相似的那个夜,她失去了她紧紧挽着的那个人,相恋六年的谷秋子。她的手上分明还留着他的余温,他却转瞬间成了别人的人。

作为补偿,孟芳文在那个夜残了一条腿。那条在江城中学连年获跨栏冠军的健美的腿,那条跳过"吉米吉米,来吧来吧"的性感的腿。

一直以来,岳绒认为所有的故事都早在那个夜里就尘埃落定了。她既然承受了结果,就不愿再探究最初的来龙去脉。她只是坚持着遗忘,在遗忘中将不原谅进行到底。可现在,就连那个人都没有了,彻底从这个世界上消失了,有关他的一切却为什么要试图呈现另一面的水落石出?难道,这十八年来的爱恨其实只是一笔糊涂账?

母亲说:"你今晚怎么迷迷瞪瞪的样子?芳文和你说什么了?绒儿,妈这么多年也没和你说起过这些,知道你性子倔,知道你心里结着死疙瘩,听不进劝。再说了,你和范信那么好,那些陈谷子烂芝麻何必再提?可现在,逢着咱们江城这么大变故,你再想想,总该想清楚了吧,人强不过命的。是你的,别人抢不走,秋子那孩子,命里就不是你的姻缘,所以这事儿没法儿怪罪芳文的。"

"妈,还说这些干什么,我没怪罪孟芳文。要怪罪她,这次能回来吗?"岳绒无力地答。

"你早就不该怪罪她,她是个苦命人啊。自打和秋子扯上关系,你看,她顺当过吗?这是她的劫啊。"母亲摇着头叹息,

"女人最怕的就是让人给撂半路上,她偏偏就被撂半路上了。"

岳绒止住母亲:"妈,你别说了,什么半路不半路的,她现在不又成家了吗?老王挺好的。"

"老王再好能好得过范信对你?这半路夫妻的情分,总是牵牵绊绊的,你哪里懂!"母亲撇着嘴角的皱纹,还要往下说,一看岳绒的脸色,便掐了话头,"好,好,妈不说了,妈还不是想着芳文是你打小最好的伴儿,心里疼她吗?你呀,以后别再和她闹别扭了。"

夜里十二点,岳绒忍不住拨了孟芳文的手机,竟然通了。她悄声问:"你还没睡呀,这么晚不关机干吗呢?老王在旁边吗?"孟芳文说:"你不是也没睡吗?老王在他屋里,你有话就说。"她直愣愣的声气,使得岳绒一时倒没了话。电话里听得见两人的呼吸。终于,岳绒开口说:"芳文,今天听你说我和秋子游泸沽湖那些话,我突然悟过来了,我和他之间的事,没有你不知道的吧?秋子对你没有秘密,你才是和他共享一切的人。我多年来错以为,是你抢了他,你用你的腿绑架了他。但事实上,正如你那天告诉我的,他原本就是爱你的。芳文,我很抱歉。"

"你在胡说什么,岳绒!"孟芳文厉声接过话头,她的声音震得岳绒耳膜嗡嗡地响。"我那天说的那些混账话哪儿能当真啊,那还不都是因为气你这么多年不理我,一时瞎编派的,说完当时就后悔了呀!岳绒,是我欠你的,要不是十八年前那天晚上我替你和谷秋子挡了那辆飞车,要不是我残了一条腿,谷秋子怎么会放下你娶我?江城的老同学谁不知道,你和他好了六七年,而我不过是跟着你俩混的电灯泡?"

"我更欠谷秋子的,要不是我拖累他和我结婚,他早就和你一起远走高飞生活在外面了,江城发不发泥石流与他何干?我欠你俩的,我夺走了你的初恋,我害了他一条命。岳绒,我知道我没法还这个债,再残一条腿也没法还。"

岳绒听着孟芳文的滔滔不绝,心一点一点沉下去。她太了解孟芳文了,这样急急的不容辩驳的矢口否认,有时更像是一种确证。那么,她那天说的那些话,或许真的不是谎言?那么,致命的欺骗和背叛,果真是在那天夜里那一声惊天动地的刹车声之前就已开始?

"你别说了,我明白。"岳绒想挂断电话,孟芳文又一声急呼:"你明白什么?你说你明白了什么!岳绒,过去多少年,我们从没说过这些话,现在秋子没有了,死无对证,你可不能冤枉他啊!他心里只有你,根本谈不到爱不爱我。"

岳绒凄然地笑了:"我这儿什么都还没说呢,你心虚什么!我还能怎么冤枉秋子,他爱你也娶了你,不爱你也娶了你,他爱你娶你我会恨你,他不爱你娶了你,我还不照样恨了你?对我来说,结果是一样的。"

"但在你心里,是不一样的。真相比结果对你更重要。"孟芳文答。

"那么,请你告诉我,什么是真相?你总不会告诉我说,真相就是你们为了成全我的高尚才要在一起的?"

岳绒感觉口渴得要命,嘴唇干得吐不出话来。她全身上下像是捂着闷火。她扔下手机,在黑暗中坐起身。这一刻,她无比清晰地回想起,那天夜里,自己也是这样的感觉。本来,好好地挽着谷秋子的臂膀,走在送孟芳文回家的路上。本来,左边是耳鬓厮磨的女伴,右边是情投意合的男友,一切都和他们三个人共同度过的许多个夜晚一样安恬温馨,但她突然地焦躁难耐。她就那么无端地冲谷秋子发了火,然后挣脱他,不顾一切地冲进了万劫不复的夜色。

是怎样的暗流,在那一刻流进了她的心,莫名地灼伤了她?她看到什么?嗅到什么?感觉到了什么?她为什么突然发疯失控,像一头哭不出泪喊不出声的兽?

这一切,都不愿再费神思量了。记起的只是,她哭倒在孟芳文的病床边,而刚刚从麻醉里醒过来的孟芳文,一字一顿地说:"岳绒,我不要你为我伤心,我是为了谷秋子才成这样的。看在我成了残废的份儿上,你把他让给我吧。"

孟芳文说:"还记得吗,五年前咱们高考结束后我给你说过的话——你不要他,我就要他?岳绒,你太骄傲了,你的眼睛看不见别人,所以你当这话是开玩笑。可这不是玩笑。你和他从高二就好上了,你不知道我也从那时候就暗恋他了。高考你考上了全国重点,我考了个二本,秋子才刚刚够大专,我以为这下你俩一定是会分手的。可谁知你还是让我空等了四年。岳绒,你现在读研究生,你接下来还要读博士,还要出国,你是计划好了要把秋子带走,可他是一个男人,你想过他的感受吗?要是他并不想以你的家属的身份迁到东飞到西,要是他更愿意和我一样,在江城父母身边安顿下来,老老实实上班过日子呢?"

"所以,这是咱们三个人的命,我的腿必须得残,谷秋子,你必须得让给我。"孟芳文说。

然后是谷秋子。谷秋子说:"孟芳文是为了救我才这样的,除了娶她,我还能怎么报答她?孟芳文是你最好的朋友,我们这样扔下她,自己又怎么会幸福?"那时候,岳绒用不着去问谷秋子爱不爱孟芳文,谷秋子狂乱的发和充血的眼说明了一切,谷秋子所有的悲恸和凄绝,都只是为着岳绒。谷秋子说:"岳绒,你忘掉发生的一切,安心去奔前程,你必须得这样。你的世界不在江城。"岳绒说不出一句话,她只是哭,泪水像经年不干的湿衣包裹着她。在最后的诀别时刻,她在谷秋子的肩头狠狠地咬出了血。

然后,然后是两个月后,岳绒还病在床上,孟芳文倒已经拄着拐开始走动了。她来看岳绒,被岳绒的二哥拒之门外。岳绒追出去,在大门口的老槐树下听到了孟芳文和谷秋子的婚讯。她心里原本准备好了祝福的话,但说出口的却是:"孟芳文,我不原谅你,死生都不原谅。"

那时候,自以为已经沧海,其实年事尚轻,太多的人生还没来得及展开,岳绒不知道,没有人可以在自己的一生,死死地守住"不原谅"。原谅并非如她想象的那么坚硬和强大,有时候,它和死生一样脆弱,说发生就发生了。

七

岳绒说:"后天你得开车到机场来接,我要带好多东西回来呢。爸妈哥姐准备的吃食,亲戚们送来的零碎,还有孟芳文的土特产,哪一样都不能落下,不然他们生气。"

范信叹气:"我就知道是这样嘛,哪回去江城不是大包小包,整得跟逃难似的?你们江城就这点不好,礼多,烦琐,也不怕给人添累。他们又不是不知道,上海什么都可以买到的。"

"是啊,我也是这样跟大家说的,希望他们能把东西兑成人民币,或者直接网订上海的超市卡给我,这样我家掌柜的就不烦心了。可小城人没见过世面,总以为他们那点小东西,别人也会觉得金贵呢。真是的，人上海人什么没见过啊！"

"你可别在人前胡说八道！"范信急了，"我没说让你不要啊，你别自己嫌烦，往我头上栽赃！我这回没和你一起回去，你不能怀恨在心，在背后败坏我！"

岳绒忍不住咯咯地笑了。范信就是这样，年过四十的人了，还像小孩一样，脑子里不过事，肚子里没弯弯绕。你以为他容易受操控，以为他简单，其实他什么都懂，什么都收在心里。他只是不设防，不计较。他像阳光下的雪。

"我老姑半年前就开始给你和咱儿子做鞋，昨儿表姐送过来了，手纳的千层底儿，我问你，这个你要不要？不要，我就不带来了。还有，我妈给你赶做了件小棉袄，今年才出的新棉花，她说让你夜里在书房穿。只能夜里在书房穿的衣服，用处也太小了吧，我看也可以不带。"

"岳绒，你别嬉皮笑脸了好不好！"范信的声音突然有点异样，好半天，他才又开口，"替我谢谢妈，老太太肯定累坏了。刚我还说什么都可以买到呢，我们总是浅薄到不知道自己的自以为是。"

"呵呵，受点小恩小惠就开始煽情了！"岳绒不听劝，还是一点正经没有的腔调，"掌柜的，你的小心脏听起来好像有那么一点点感动的症状，那就买一束蓝色妖姬来接俺如何！"

"什么蓝色妖姬？怎么突然就跳到蓝色妖姬上了，你这思路！"范信有点懵住了。

"什么叫突然跳到，我可是一直惦记着呢。回江城前跟你去参加你师兄的结婚二十年纪念日，你忘了你师兄送他太太那好一大抱蓝色妖姬？你可知道，在场的女人们都羡慕嫉妒恨呢，我也是。"岳绒一边说着，一边感到了不好意思，便又换成了调侃的口气，"你想想，俺可是载着一车乡愁回来呢，功劳大大的，理应被一束鲜花迎着回家，是不是？"

"哦，原来这蓝色妖姬还有出处，既然喜欢，咱也不必等什么二十年纪念日了，就后天买给你吧，何必羡慕别人！"范信说，"不过岳绒啊，你知道的，我那师兄是个烧包，咱干吗跟他学？就算送花，也得送和你搭调的花，是吧？据本人了解，你从童年时代就颇通园艺学、花草学，所以，你确定蓝色妖姬那种花真是你想要的？我个人认为，还是送一盆栀子花让你在家养着更合适，你意下如何？"范信煞有介事的语气逗得岳绒扑哧一下乐了，他自己也在电话那头笑起来，又接着说："所以，关于你要我鲜花接机一事，经过多方面考虑，我劝你还是忍痛割爱放弃算了，你想想，抱束花回家，既不符合你大包小包的逃难形象，又不顶吃顶喝的。我已断然决定，提着一煲亲手熬的银耳莲子羹来机场，让你第一时间感受到上海人民迎你回家的热情！"

"范信，你少给我丢人现眼！"岳绒笑骂，"飞机上也给吃，哪里就饿死我了，你当我是吃货呀？"范信答："No，no！此言差矣，怎么会是吃货，你这叫一贯热爱生活，热爱美食！对了，你刚才说什么来着，一车乡愁？这话倒有点意思，嗯，一车乡愁，愁。"岳绒眼前浮现出他摇头晃脑的样子。"还有，岳绒，你们江城女人管老公叫掌柜的，这个我听着倒受用，你别光开玩笑时叫，平时也就这么叫我吧。"

"臭美吧你，咱家就没柜，你掌个鬼！"岳绒挂了手机。

母亲从窗外看着岳绒，看岳绒看她，便又忙忙转过脸去，在院子里拾掇些小物件。岳绒望着她瘦削驼背的身影，刚还谈笑嬉闹的心情一下变暗了，一阵阵难言的疼痛袭来。又一次，要离开母亲远去了。从中学毕业那一年开始,岳绒从没停止过从这个院里离去。她已习惯了出发,习惯了离别,也习惯了再一次归来时,永远有母亲为她打开热气腾腾的家门,家门里有四季葳蕤的花树。

那么,现在她是否该学着去习惯在一棵孑然独立的石榴树下径自静默的母亲,一个全然老去的不一样的母亲?她空远的时而又切切的怯怯的目光,她接受天命一般接受离别的岁月之脸,使岳绒一刻比一刻锥心地认识到,故园已是他乡,此去才开始漂泊。

"你总是想得太多,妈身体还好呢,别瞎担心。"姐说。她来叫岳绒逛街,随便走走,赶走再吃点喜欢的。岳绒不愿去,"搅团天天吃着,今天就歇了吧,哥嫂早就怪罪,说这一回来天天往外跑呢。酿皮呢,也没啥可惦记的,老陈家酿皮摊关门了,我不想吃别家的。"

姐姐笑得不行:"绒儿,你可真逗,老陈家关门一年多了,江城人吃酿皮还不照样吃得热火朝天的,有你这样一根筋的吗?告诉你,老城门洞上那一家,本来就味道好,现在老陈家的顾客也都跑他家去了,生意好得不行呢。还有南街的,还有菜市口的,人都排队吃呢。现在都是年轻人经营,不光让你吃得香,还注重环境,店面漂亮。说实话,老陈家就算不关门,他那个样子做下去,未必竞争得过别人呢,当街摆张桌子一条凳子就开饭馆的年代结束了,大教授!"

最后还是和姐姐闲扯着上了街。一路上岳绒耿耿于老陈家的关门。姐姐说:"不关怎么办,老陈老了,做不动了,那不光是卖个手艺的事,也是个苦力活。他儿子打小就是个不学好的,考大学没考上,拿着老子挣的辛苦钱到南方晃悠,这几年才回江城安定下来。按理他应该继承父亲创下的那牌子吧,偏偏他不干,想的就是不吃一点苦,边玩边赚钱。折腾了好几样新鲜玩意儿,最后开了一家网吧,这开网吧能省心吗,今天出事明天罚款的,愣是把老陈卖酿皮的钱都填了黑窟窿。老陈一气之下,不干了。"

"他肯定特别伤心——门好手艺后继无人了。"岳绒说。姐姐呵呵直乐:"岳绒啊,看你这心有戚戚的样子,我看你别在上海教书了,干脆回来拜老陈为师卖酿皮吧,一边卖一边自己吃,多来劲!"岳绒也笑了。姐又说:"说实话,做点小吃食哪能算什么手艺,咱江城许多真正的绝门手艺都失传了呢,现在再想看到那些东西,就要去参观给游客开的风情园了,你知道,那有多假!"

说话间,走过东街的古泉石边。岳绒情不自禁地走过去,蹲下来,默默地出神。清清的泉水汩汩地从眼前流过,在她的心里拍溅出一串串伤感的音符。那伤感像是从大地的深处从泉眼的源头汹涌而来,沉重而悠远,又像是从落叶的枝头从风中的鸽哨声里飘忽而过,轻扬而干净。岳绒照见水里的自己,一块又一块童年的鹅卵石荡漾着她。

"城里的泉水差不多都堵死了,干了,东边也就只剩下这眼了。泥石流时排山倒海的,按说也就污了,它倒好好的,流得更欢,真是很神呢!"姐姐说。

岳绒低下头,小心地用双手掬起水,美美地喝了一口,又一口。她蹦跳着走回姐姐身边,欣悦地说:"姐,还是那个味呢,好喝!我们高考那年夏天,秋子每天下午都要专门给我灌一水壶来,我一喝这泉水,头脑立马就清醒,比他们抹清凉油还管用。"

姐姐愣愣的眼神盯过来。岳绒还在说:"孟芳文馋我的水,每天抢着喝。秋子看不惯,说你干个啥,孟芳文就要跟着干个啥。我骂他,孟芳文是我最好的朋友,亲姐妹一样,将来要一起过日子的,你懂不懂!一口凉水你不舍得分她?秋子再也不敢吭声,第二天就换了个大一点的水壶。呵呵,我们那时候,没有饮料,连一毛钱一根的冰棍也不能想吃就吃,现在回头想想,也没觉着有啥苦嘛,喝凉水也喝得那么滋润!"

岳绒见姐姐一脸讶异,便挽住她不好意思地说:"姐,不准你骂我,咱们全家人都以为我是上大学以后才和秋子好上的,其实我是早恋哦!高中时,我学习好,老师家长都盯我盯得特别紧,就怕有闪失,妈还做过盯梢的事呢,可我还是早恋了,多可怕呀!"

"去,去!"姐姐摆手,"什么早恋,都啥年龄了,说那没用的!我是奇怪你怎么突然就提起这些事了?岳绒,这么多年你可是连谷秋子的名字都不愿听到呢,我知道,你是为了咱爸妈情非得已才回江城的,我知道你每次回来见到谷秋子和芳文,心里都会难过,可今儿你这是怎么了,反倒兴冲冲地提起陈年旧事?"

岳绒松开姐姐,默默地往前走。过一会她平静地开口:"姐,以前不提他,是自以为他是我的秘密,可现在才知道,事实上,那是别人的秘密。"

"你能不能说话说明白点?"姐姐问。岳绒笑答:"这有什么不明白的,姐?这类狗血剧你还看得少吗,闺蜜撬走了未婚夫,男友劈腿与女友的女友约会,新郎在婚礼上醒悟过来伴娘才是自己的真爱,等等,诸如此类。我不过就是曾经的一出人间喜剧里一个小小的角色罢了!"

姐姐的脚步慢下来，脸上是复杂的思虑。终于，在河堤大桥上，她停下来，正色对岳绒说："我不知道你知道了什么，突然间这样说，反正我呢，不同意你的话。有些话，以前怕扰到你和范信，我也不想跟你提。咱们江城就这么大，谁和谁都是隔三岔五就能碰到的，但我和秋子几乎见不着，我知道那是他刻意避着我，你姐夫和二哥也这么说。但在你结婚那年，生孩子那年，还有，地震那年，我前后三次在街上遇见秋子。是的，正好三次。岳绒，我不重复他和我说的话了，我只告诉你，你现在这样回头下结论，对你们三个人都是不公平的。你忘了，刚出事那会儿，你自己一遍遍哭着喊，你愿意用你的一切换孟芳文一条腿，难道你现在后悔了，觉得不值了？芳文是对谷秋子有心思，是抓住了那个机会，但你想想，谷秋子娶她也是为了帮你啊！要不是他，你能这么安心过你的生活，还多少年来对芳文摔摔打打的，好像人家欠着你似的，岳绒，那天晚上的祸可是你闯下的！"

"所以，在我看来，你们都是重情重义的好孩子，事情的真相绝非你刚才所说的那么复杂不堪。"

"姐，别再说了！"岳绒打断姐姐，"这几天，我听够了真相这个词了，我不想再知道任何的真相了。咱不扯这些糟心事了，你还是再领着我去搜罗一下，还有什么好吃的，可以带给我家那两个馋猫。"

岳绒重新挽起姐姐，对着她轻快地笑出来。与此同时，两串泪水猝不及防从她的笑容里滚出来，她伸手拭去，但更多的泪水狂涌而出，凶凶地流了满脸。她突然地爆发，她喊："人都死了，还要真相干什么！"

有人走过桥头，回头侧目。姐姐用肩膀遮住她，她低低地吼："姐，我恨自己的自私，我恨自己的妒忌，我恨自己这么多年没和他俩好好做朋友！我没想到秋子会死，现在，还说真相干什么，什么真相比生命更重要！"

姐姐不出声，她把岳绒搂到胸口，听岳绒抽泣着，哽咽着，诉说着。"姐，我这次回来孟芳文告诉我，她和秋子其实很幸福，你知道我听到这话是什么感受吗？起初我感觉不平衡，感觉自己被欺骗、被背叛，可很快我发现这只是一点点虚荣心在作怪，我并没有自己所想象的那么受伤。我这才知道自己其实早已经不恨他们了，内心里早已经希望孟芳文和秋子能像我和范信一样了！

"可五年前回江城那次，我还是对他们说话没一点好声气，就像我真的一辈子都不原谅似的，我为什么那么傻，那么放不下姿态呢！那是我和谷秋子今生最后的一次见面，他和以往每一次一样，始终那么沉默，那么逆来顺受，我凭什么让他这么受我？我凭什么让孟芳文这么受我？一个女人坚强踏实地面对着她自己的生活，我凭什么固执地认定这里面有我的牺牲？

"姐，我现在才知道，真相对我并不重要。重要的是，哪怕就算真相就是欺骗就是背叛，就算孟芳文和秋子再欺骗一次，再背叛一次，我也愿意他俩在一起的日子，是幸福的！

"可我永远地错过了，无法挽回了！我再也没法让谷秋子知道，其实我是真心希望他和孟芳文幸福的。我永远没法让他知道我这份心了。而对于孟芳文，这迟到的祝福，还有意义吗？她需要吗？"

岳绒哭着说着，像一个孩子。随着拭不完的泪水和一句句倾诉，她胸口的郁结，她内心经年不化的坚冰，慢慢地轻轻地消融，化成潺潺的暖流，流经了她的全身。从未有过的一种释然、安然,像桥下的江水声,一浪,一浪,舒缓地涌来。岳绒感受着这久违的暖流,它那么甘美,那么澄净,那么切近,又那么无限,像是她终于在时光中等到的一个巨大的馈赠,又像是谷秋子的旧水壶,把清冽的江城山泉,再一次捧到了她的嘴边。她闻到了它遗留在青春之夏的气息,也听到了它在今天历久弥新的流淌声。

"绒儿,你懂了,走过来了。"姐姐轻轻说。

岳绒拿姐姐掏出的湿巾抹了脸,姐姐问:"你还想上街吗,要不咱回家吧?你的眼皮有点肿。"岳绒冲姐姐撒娇地笑:"没关系,戴上太阳镜不就行了,老城门洞下的那家酿皮,我还从来没尝过呢,你带我去吧。"姐妹俩踱步向前。人流渐密,街道渐窄,在最热闹的十字街上,又一家店铺开张了,噼里啪啦的鞭炮声停了又响,撞得行人左奔右躲。姐姐说:"你看,江城永远就这么乱!"岳绒答:"哪儿都一样。"

喧嚣中,岳绒突然听到一首歌袭来,如泣如诉的旋律第一句便抓住了她。她蓦地停下,茫然四顾。怎么会这么巧,正是那首歌!那天在回家的飞机上突如其来想起的那首歌,此刻正从路边一家美发店里汹涌澎湃地流出。

"随候鸟南飞,风一刀一刀地吹。我不信你忘却,你遗弃的世界,我等你要回,我又回头去飞,去追……"这是那个叫熊天平的歌手二十几年前的旧声音,它压住了冲天的市声,破空而来。这一刻,在一座小小的离别之城里,万籁俱寂,它是唯一的高音。

我又回头去飞,去追,我有过的一切,你给的最美。

仿佛爱情

一

朱棉第一眼看见娜果,就觉得她是一个像猫的女人。后来的日子里,越看越像。有一天晚上一起去参加讲座,朱棉看着月色中的娜果,忍不住说:"我觉得你长得特像猫。"话一出口,她就后悔了,这么没头没脑的一句话,人家听了不知怎么想呢。谁知娜果瞪大了圆溜溜的双眼,用她一贯的夸张声调无比惊喜地喊出来:"真的?朱老师你说我像猫?"那样子倒像是听到人说她长得像苏菲玛索一样。然后,她一偏脑袋,嗲嗲地说:"那太好了,我最喜欢猫咪了。"她娇弱慵懒地倚在身旁的凌怡肩头,那性感妩媚的样子,的确像极了一只印象主义的猫。左边的张教授不知说了句什么,她捂着鼻尖咯咯地笑出来。软软的笑声走过朱棉的耳朵,朱棉听到自己后背上有汗毛细细地竖起来。

朱棉不喜欢猫,其实根本谈不上喜欢不喜欢的事,她压根就怕猫。打小怕得要死,一直到现在。为这,她一路不知得罪了多少喜欢猫的人。大学时候,和朱棉一个饭盒里吃饭的马莉,一看见学校花园里的流浪猫,就给抱回来,又喂食又给洗澡,嘴里欢天喜地地唤着"猫咪宝贝",朱棉一见她这煽情样,就赶紧躲到隔壁宿舍去。马莉气得不行,谁不喜欢猫也就罢了,偏朱棉不喜欢!她追着朱棉骂,你天不怕地不怕,为啥要怕猫?你就算怕狗怕老鼠怕毛毛虫,你就算怕一头猪,也不能怕猫咪啊，它可是动物世界里最温顺最优雅的！

也许，马莉的话是对的，因为许多人都这么说。但是朱棉从没感受到猫的温顺和优雅，只要远远看见猫，她就会慌不择路地避开。不小心近距离碰面了，猫嘴边那抖抖的长胡须立马就能抖出朱棉一头的冷汗来。尤其在夜色中、灯光下与猫狭路相逢，再没有比那更恐怖的事了。她自己也很奇怪，自己何以如此无端地惧怕世界上所有的猫？那样小身量的看似柔媚性格的猫，在她的意识里，却莫名其妙地混同为最残暴最狰狞而且是最不可抗防的恶之力？

马莉气急败坏时说过严重伤害感情的话："朱棉，你的前世肯定是被猫吃掉的一只老鼠。"后来，和一些人碰巧聊起这些琐碎，有几个人都先后做出了颇通心理学分析的样子，说："毫无疑问，你童年时代肯定受过猫的伤害，留下了创伤性记忆。"朱棉想破了脑袋，也想不起有过这样的经历。那些人说："想不起不等于没有过，没有理性记忆不等于没有潜藏记忆。你的童年、幼年，或者更早，在襁褓里，在娘胎里，你肯定发生过与猫有关的不好的事情，那些记忆看似消逝了，但最后就像胎记一样长在你的身体上，像血液一样渗透在你的大脑深处，这或可称作'个体无意识'。"这说得就有些玄了，朱棉曾就这个观点去和母亲探讨。母亲一听大怒，"什么？襁褓里、娘胎里就被猫伤害过？这是哪个没良心的浑蛋唆使你说的？你前面两个哥哥，我盼星星盼月亮盼来了一个女儿，自打生下你，就是捧在手上含在口里的，我长着眼睛是出气的，让猫儿狗儿伤害你？再说了，你打听打听去，你八岁以前咱住的那个大院里，可有过一只猫没有？别以为你们这些人戴了顶博士帽，知道什么潜意识之类的破词，认识那个叫弗洛伊德的老不正经，就能给凡事找出个说道？其实全扯淡！"

　　这一席话，让朱棉从此打消了从母亲这儿挖掘创伤性记忆的企图。本来，她也不该有这样的企图。母亲是个暴脾气，一般来说，有关情感啊记忆啊之类比较文艺的话题不适宜和她交流，没准儿怀旧怀着怀着就踩到了雷上。还有，母亲是工人阶级出身，根正苗红的工农兵大学生，在激变的九十年代，她虽然作为光荣的退休干部，没有遭遇到什么下岗啊分流啊竞聘啊之类的命运，但从此后她国事家事风声雨声事事关心声声入耳，成天价指点江山激扬口舌，整个一老愤青样，全无一点安度晚年的架势。朱棉兄妹们总结母亲的情状为"后更年期综合症"。"后更年期综合征"症状多端，其中典型的一条就是，坚定不移地仇恨美帝国主义，连带仇恨受美帝国主义影响的中国知识阶层。母亲最讨厌外国词，讨伐起来一套一套的。

　　可朱棉必须得让自己面对外国词、外国人，面对美国和更多的"帝国主义"，没办法，朱棉在大学里教的是比较文学。什么是比较文学，教科书里有很唬人的定义：是以世界性眼光和胸怀从事不同国家、不同文明和不同学科之间的跨越式文学比较研究。朱棉当年之所以报考这个专业，并不是认为自己有世界性眼光和胸怀，而只是因为除了英语的要求，比较文学比较好考。那时候，她没有预料到这个专业后来的如火如荼。现在，别说是朱棉的母校那样的名牌大学，就连一些不起眼的二三流院校也开设了比较文学的课程，招生人数逐年增加。而朱棉自己，也已经从比较文学的硕导成功奋斗到了博导。本科的同学搞聚会时，一些也在大学里教书的人感慨不已："朱棉啊朱棉，除了你，咱们老同学混得再好的，也就是个硕导。你想想，古代文学古代汉语这些个专业，前面有多少功成名就的老先生替你遮风挡雨呢，几时轮得着你去独当一面？混个学科带头人，混个博导，怎么着也得白了少年头啊！哪像你，整个一风姿绰约美少女大师啊！看来，选择一个专业无异于重新投胎做人。"

说笑归说笑，风姿绰约的美少女时代早已经是连梦里都寻不回的光景了。虽说是沾了点新生学科发展快的便利，比同时起步的同学同事们先一步拿到了博导，但毕竟，一路的辛苦也还是不堪回首。而且，她招博士这也才三五年的事。

娜果就是她去年招来的博士。最初娜果联系几个相关导师时，朱棉首先注意到的是这个名字。"你是少数民族？"她问。娜果答："不是。"朱棉纳闷之余，牢牢记住了这个别致的名字。后来娜果的笔试成绩还算不坏，排在几个人中间。但复试时，发挥不十分出彩。主考的张卫东教授一向严谨古板，他不看好娜果，说她说话娇嗲，看上去人如其名，略显轻飘，不是做学问的好人选。但朱棉力挺了娜果。她心里清楚自己的私心，这私心就是同为女人的惺惺相惜，是娜果之前给她讲的那些身世引发的触动。朱棉说："张教授，娜果资质不俗，有些问题回答很有见地，她是可以打造出来的。她说话娇，但人不娇，她从一个边远小城的职业技术学院来，她都快40岁了，她容易吗？我们不能拿她和那些直接从硕士上来的小孩们比，她失去这次机会，可能就永远失去了。"

娜果被录取了，但从张教授那儿调配到了朱棉名下。张教授后来还很难得地跟朱棉开玩笑说："朱教授，你一个女人都能容忍另一个女人的漂亮和娇滴滴，我还有什么不行的，我们男士们是求之不得呢。"

是的，朱棉是无所谓娜果的漂亮和娇滴滴。当老师多年，整天身处在女学生们的姹紫嫣红中，也许她早就磨钝了那些所谓女人的嫉妒天性吧？她从来都不是那种见不得漂亮女学生的女老师。

所以，漂亮从来都不是问题。如果有问题，那也只能是另一个问题。

朱棉一点都想不通自己，明明发现娜果像猫，明明怎么看娜果都是一个像猫的女人，却义无反顾地帮了她。

二

娜果最近忙得焦头烂额。女儿小鱼马上要小升初考试了，娘却突然病倒，她连夜赶回去照顾老人孩子。好在不是什么大病，急性胃肠炎来得急去得也快，在医院守了三天，娘就能回家了。马上要离开一老一小，娜果心里千万个不忍，她对女儿说，乖鱼儿，你要自己管自己学习，还要注意外婆的身体，不能让她再生病了。女儿懂事地点头，然后又怯怯地问："妈妈，就不能再多待两天吗？后天学校要举行六一演出，老师说这是我们最后的一个儿童节，所以可以带家长参加。妈妈，我想让你去看我表演节目。"娜果听着女儿说"最后的一个儿童节"的声音，心里疼了一下，泪就下来了。她呆呆地想了好一会儿，还是对女儿说："小鱼，带外婆去看，表演完了给妈妈打电话，汇报演出盛况好吗？"在她强作欢喜的语调中，女儿拉开门默默地走了。

早上去赶车时，女儿还在熟睡中。娘送到楼下院门外还要再送，娜果死活不肯，她便痴痴地立在那里盯着娜果的背影。娜果感受着娘目光的万千牵扯，突然间就觉得不知道自己要去哪里，前路比迷茫还迷茫，自己这么匆忙地抛慈别雏，到底是要去哪里？久违的那种软弱一阵阵袭来，电流般穿过全身，她的脚步越来越慢下来，终于，她停下来，转身喊："娘！我再待两天，我不想走。"

娘惊了一下，急急地跑过来。娘说："孩子，你说什么傻话呢？赶紧地给我走！娘已经好利索了，小鱼儿过两天也就念完小学放假了。你有什么不放心的？再四五十天你也就放暑假了。"娜果看娘着急的样子，重新拎起皮箱。凌晨小巷里的窄风吹乱了母女俩的头发，娘的头发是稀疏的灰白，娜果是遮没了泪眼的葱茏。娜果说："娘，你可要照顾好自己啊！你要是倒了，我就完了。"娘努力地笑出声来，娘说："你今儿是怎么了，咋变得这么没出息了？娘干吗要倒呢？你放心，娘身子骨还硬朗得很呢。"

在火车单调的前行声中，娜果回想自己对娘说的最后那句话，那么自私，又那么软弱。她觉得自己很少这样软弱过。从那一年那一天起，她就有效地摒弃了伤感浪漫主义。这么多年了，以为自己早已练就了刀枪不入身呢，可最近这是怎么了？是不是，读书的压力太大了，自己的年龄已不适应这种学习状态了？或者，是因为导师朱棉？

朱棉让娜果有压力。一年多了，娜果在朱棉面前一直觉得累，不放松。她知道朱棉对她好，招考时帮了她的大忙，入学后更是处处照顾。别的不说，就现在手头这国家课题，从选题到论证到凭借的已有成果，基本上就是靠朱棉申报下来的，但她让娜果做了主持人。面对娜果诚惶诚恐的感谢，她只淡淡地说一句："你比我用得着。"现如今，人都沸沸扬扬传的是谁谁的科研成果被导师据为己有，谁谁的课题经费被"老板"借用不还，等等诸如此类。至于女学生"被暧昧"之类的事，似乎也越来越不算是那么令人瞠目结舌的新闻了。朱棉的无私提携，让娜果自己都觉得难以置信。

但娜果知道朱棉不喜欢她。朱棉对她好，但朱棉不喜欢她。这看似决然矛盾的事，朱棉却做得很分明。娜果看得也很分明，这是女人的直觉。

最早一次是朱棉带娜果一起去外地开会。娜果在会上目睹了朱棉卓然的学术风采和众人对她的尊敬。娜果觉得很自豪，散会后在过道里高兴地拉着朱棉的手乱摇："老师，您太棒了！"朱棉一愣，迅疾地抽回手。她虽然动作轻婉，但娜果明确地感受到了冰冷的拒绝。她垂下胳臂不知所措时，朱棉神色平静地说："你去准备一下那篇稿子，下午的论坛你也发个言亮个相，我已经安排好了。"

娜果回到房间摸着发烫的脸颊一遍遍回放刚才那一幕，她想肯定是自己多心了，老师要和她说正事，老师接着还要去忙，所以不和她黏。老师连十几万经费的项目都放手给她，老师连一次发言机会都要为她争取，她还胡乱疑心什么？

但很快，有了第二次。又是娜果在情不自禁中挽住了朱棉的胳臂，又是朱棉不动声色但却决绝地摆脱了娜果。而且从这次后，娜果彻底明白了，朱棉之所以这样，并不是因为什么心理怪癖，什么接触禁忌，她只对娜果一个人这样。几个小师妹动不动就和朱棉搂搂抱抱，最小的蓼蓼更是在饭局上都要牵导师的手一起去洗手间。朱棉在她们面前，从来都是女人们常见的那种亲热和热闹。唯独，唯独对娜果。

所以，娜果怕朱棉。朱棉安排的事，娜果丝毫不敢懈怠。尤其是朱棉特意为照顾娜果一个人安排的事，娜果更是绷紧了全身的力，想做到最好。所以，她必须得放弃陪伴女儿的最后一个儿童节,必须得狠心告诉娘,她不能再病,她没有倒下的权利。她必须得让自己全神贯注地投入到论文修改中,以便即将到来的课题中期检查顺利通过。在朱棉的眼皮底下,这个事不能有任何差池。

可是,累。这么累。

晚上到校时,已夜色蒙蒙。同屋的凌怡披着一头湿漉漉的头发从卫生间出来,一出来就说:"哟,还以为娜姐你赶不上了呢,明天咱大师兄请客!他留下来的事成了。"

娜果懒得掸去身上的风尘,就一屁股坐到自己的小床上。凌怡跟过来,喋喋不休地说起有关大师兄留校的前前后后,分析谁帮了什么忙,谁又使了什么坏。娜果想,年轻多好啊,年轻可以这样没理由地眉飞色舞,可以这样无凭据地口无遮拦。凌怡说完了又问:"娜姐,你干吗不说话?你怎么看这事?其实大家都觉得大师兄费这么大劲挺不合算的,他以前的学校比这儿差不了多少,现在又死卡着档案不放他,他若回去必有比这儿好的待遇。这么大年纪的人了,从头开始谈何容易,真不知他是怎么想的!"

娜果开口:"怎么想都是人家自己的想法,有自己的道理,我们何必多想。"

凌怡转身离开,回头又扔一句:"娜姐,我每回和你交流结束,都是悔青了肠子,你怎么就这么一副饱经沧桑的德行呢?你这么没劲无趣的人,我干吗找你说话呢,犯贱不是?"

娜果笑着赶她走:"是,是!知道就好,赶紧回自己屋面壁思过去!"

凌怡慢慢踱开,她想:娜果自己知不知道她的声音呢?她有和她平静寡淡的语言多么不相称的娇嗲性感的说话声音。声音是女人的第二张脸,娜果的两张脸都是如此魅人。那她又何必摆出这么假深沉假正经的样子?

她以为凌怡不知道她和大师兄罗有那点事。同一个屋檐下生活了一年多,她一直拿凌怡当小屁孩看。但凌怡是知道的,从一开始就知道。"哼,什么也别想逃过我的眼睛!"凌怡冷笑着,摔上了自己的门。

三

罗有成了导师朱棉的同事后,还是时时对她唯唯诺诺,全然拿不出已出师门的派头。按说,他不必这样,上博前他已是科研成果颇丰的副教授了。朱棉在课堂上,从不像对别的同学那样对他直呼其名,她向来称呼他罗老师——他只比她小两岁。但这不是以年龄论英雄的地方,而且许多时候恰恰相反。所以,朱棉的弟子们嘴上不说,心里却有些不服老师叫罗有罗老师。但罗有并不因此得意忘形,说起来倒是他们年龄最大的两位,罗有和娜果最怯导师,早请示晚汇报的。小的们就更有点看不惯了,有个师弟直接就说:"你们这尊敬老师也太过火了吧,有这必要吗?"

罗有不理会这些冷嘲热讽,心想:有没有必要哥们儿自己慢慢揣摩去吧,你们的路还长着呢。别以为自己是应试教育的宠儿,考上个学位就什么都懂什么都不在话下的样子。

不过话说回来,现在的孩子在管闲事上够淡定了,他们讨厌别人注意自己,也不愿去多打探别人的事。他们动不动就把隐私权挂在嘴边,好像稍不留神就会毁了自己现代人的形象。要不是这事不关己高高挂起的冷漠劲儿,师弟师妹们很容易就该知道，大师兄罗有和导师朱棉本科毕业于同一所大学同一个系，二十年前他们是师姐师弟。

但在娜果这儿，这事几乎从一开始就没成为秘密。她在入学不久的一次聚餐上，悄悄对身边的罗有说："大师兄，你那时候就和老师很熟吧？"罗有一怔："啥时候？"娜果答："就你们一起读本科的时候啊，她大三，你大一。"罗有说："你查我的档案了？你是克格勃？"娜果把头一歪，圆圆的大眼睛水样地溢着笑意："查档案？杀鸡焉用牛刀？你们这些精英分子，履历表满世界飞呢。"罗有往她跟前凑凑，低声说："你知道了就行，别太声张哈。"娜果吃吃地笑出来："光明正大的同学经历，有什么不能声张的？有故事啊？有故事那我更感兴趣了，我可不是80后90后，我对别人的隐私最是如饥似渴啊！"罗有听着她的声音，突然感觉心里毛茸茸的，软绵绵的。他低下头，没再看她的眼睛。

自此后，罗有和娜果就很熟了。其实大家都很忙，也并无太多热络的交往。但男人和女人的那种特殊感觉，没经过太多准备就来到他俩中间。罗有每回见娜果，都觉得娜果就是那个看着他一路打拼过来的人，她水样的目光早就伴随他多年。他的这种感觉不知怎么就传导到娜果那儿了，她开始异样起来。人多的场合，她只和别人说笑；只他俩的时候，她尽量避着。

终究，还是没避开。他紧握着她让事情终于发生时，他俩都有一种看镜头回放的感觉。好像这样的事他和她早就做下了。

罗有一点都不后悔自己的行为，他心里清楚得很。娜果是单身妈妈，而他不是单身实际也是单身多年了——自从他老婆和旧情人重逢再次成为情人后，他们夫妻就正式分居了。之所以还在一个锅里吃饭，是因为儿子。老婆虽对他恩断义绝，但死活放不下儿子，而他坚持认为，一个孩子的成长里不能让父亲缺席，尤其是男孩。他们最终达成的和平协议是，等孩子考上大学，他们就办离婚。他们都是说话算数的人，从孩子初二时老婆事发到现在孩子上高二，他们一直扮演着模范夫妻的角色，互敬互爱，相敬如宾。国庆长假前几天，他给儿子打电话说："爸在外面读书，你的学习、生活全靠你妈一个人，她很辛苦，你要保持好成绩别让你妈操心，需要放松时多陪陪你妈。"儿子嘻嘻笑着说："老爸，这些情话你自己给妈妈说吧，我把手机给她了。"稍后，电话里传来老婆的声音："老罗，你自己安心在外面，别挂念我们娘儿俩。儿子很棒，门门功课都好，每天还踢会儿球。你做学问的人，最浪费不起时间，长假也就不要回来了，就那么几天假，耗在路上，不合算。学习累了，到附近公园什么的地方散散心，别省钱哈，你要手头紧就告诉我。"

接罢电话，罗有觉得身体里有一块地方结满了冰凌子，他动一动，那里就咯嘣咯嘣瘆人地响。他想不通，这么多年了，老婆的声音怎么还是那么滴水不漏的平静、祥和，好像什么事都没有发生，好像这个家还是儿子上初二之前的那个家一样。可是，真的滴水不漏吗？除了不谙世事的儿子，谁会信任这样的贤惠？她说，你累了到公园什么的地方散散心，她说长假你不要回家。罗有又不是七老八十的老头子，他到公园怎么散心，喝茶下棋，跑步锻炼？谁都知道，一个壮年男子，一个半年没回过家的壮年男子，最渴望的散心就是回到妻儿身边。可她说做学问的人最浪费不起时间，他罗有在这里做什么了不起的学问，不就是念个学位嘛！身边一拨一拨的人，在岗不脱产的，学业工作两头跑双不误；而那些小毛孩玩玩念念的，也都念成

213

了。偏他一个人搞得跟大禹治水似的？

　　罗有一边恨恨不已，一边又骂自己的软弱，都到这个地步了，竟然还想要那个女人的顾念？她不那样说，还能怎样说？他想回家，可回去干什么？那还是他的家吗？难道他忘了自己是因为什么在放弃考博多年之后，都到这个年龄了又重新选择考博，还不是为了逃避，为了离开那个让人窒息的家？

　　娜果要回家过黄金周，罗有去送她时提着一个漂亮的纸袋，说："给你女儿买了件小毛大衣，应该合适吧，商场好几个售货员帮我选的。"娜果不接，慢慢地扭过身去。罗有自己过去要打开皮箱，说："我给你装上。"娜果摁住了皮箱："大师兄，我不能要的。"罗有笑着，伸手拍了一下娜果的脸颊："乖，别耽误时间了，什么不能要，你当这是啥？给孩子的一件小衣服而已。"娜果还是定定地站着，不松手。罗有把纸袋啪地摔到地上，抖索着手点上烟，说："你好没意思。"娜果冷冷地答："我是没意思。我不能让我的女儿穿另一个孩子的父亲买的衣服。罗有，我们在一起，说说话，上上床，可以。用时髦话说，互相取暖，但也仅此而已。我不想让我的女儿去抢别人孩子的父亲，这是我的底线。"罗有喘着粗气，低低地吼："娜果，你这说的什么话，什么叫上上床！我对你的心思你还不明白吗？我的情况你也不是不知道！"停了一会，又和缓了声调说，"哪有抢父亲一说？将来，咱们在一起了，我是小鱼的父亲，也照样还是我儿子的父亲。"

　　"将来，咱们不会在一起的。"娜果答。

　　尽管如此，罗有最终还是选择了与自己过去的一切告别，他留校任教。这是他对娜果的承诺，尽管，娜果从没要求过任何的承诺。而且，因为他实现了这一厢情愿的承诺，她更加不屑于他。她说:"果然,心狠手辣。"

以前,她和朱棉的几个弟子一样叫他大师兄,两人在一起时,叫他罗有,现在,她人前人后都喊他罗老师。

四

最近系上承办了一次比较文学的国际学术会议,虽然从学校到学院大家都是鼎力相助,而且学科点上的所有老师也都是全力投入,再加上在读的硕博士们跑前跑后,但作为总负责,朱棉还是累了个够呛。以前也办过会,没觉着如此耗人啊,真的是年岁不饶人,中年就走下坡路。朱棉心里感慨着,洗手间里想补点口红给自己提提神时,却发现头缝正中又一根新添的银光锃亮的白发。她想要拔掉,但才长出的短茬儿,怎么也抓不住,抓住了也使不上劲儿。正在伸头瞪眼狼狈中,耳边突然响起一个声音:"老师,不能拔的,越拔越长,要用剪刀剪。"朱棉悚然松手,镜子里出现了一张叠在她后面的被遮掉了半边的脸,漂亮的猫样的脸。她急急挪开几步,镜子里的那脸与她有了几人宽的距离,她这才扭开水龙头,哗哗的水声冲洗着无可名状的惊惧和尴尬。

娜果问:"老师,我惊着你了?"朱棉擦着手轻笑:"你怎么会惊着我?"娜果说:"那我帮你把白头发剪掉吧,我这包里正好有小剪刀呢。"朱棉摇摇头:"剪短还会长长,随它去吧。你弄你的,我先走了。"娜果有点讪讪的,却还是走前一步说:"老师,我是看你进洗手间才跟过来的,我朋友给我两瓶睡眠面膜,法国货,我使了挺好的,所以拿一瓶过来给你。但刚才一直人多,没好意思拿出来。"朱棉停步摇头:"不用了,你自己留着吧。我家里也有，乱七八糟的一大堆，都是别人送的外国牌子，我很少用。"娜果说："老师你还是拿着吧，挺好的。"朱棉推开她的手："真的，我不要。挺好的你就自己用，保养要趁早呢，像我，现在用什么都晚了。"一听这话，娜果再也不怯怯地低声了，她撒娇的声音亮亮地喊出来："老师，你说啥呢！你才大我几岁呀，你瞧你自己的身材，你的风度，谁不羡慕你！你好意思说这种装傻卖老的话！"

朱棉走了好多步，又招手喊还傻怔在原地的娜果。她问："娜果，你去过九寨沟吗？"娜果说："没有。"朱棉说："那就这样吧，星期六你随我去九寨沟。这次参会的两个老外，还有三个和我们搞交流项目的专家，这几天在咱市里跑点事，完了要安排去九寨沟，我们会务组还得陪人陪到底。说实话，我可真是陪不动了，但这个节骨眼上，张教授夫人偏又住院了，好些事张教授不出面我就得出面。你就算陪我吧，跟着去放松一下，现在可是九寨沟最好的季节呢。"娜果兴奋地连连点头："好！我去。"完了，又憋红了脸说，"老师，谢谢你，老这么照顾我。"

在九寨沟，他们住进了当地的藏人家。黄昏时在寨子里踱步，朱棉买了两三条藏族风情的披肩，然后对着一个色彩缤纷装饰独特的挎包看了又看。罗有说："老师您要喜欢就买下。"朱棉又在店里转悠了半天，最后说："算了吧，留个念想，别太贪了。"罗有说："朱老师您太有意思了，这能叫贪？女人出趟门都是大包小包的，您这一路才买了个啥呀！"朱棉说："喜欢就想占有，可不是贪吗？罗老师，你不懂，我们女人看见动心的包啊围巾啊裙子啊什么的，就想买回去，其实买回去多半也用不着，也就闲置着。常穿常用的，倒只是那么几件。就拿这包来说,好看是好看,可你想想,这和咱们的环境搭调吗?和我平日的着装风格搭调吗?既不实用,何必贪心?"罗有坚持说:"朱老师,我不同意您的观点,一个人一辈子,总得为自己留些虽然不实用不能用但却动过心的东西吧?总得留点这样的印迹吧?"看着他突然生发的激烈,朱棉抿着嘴一言不发,然后径自离开了。

晚上,朱棉和两个英国人聊了一阵,回到隔壁房间时,桌上赫然放着那只包。朱棉挎到肩上,走了一圈,又走了一圈。屋子里没有镜子,照不见它和她在一起的形状,但她的心里是知道的。月光从方格窗里细细洒进来,它在她身上静静散发的五彩斑斓映亮了小小的木楼。

第二天,在孔雀海边,同伴们又是拍人又是拍景,又是摄影又是摄像,停留了好久。朱棉心里其实也不忍离去,这不是第一次来九寨沟了,但和第一次一样,想到马上要和这山这水挥手作别,心里就有缕缕伤感。国内外的好去处也去了不少了,唯独对九寨沟这样,莫非自己前世里是这碧透的海子旁一棵绿树,一根青苇?或者,是水底下那枚白玉一般的石子?这样一想,她悄悄笑出来,嗨,案牍劳形了多少天,今儿在九寨沟咱也多愁善感了一把,风花雪月了一把。

罗有走过来,坐到朱棉旁边说:"这老外可真有兴致,这么拍哪有个完啊?"朱棉说:"别催了,就让他们拍吧,这么漂亮的海子。"罗有说:"光说漂亮,您自己也不下去拍个照什么的,坐在这里又沉思又微笑的,想什么呢,朱老师?"朱棉说:"我是偷着乐呢,我昨天是又喜欢那包又抠门钱,结果捡了个大便宜,有人买单,多好的事!"罗有皱眉,不作声。两人沉默了好一会儿,朱棉说:"其实,我今天应该背上那包,它和这山这水最是相宜。"罗有闷闷地开口:"但你还是没背。"又是一阵沉默。朱棉说:"下山的时候再去买一个吧,你出趟门总得给娜果买个礼物。"

罗有唰地站起来,脸色红了一下却又变得煞白。朱棉说:"罗老师,你是害羞,还是激动啊?我又不是聋子瞎子,你以为你瞒着我,我就永远不知道了?"罗有问:"您知道什么?"朱棉答:"你们做了什么,我就知道什么。"

罗有愣了半天,慢慢坐回到木椅上。朱棉说:"你垂头丧气做什么呀?如果找老婆,娜果踏实能干肯吃苦,又长得漂亮,上得厅堂下得厨房,是最佳人选;如果是艳遇,娜果也是能让你在男人堆里吹牛说大话的那种大美女,你在这里长吁短叹的,什么意思!"罗有颓然道:"朱老师,您也把我想得太不堪了吧?我追随您二十年,我知道您瞧不上我,但您也不能把我说成那种四处吹嘘艳遇的恶心人吧?这二十年,我有过艳遇吗?我有心力艳遇吗?从收到您寄来的结婚喜糖的那一天起,我的心就死了。您又不是不知道,我老婆欺负了我这么多年,我都能一声不吭做王八,为什么?因为我没心,我感觉不到疼痛!我对她无所谓!多少年来,我刻骨铭心的只是,如果,当年,我能虚报两岁,您或许能接受我!"

"对不起,罗老师!"朱棉打断罗有,"请你别再说了,咱们也都是有年龄的人了,咱们的儿女说话间也就到了当年咱们上大学的年龄。你说这种话,你或许真心,我却听着肉麻呢。从你来考我博士的那一天起,我就当自己从不认识之前的罗有。青春年少时,恋上什么人,或者被什么人恋上,都是稀松平常的事,你干嘛旧调重弹?"

罗有说:"当然,您当然可以不认识之前的罗有。但我不能,对我来说,那不是稀松平常的。"朱棉冷笑:"好吧,你喜欢惦记着,那是你的事。但我告诉你,咱们曾经是同学,学姐学弟,后来你做了我的弟子,我是你的导师,现在,咱们是同事,就这样。"

"当然就这样!您以为我想怎样?我能怎样?"罗有顶了过来。朱棉一声不吭。过一会儿,罗有又说:"我和娜果的事,您不要误会。"朱棉说:"我误会什么?你刚才不是说了吗,你不是那种搞艳遇的人,既不是,那就是往后要一起过喽。那好啊,你们师兄妹喜结良缘,我赞成!"

罗有双手抱着头,一副痛苦万状的样子。他说:"朱老师,您知道我考这儿是因为心里有您,我留这儿也是同样的原因——""打住,罗老师!"朱棉喝住罗有,"你要再这样失态,我可真瞧不起你了!"

罗有愤然:"让我把话说完!我心里有您,但我是男人,我既然和娜果好上了,就得对她负责任。我对她是真心的。但现在的问题是,把这事当作艳遇的是她!"

朱棉不解地皱起眉头:"怎么回事?娜果不是你说的这样,她也不是小女孩了。你们怕是闹矛盾了吧?说起来,我也早知道你们的事了,但我从来不提,这是你们的个人隐私,你俩都是成年人,知道自己在做什么,用不着别人说三道四。今儿我说这也不是要让你难堪,是因为娜果本来要和咱们一起来,结果临行前她突然说不来,我估计是因为有你。"

"没错,是因为我要来,她才不来。"罗有粗声粗气地回答。

朱棉说:"是不是娜果怕你和老婆那边断不了?"罗有哧的一声,从鼻子里喷出纠结的愤怒来,"要是那样就好了,恰恰相反,您知道吗,她恰恰相反!从我决定留校不回去,她基本不理我了。现在,我儿子上大学了,我和我老婆的协议该兑现了。前几天,我给娜果打电话,我说我去办离婚手续,您猜她怎么说?她说:'罗老师,您离婚的事还要征得每一个师弟师妹的同意?'朱老师,您听听,您见过这么无情无义翻脸不认人的女人吗?"

朱棉沉吟不语。好一会儿,她说:"我知道娜果不是那样的人。你如果是真心的,那就再耐心点。你应该知道吧,她以前受过大刺激,她有心理障碍。感情的事,婚姻的事,她没有信心,她很畏惧,这很正常,你得慢慢来。"

朱棉这样说着时,心里又浮现起最初听娜果讲那些话的情景。那天,娜果美丽的脸颊上一滴泪都没划过,她像一尊眼干心枯的雕像。反倒是朱棉哭成了泪人,她从没在另一个女人面前流过那么多泪。她一边流泪,一边就在心里下了决心,这个苦命的女人,我一定要帮她。

罗有说:"什么大刺激,不就是离了个婚吗?这年头,离婚的人多了去了,就她心理障碍?"

朱棉一惊:这么说,罗有不知道?娜果真是把罗有当成了艳遇,她生命中最黑暗的深处包裹着的一切,她从来不曾倾诉给他?那些倒吞到肚子里十几年的泪水,在遇到一个终于可以肌肤相亲的男人后,还是找不到流出来的地方?

十二年前,娜果生活的小城市里发生了一起特大新闻。娜果十八岁的弟弟提着匕首去找正和另一个女人鬼混的姐夫,他给伙伴们交代:"我先撞开门,你们听见响动就冲进来,给那个坏种一点颜色瞧瞧!但咱们只是吓吓他,不能下手太重,不能往要害处打,他毕竟还是我姐夫。"伙伴们在外面候着,没听到太大的吵闹声,却看见一个女人衣衫不整地惨叫着爬出来。

220

他们冲进去,眼前横着他们的朋友,他的胸口上刺着那把刀,血正从那里一汪一汪地往外涌。他的姐夫裸露着身体,一动不动地俯视着地上那个少年和他身上的那把刀。

消息传到娜果学校的家属院时,她正在挺着大肚子给丈夫做他爱吃的皮蛋瘦肉粥,她关了火,直愣愣地从屋里出来。她纵身从三楼阳台上跳下去。

她,没有死。她唯一的弟弟死了,她青梅竹马的丈夫死了。在她丈夫被执行死刑的那天中午,她的父亲猝发心脏病,也死了——但命中注定,娜果不会死。她摔瘸了的腿大半年也就好了,没有留下什么后遗症。只是她肚子里七个月的孩子早产了。多么奇怪,孩子也活下来了,好好的。

就好像,只是娜果的女儿小鱼在肚子里陪着妈妈玩了一次有惊无险的蹦极跳一样。

五

博士毕业前论文发表若达不到规定的核心刊物的篇数,毕业论文就得拿去通过盲审,这意味着极有可能在三年学习结束后不能及时戴上那顶帽子。每年,都有延期参加答辩的同学,甚至有人毕业论文一做就是六七年。娜果的毕业论文写得倒还顺利,自打开题以来她就全力以赴投入其中。但核心刊物的篇数还是没达到,千难万险还差最后一篇。

朱棉说:"你先别着急,看我能不能想上办法。"娜果反过来劝朱棉:"老师,我不着急,眼看着已经来不及了,着急有什么用呢?就算盲审通不过,我推迟一年再来嘛。你要是再为我这事着急上火,那我太对不起你了,所以,绝对不要再操心这个了。"

一天下午，朱棉打电话过来，开口就问："娜果，会做莜面吗？我知道你会做好多面食，可是莜面，你会吗？"娜果咯咯地笑："朱老师，干吗想起问这个？我就是会做，也没有新鲜地道的莜面啊。"朱棉说："别废话，你就说会还是不会？"娜果答，会。朱棉说："那你速来我家里。"

娜果赶过去时，朱棉正在厨房里忙活着，朱棉的先生毛教授一开门，就乐呵呵地说，救场的巧媳妇来了。娜果看朱棉正在做水果沙拉，灶台上有披萨饼，也有酱腌黄瓜条、麻婆豆腐等等，很有一番中西合璧的大派头。娜果喊："朱老师要开Party啊？"朱棉不理她的大呼小叫，急着问："做莜面要准备什么辅料？我给你打下手。"娜果说。"香菜、蒜泥、油泼辣子，小蘑菇肉丁。"朱棉说，"好，我们开始干起来。给你说哈，只能成功，不能失败！"娜果笑得抖起来："老师，至于吗，做个小面食，你好像要开誓师大会！到底来什么人吃这莜面？"

一切就绪，客人却只来了一个，朱棉夫妻叫他姚主编。姚主编看上去和毛教授一般年纪，却已花白了头发，体形也松坠，显得老相。娜果正躲在厨房里看，朱棉进来说："我们开饭，你解掉围裙出去吧。"娜果问："就他一个人？"朱棉嗔道："你还想要几个人？"

毛教授为姚主编和娜果做了介绍，这一介绍，悬念全部解开了。娜果不由得把感激的目光投向朱棉。朱棉却只盯着姚主编说："主编大人，我和老毛今天执意要把日理万机的您从会议上请过来，把您从排队要宴请您的人群中抢过来，靠的是什么信念呢，您能想到吗？"姚主编哈哈大笑，手指着朱棉对毛教授说："老毛啊老毛，你这夫人可越来越会挖苦人了，咱俩老同学,到你家蹭顿饭吃,还用得着拿这么大词吓人?"朱棉说:"错!您肯来蹭饭,那是您和我们老毛的交情。我敢请您来家里吃饭,却必须得有钢铁一般的革命信念,那就是必须要让您老人家吃得比任何饭店里都高兴!"娜果很少见到朱棉这么煞有介事的幽默,她也和毛教授、姚主编一起笑起来。姚主编说:"那就别卖关子了,赶紧把你的革命信念端出来吧。"

果然效果非凡。娜果做的莜面筋道柔韧,配料红是红,绿是绿,浇上去辣香扑鼻。姚主编连说好吃,连说地道,一口气吸溜了两碗,鼻尖上沁出了亮亮的汗珠。桌上五花八门的菜,他再也没碰过一筷子。朱棉说:"姚主编,您也太偏心了,我这学生人长得漂亮,文章写得漂亮,这莜面做得更漂亮,可您也不能对我这老厨娘做的菜瞄都不瞄一眼吧?"姚主编心满意足地剔着牙,笑答:"吃好了,吃好了!"

厨房里,朱棉悄声说:"这下你明白了吧,这人就好这一口,死活放不下老家那点吃食口味。他和我们家老毛一起出外开会,就几天时间也要满大街去找莜面吃,吃完了又骂不地道。他老婆不会做他们家乡饭,他引以为终生憾事。这几天,知道他从北京来咱们这儿开会,我早就给他想好了这招。我满世界找新莜面,你若不会做,我就铤而走险,亲自上阵,总之,非得把他拿下不可!"娜果笑起来:"老师,看你这杀气腾腾的样子!"朱棉也笑了,说:"有点孙二娘的风范吧?"笑声中,娜果心里一阵难过,她说:"老师,我说过迟一年毕业也没什么大不了,你犯不着为发我一篇文章费这些心思。他是刊物主编,你也是鼎鼎大名的教授呢!"朱棉轻叹一口气:"有什么办法呢,人家手里有核心。"

收拾完,姚主编带着毛教授一起走了,说是还有一个什么老同学的局,得赶去坐坐。朱棉把一些没动过的菜啊饼的打包给娜果,说:"你拿去和凌怡明天热热吃,我和老毛吃不了这么多。"娜果没推辞就拎上了。朱棉说:"今晚这么好的月亮,要不我送你下去也散散步。"于是,二人一同出门。

月亮果然好,是干净通透的那种亮。娜果走在朱棉身边的柔润月色里,心里充盈着一种说不清的感动。她轻轻开口:"朱老师,你为什么这么帮我?"朱棉说:"为什么,因为你是我学生啊,你混得好,我也有面子啊。"娜果摇头:"别骗我,你的学生多了去了,哪个你这么一路帮扶着?我知道,你是同情我。因为同情,你受不了自己不帮我。"听娜果这么说,朱棉的脸色严肃起来:"同情,你有什么好同情的?娜果,你为什么老挣扎在陈年旧事中?你是有过不幸,但那毕竟已过去十几年了。现在的你,有许多人没有的高学历,有许多人想挤进去的体制内的工作,还有许多女人羡慕嫉妒的外貌。你的女儿一天天长大,乖巧可爱,还有,你读博,竟然还有老母亲替你带孩子,让你无后顾之忧。你想想,不是所有人都可以像你一样的!你说说,你有什么好让人同情的?"

看娜果低下头,朱棉和缓了语调说:"人最要不得自怨自艾,顾影自怜,娜果,你要向前看。"娜果慢慢说:"其实,其实朱老师你不知道,我很少顾影自怜呢,我只是不能理解你为什么对我这么好。我刚才在你家厨房里听着你们说话,心里好难过,你这么骄傲的一个人,却为了我做这些。我觉得自己利用了你的同情心似的,我很羞愧。"朱棉听这话,往娜果跟前靠靠,亲切地说:"娜果,你多心了。我对你不是同情,我说了,你这么优秀的人,有什么可同情的?或许,刚开始听你讲那些事,心里确实不忍,但那不是同情,是钦佩,想想,你多么不容易。我一介书生,能给你帮什么大忙?一些小事,能帮就帮呗,你想那么多干什么。再说了,想就能想透吗?我为什么帮你,我自己也不清楚呢。这世上,一个人,要遇见谁,要和谁发生怎样的事,这都是因缘,全都是注定的。"娜果说:"老师,你这话太对了,我就是这样想的。你知道吗,我离开那地方后,十年来从没和人提起过过去的事,没有人知道我那些伤心事。我娘有时候拿着弟弟的照片掉眼泪,我就装作没看见。小鱼小时候问,别的小朋友都有爸爸,她怎么就没有?我回答:'你也有爸爸,可他早早病死了,以后别再问了。'小鱼乖,以后也就不问了。我在生活中从不说这些事,可我一见到你,咱们还算不上十分认识呢,我就把最不堪回首的一切都倒给了你。我也不知道为什么,一看你的眼睛里那种亮光,心里就柔软得不行,就委屈得不行,我——"娜果有点激动,眼里有泪闪动,她咬住了自己的嘴唇。朱棉说:"我懂。"过一会儿,娜果又笑出甜美的声音,她说:"老师,我那会儿可没有半点想赚你同情的不良企图哦,你知道,我报考的是张教授。我仔细查过三个导师的资料,就你是女的,就你最年轻。我一看你的照片就喜欢你,可我哪敢报考你,咱们年龄这么相近,又都是旗鼓相当的大美女,我想我到你手里,你还不得挤兑死我?还是找个半老头子去撒娇吧!谁知道他不要我,弄来弄去,我这剩货还是让你捡了去。"

娜果的话惹得朱棉也笑出来。两个女人清亮的笑声在静静拂过的夜风中,披着月亮撩人的光泽,传向前方的林木蓊郁处。朱棉说:"娜果,你别瞎扯了,跟你说点正事。你和罗有到底怎么回事,你怎么这么长时间不理他呢?"朱棉是第一次跟娜果说这事,但娜果并没显出吃惊,她平静地说:"罗老师跑你这儿告状来了？"朱棉说："这不是告不告状的事，我能管得了你们的婚姻大事？"娜果说："哪来的婚姻大事？不过是偶尔走到一起，相处了几天。"朱棉责备说："娜果，这就是你的不对了，你怎么可以这么对待感情问题呢，你也不是小女孩了！"

一阵沉默，朱棉说："我知道你是带情绪说话呢，肯定是罗老师哪儿做得不好，惹你生气了。"娜果还是不说话。朱棉说："我有一个计划，本来想时机成熟时再和你们说，但今天话赶话说到这儿了，你前头又扯了那么多帮不帮忙的话，那我现在就和你商量一下吧。娜果，你马上就毕业了，我想争取一下，看能不能把你留下来，若能留下来，你的生活可以重新开始了，你的女儿也就离开那个小地方了。而罗老师，他也就有个家了。"

娜果侧头定定地盯着朱棉，认真地咂摸着她说的每一个字。她圆圆的大眼睛变幻着闪烁不定的各种表情。朱棉说："娜果，你怎么不开口，你觉得怎样？"娜果叹口气说："老师，你给自己的任务太艰巨了。你这是帮我，帮罗老师，还是帮自己呢？且不管你帮谁，我都觉得太难了。我不像罗老师，没那么多科研成果，我的第一学历也不符合要求。我这样条件的人，怎么可能留到这么好的大学呢？老师，你别往死里整自己。"朱棉说："当然有一定难度，但也不是绝对办不到。"停一会儿，她又急急开口，"娜果，你刚才那话我一时没反应过来啊，你说我这是帮你，帮罗老师，还是帮自己，这是什么意思，怎么听着话里有话啊？"娜果说："老师，绝对没什么太深的意思，我对你不可能有恶意。我只告诉你，我和罗老师什么都没有，也不可能有什么，我们不合适。"

"为什么？"朱棉问。娜果说："老师，我也说不好我的感觉，但我确定罗老师不是我找的人。我不能随便把自己嫁了，要那样这十几年我不白苦了？你知道，这世界最不缺男人，到哪儿都是男人，这么多年我能坚持不向这个充斥着不怀好意的男人的世界投降，就是我首先不能让自己妥协，让自己苟且。遇不到好的人，我绝不再嫁。"朱棉问："罗老师，他算不上好的人？"娜果答："他是好人，可他太杂太乱，他的心里就腾不出一块豁亮的地方给我。"朱棉侧目："此话怎讲？"娜果欲言又止，犹疑半天终于开口："第一，他心里有你，他放不下。朱老师，你别打断我，别急着反驳我，这事与你对他的态度无关，他自己也没办法，这是个死结！第二，他有家，虽然他说他老婆与他名存实亡，但为什么实亡，还要名存？这中间的牵牵绊绊，定然不会是他单方面陈述得那么简单。他那个儿子很懂事，恋父母，常给他打电话，汇报自己和妈妈的情况。有几次说起他妈好像生什么病了，罗老师挂了电话就满药店找药，然后快递过去，担心得不行。他跟我解释，说这样做都是为了儿子。可他真的解释得清自己的心吗？这不是做论文，他能那么条理分明吗？他和他老婆有过儿子上大学就离婚的协议，可儿子无论上了什么还是儿子，他们真的舍得毁掉儿子完整的家吗？"

朱棉插嘴："这个他倒是跟我说过，他说他要去办离婚，但你冷嘲热讽，一点态度都没有。"一听这话，娜果的声音一下高八度起来："老师，你听听，你听听这是什么话！难道他去离婚，我要载歌载舞敲锣打鼓地去欢送？他如果真心、诚心，就应该恢复自由身后再来看我的态度。我鼓励，他就去离，我不鼓励，他就不离，那我不就成破坏人家家庭的第三者了？我这样的人，就是再去跳一次楼也不应该做那种昧良心的事吧？

自己因为这事家破人亡了，难道还要去害别人？要那样没底线，我早嫁过十个八个男人了！"

朱棉说："娜果，你别急，别难过，我知道你做人的原则。可这事真的和什么破坏人家家庭扯不上关系，没有你，他迟早也是个离。你别那么死心眼，有些事看得太清，剖析得太透彻，于人于己未必有好处。"娜果黯然道："朱老师，咱们都是女人，我虽然指望不上你和毛教授这样的珠联璧合、比翼齐飞，但我后半生要找总得找一个对我全心全意的人吧？"朱棉眯起眼，望着远处，斑驳的树影遮住了她的表情。她轻轻说："其实，谁也没有那么完美，生活教会我们的最重要的一点就是：没有一种人生不是残缺不全的。"

"喵呜——"突然，一声猫叫在她们身后冒出来，几乎是同一时间，朱棉发出了"啊"的惊叫，她跳起来双手抓住了娜果。娜果连声问："老师，你怎么了，怎么了？"朱棉伏在娜果的肩头战栗着。娜果说："老师你害怕了？是猫，你听成什么了？"朱棉战栗得更厉害了，"是猫，猫！"娜果咯咯咯地笑起来，"猫你也怕啊？瞧，多漂亮的一只猫咪，油亮亮的，胖乎乎的，像只白狐呢！"朱棉的声音像呻吟似的："娜果，让它走！"娜果猛地一跺脚，"好，让它走！"一道白色的光影从眼前闪过，倏忽间融进了远处的月色朦胧中。

娜果的手被朱棉紧紧地抓着。娜果感觉到朱棉汗涔涔的手心还在不由自主地痉挛着，便抽出手反过来握住了她。两双手紧握在一起。娜果突地一阵心酸，朱棉从来没有这样靠近过自己，紧握过自己。现在，自己曾想望过的这一幕，毫无征兆地实现了。实现得如此莫名其妙，如此荒诞。

静默的混沌中，娜果突然回想起一句话，那句话滚雷般碾

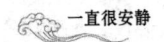

过无边黑色的天幕，炸开了一道水落石出的口子。那是朱棉静婉的声音："娜果，我觉得你长得特像猫。"

六

朱棉收到娜果和张教授的结婚请柬时，惊得失手打碎了新茶杯。这是刚入学的又一届两个博士生在教师节上合送的，说是新近特走俏的一种保健养生杯，说明书上功效写得神乎其神的，朱棉才拆开包装泡上了枸杞菊花，谁知这么不经摔。毛教授本来在兴致盎然地刷微博，看这情状便起来收拾，一边感慨着："越时尚的东西，越是不牢靠啊！"完了，看朱棉还跌坐在沙发上双眼发愣，连姿势都没换一下，就劝："别人的事，你多想干什么？现如今，做父母的连儿女都管束不了一天两天呢，你当她一场老师，就想霸住人家啊？随她去吧，随她去吧！"

做梦都没想到，娜果和张教授！怎么能相信，她和他？娜果四个月前毕业，在校时从没发现她和张教授有任何来往，大家一起搞活动时，娜果对张教授从来都是客客气气，敬而远之。毕业论文答辩时，娜果表现出色，张教授附耳对朱棉说："这个娜果倒真让你给打造出来了，这三年进步很大嘛。"朱棉当时还和张教授开玩笑说："你现在是不是后悔没要她啊？"他们两个人从来没表现出任何蛛丝马迹。娜果离校一个月后，朱棉打电话问她的情况，娜果说，拿上学位回去后，单位也很器重她，但她为了小鱼的学习还是想换个大一点的城市。她说得很诚恳。朱棉回答："对，是得有这个打算！走出来，不光是对孩子，对你自己的发展也有好处。"娜果甜美的笑声传过来："朱老师，你就别操心我了，我还能有啥发展？我能成为你的弟子，打着你的名头四处招摇撞骗，这已经是'无限风光在险峰'了！"朱棉被逗笑了，说："你别光贫嘴，好好想想下一步怎么走，我们一起努力找机会。"

现在，娜果的下一步就摆在朱棉的眼前，烫金镀银的红双喜请柬。这么狠的一步，她怎么开始的？张教授的夫人才刚病逝半年。他们到底怎么开始的？

一直到晚饭时辰，朱棉才缓过神来。她说："这个婚礼，我不去参加！"毛教授说："你这就做得过了，你怎么能不去？且别说你和娜果的关系，就你和张教授，多少年的工作搭档，一个学科点上的两个负责人，他这么大事你不去，同事学生们会怎么看？作何猜测？你和他以后怎么相处，工作如何合作？"朱棉悻悻道："我不管别人怎么看怎么想，不管他以后什么嘴脸，反正我不去！"毛教授说："这我就想不明白了，你是存心要撕破面子地干啊，你哪来那么大火气？他俩结婚，怎么就招你惹了？"朱棉说："不是招我惹我的事，你说说，这婚结得也太离奇了吧？"毛教授反驳："怎么就离奇了？他俩都是国家公民，都是自由身，说难听点，一个鳏夫，一个寡妇，刚好配对儿。虽说师生隔辈，年龄上也差了十来岁，但完全可以忽略不计，郎才女貌嘛！"朱棉啪地放下筷子，说："好，好，你就直接说这是千古传奇的爱情佳话吧！"毛教授说："千古传奇虽算不上，倒也不失为一段爱情佳话呢。我看这事挺好的，朱棉同志，你好好剖析一下自己的灵魂深处吧，你总不会是帮过娜果一些忙，就想永远在她面前占据居高临下的心理优势，现在她摇身一变成了张夫人，可以和你平起平坐了，你就受不了了？"朱棉怒骂："以小人之心度君子之腹！"毛教授好脾气地点头："小人愿聆听君子之腹！"朱棉黯然道："我也说不清自己的感觉。算了，不和你搅和了，反正我不去，要去你去！"毛教授答："我当然要去，我得看看张卫东这小子梅开二度，乐成什么德行了！"朱棉一根手指戳过来："毛心达！你是不是特羡慕张卫东？是不是？不是有段子说，中年男人三大喜，升官发财死老婆。你一个穷教书的，升官、发财你是没指望了，但死老婆你也可以，你也来得及！"毛教授哈哈大笑："朱棉啊朱棉，你去照照镜子，你看你都失态成什么样子了！"

婚礼的前夜，朱棉接到了娜果的电话。娜果说："朱老师，你明天一定要来，本来我应该来家里专程请你和毛教授，可现在一切都乱糟糟的，我实在分不出心神去见你，只能打电话请你。朱老师，你不能不来，我除了我娘和女儿，再没有第三个亲人，就你。"她几句话堵住了朱棉的嘴，朱棉直觉喉头哽咽，说不出话来。两人在电话里听得见彼此的呼吸。终于，朱棉问："娜果，你能告诉我吗，你是早就暗度陈仓了，还是玩闪婚？"娜果说："老师，是你自己说过，这世上，一个人，要遇见谁，要和谁发生怎样的事，这都是因缘，全都是注定的。所以，时间并不重要。"朱棉接口："那你告诉我，什么重要？你也说过，遇不到好的人，你决不再嫁。你说你多少年坚持不让自己妥协，不让自己苟且。那么，现在，有妥协吗？有苟且吗？张教授，他就是那个好的人？"沉默。然后，娜果转了话头："老师，小鱼转学插班到咱们学校的附中了，我俩的户口也都一块过来了。还有，我们在滨河花园买了一套房子，如果我娘不习惯到张教授这边来和我们一起住，我可以两边走，就三五步的路。"朱棉听了，不由自主地赞叹道："滨河花园？好啊！那真是养老休闲的好居所，离咱们学校仅一墙之隔，你母亲住，很好！"停一下，她说："那么高的房价，张教授买的？"娜果答：

"张老师买的,我的名字。他儿子、儿媳、女儿、女婿都一致反对,他还是这样做了。"朱棉不知再说什么,郁结在胸口好几天的疑惑、鄙夷和愤怒似乎都有了合理的答案,却又滋生出更复杂的况味。好半天,她才如梦初醒般开口:"对了,娜果,你的工作呢?"娜果静静作答:"正式调到咱们学校学报编辑部了,婚假完了,就去上班。"少顷,她又笑起来,还是朱棉熟悉的那种娇嗲魅人的声音。她说:"老师,以后你需要帮哪个师弟师妹发文章,再不用求别人了,你就交给我,让我死乞白赖去缠我们主编,咱们学报也是核心呢。"

朱棉说:"原来这样,一切都这么停当了,娜果,那请接受我的祝贺,我们以后是同事了,祝贺你事业爱情双丰收!"娜果喊:"老师,你也会说这么俗气的话?"朱棉笑:"行了行了,就说到这儿吧,你去忙,明天我来。"娜果要挂电话时,又说:"老师,关于罗老师,你别生我气,就算我对不起他吧。当然,你也别操心他孤单,告诉你,凌怡一直对大师兄上心得很呢。"

夜里十二点,朱棉收到娜果的短信:"老师,那些你没有说出的话,那些我没能告诉你的话,其实我们都已懂。你以前还有一句话,我一直记着:没有一种人生不是残缺不全的。"

七

罗有决定调回他原来的学校,手续都办好了,这才来跟朱棉通报。其实他也没有什么太繁杂的手续要办,原来的学校不放人,人事档案、工资关系等要紧的东西三年前根本就没转过来。

朱棉问:"为什么,突然决定又要回?"罗有说:"其实也不是突然,一直觉得还是不踏实,我是重新建档的编外人员。现在看和别人没什么差别,但将来一旦牵涉到医保啊退休啊这些问题的时候,怕有麻烦。"朱棉说:"你当初决定要留下时,我们反复论证过这些事,你说你不在乎。现在看来,这些麻烦发生的概率越来越小了,你看咱们学校,现在发展越来越好了,保障机制很完善,你担心的一切根本就没必要!"罗有低下头:"朱老师,您别为我生气,大学里来来去去吃回头草的人也不是我一个,咱系上的宋老师去北师大两年还不是又回来了?"朱棉摇着头叹气:"怎么能不生气呢,当初费那么大劲!你们这都是给我玩悬念呢,娜果没吱一声调来了,你没吱一声要调走了!"说到娜果,朱棉停下来,犹豫半天,还是说:"罗老师,是不是你要离开,跟娜果有关?是娜果伤你的原因?"

朱棉话音未落,罗有就冲口而出:"您说什么呢,她?我为她而离开?别开玩笑了,她也配!"

罗有的态度使朱棉一阵阵不舒服,她起身站到窗前,天晴得很好,从这里可以望得见远远的滨河花园,尖顶的欧式建筑沐浴在祥和富足的阳光下,许多人家的阳台上装扮得花红柳绿的。娜果的娘,此刻在做什么呢?在城市的高空,忙碌于虚构的农事,那个善良坚忍的母亲,终于可以收获一个放心的晚年吧?前几天在图书馆遇见娜果,她笑得东倒西歪的:"老师,我娘非要在新家阳台上种玉米种番茄种辣椒,张老师买的好多大盆景,反倒没地儿搁了,你说这可咋办?我娘怎么就这么犟呢,种粮食种蔬菜它得有土啊,我这四处买土,还得找工人往楼上背土。小鱼上中学很忙,没时间在家里缠人了,我娘倒闹腾起来了。"

张教授有买盆景的闲情雅致,有买花买草的审美眼光,朱棉以前倒是一点没听说过。但娜果还是老样子，还未开口人先笑，可笑不可笑的事她都笑得无比投入，她的笑声还是那么娇。朱棉喜欢看见她这样子，虽然她们现在已很少见面了，大家都忙。

朱棉坐回到罗有对面，说："好吧，你既然去意已定，那就这样吧，这几天什么时候有空？咱们师生一起欢送你。"罗有说："也不必特别欢送我，您今年的那两个学生也通过答辩要离校了，一起聚聚就行。"朱棉说："是啊，那个凌怡总算是通过了，我一直为她捏着把汗呢，叽叽喳喳的小姑娘，这一段时间怎么突然就状态那么糟。"罗有避开朱棉的眼睛不说话。朱棉说："你个人的事，也别这么老漂着，回去早点解决吧。"罗有抱着头，还是不说话。朱棉埋怨："罗老师，你这么一副颓唐的样子，怎么回去见你的旧同事？人家还以为你在这儿混不下去了呢。"罗有这才开口："朱老师，您别操心我回去后的事，我这还没来得及跟您说呢，我们学校那边人事调整，给我给了个文学与新闻学院的院长，我回去就赴任了。"

朱棉恍然大悟："原来如此，怪不得你这突然要走了，他们以这个条件召你，不错啊，当官了，一院之长！是该回去，仕途光明啊！"

罗有说："老师，您别嘲笑我，咱们都清楚，在大学里，一个学院院长算什么官！我自己也不是奔仕途的料，我回去也不全是冲着这个，但既然回去，总不能灰头土脸地回去，总得提点条件吧！"

朱棉脸上是莫衷一是的笑，她说："那是，那是！可是，你一提条件，人就给你满足了？你们学校那么缺博士，不会吧？"罗有答："当然不缺，说夸张点，最不缺的就是博士了！我

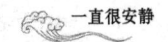

这就给您明说了吧,新上任的校长是我儿子他小姨夫的二哥。"

"你儿子他小姨夫的二哥?听着有点绕哦,搞不太清楚。"朱棉笑。罗有说:"就是我连襟他二哥,懂了吗?还不懂?我老婆妹夫的二哥,这下总懂了吧?"朱棉赶紧点头,"懂了,懂了!"然后,眼睛直直地盯过来。罗有说:"想问我和我老婆的情况是吧?实际正如您此刻已经猜到的,我们要和好了。"

"就为这个——院长?"朱棉不忍说出,但还是禁不住轻轻开口。她把头扭向窗外。罗有倒笑了,很难得的豁然疏朗的样子。他说:"这个院长,它没那么重要。其实很多事情,到头来发现都没那么重,也没那么轻。世上的事情,真的很难说啊,没必要想那么明白了。"

罗有说:"我老婆病了,乳腺癌,下个月做手术。大夫说,女人长期抑郁,容易得这个病。她这些年,给自己惹了多少事啊!不过,我细细想想,对此我也有责任。所以,是到我回家的时候了。"

八

朱棉从美国回来时已是四月底了。虽然是不得已,但错过了一年一度的清明节,她心里还是愧得慌。她请母亲再陪她去为父亲扫一次墓,补上清明。母亲一听就反对:"补什么补,你不在,人家心达那天和你哥嫂们一起去的,你那一份他早替上了。说实话,他比你还尽心呢,这三个月来你不在,他没少照顾我!"朱棉心里高兴,嘴上说:"他还能照顾你?你去看看,我不在这些日子,他把家弄成什么样子了,那还是人待的地儿吗?他去是他去,怎么就替我了,难道他不该去?我还得自己去，妈，你陪我去！"母亲说："那你就等毛毛放假回来了一起去，她外公活着时最疼她了。"朱棉说："妈，我明说吧，说是去补清明，也是带你出去活动一下，散散心。我这次回来听毛心达说，你最近越来越懒，人家老人们跳舞散步，成天忙着锻炼，你从来不做这些事也就罢了，没想到，还迷上了网络，整天不是趴在电脑上，就是捣鼓手机，你说你这是干啥呢？上网把好好的年轻人都上成了颈椎病，腰椎间盘突出，上成了高度近视。你一个老年人，经得起这样折腾吗？从今天起，你戒掉网瘾。现在是春天，我们去外面赏花看水，爬山郊游，开展有益身心的健康娱乐活动！"

"是吗？从今天起你陪我赏花看水，爬山郊游？"母亲的目光凌厉。"你两个哥嫌我唠叨，说话不中听，能避就避，我是两三个礼拜都见不上他们一面呢。你工作忙，今天去开会明天去讲学，动不动还飞到那些资本主义国家搞什么见鬼的交流，你几时有闲情逸致陪我锻炼、娱乐？今天这是哪根筋不对了，跑回来给我玩心血来潮，告诉你，我还用不着你牵着我的手去傻乐，我有自己的乐子呢。等我躺床上了，你再来良心发现吧！"

母亲的话让朱棉如芒刺背，她灰心得坐沙发上一言不发，但母亲还不肯罢休："上网有什么不好？上网了解新闻，掌握国内外大事，看钓鱼岛事件中国政府到底怎么给自己一个交代，听那个奥巴马希拉里又在打谁的主意，这总比老头老太太们扎堆在一起尽说儿女们的坏话强吧？有什么意思？说来说去就那些话！这年头，没钱的儿女反过来啃老，有钱的儿女拿钱买省心，除了给钱，他们还能舍得给父母什么？明摆着，这人就是老不起嘛！"

说是这么说，末了，母女俩还是达成和解。母亲答应第二天让朱棉拉着一起去郊外扫墓，答应以后少看电脑多出去活动。她说："我刚才说的那些话，你别往心里去啊，你自己的工作身体最要紧。"晚上临睡前冲澡时，朱棉非要跟进去帮母亲搓背，母亲死活不让，朱棉趴门上喊："妈，我小时候成天听你叫我'我的贴身小棉袄'，我是你的贴身小棉袄呢，就让我进去吧！"母亲在里面哇哇乱喊："今儿这是怎么了？朱棉你肉麻死我了，我要打电话叫毛心达把你领回去！"

半推半就推开的门后面，是羞窘无措的母亲。朱棉想重温母女嬉水的温馨，但当母亲的身体真实地呈现在她面前时，水汽突然迷蒙了她的双眼，她悚然而退，几乎是逃一般出了浴室。她没有想到，有一天，母亲的身体会衰老到如此让她陌生的程度。人过中年，她以为自己已深谙时间之殇，但她还是无力坦然面对一个曾经丰盈滋润、美好强大的身体，其最后的衰败和弱小；无力面对这弱小和衰败横陈在眼前的利刃般的伤。

结果，背没搓成，朱棉偶发的撒娇却让母亲伤风感冒。第二天，扫墓未能如期进行。朱棉自责得不行。母亲说："感冒有什么大惊小怪的，吃两片药就行了。我也就是让你安心，才答应你一起出去走走，不然，我去他那地儿干吗？我去了，死鬼在地下都不安生呢！"

朱棉诧异，母亲很少在儿女面前说起父亲的事，她不像别的女人成天絮叨丈夫的不是。父亲在世时，他俩很是相互尊重，记忆中，从没见过父母吵吵闹闹或亲亲热热的情景。朱棉曾经对丈夫夸耀："我父母那才叫相敬如宾呢。"毛教授反驳说："夫妻相敬如宾有什么好？女人要懂事理顾大局，善良、包容，也得会撒撒娇，会使点小性子，小小地胡闹一下，那才叫生活呢,不然在家里也和在单位政治学习一样,伟大、光荣、正确,那还有什么劲儿!"他又评价朱棉的母亲说:"我的岳母天生是那种大女人,强势、独立,不会玩小女人的花招,所以男人在她面前会有压力,所以只好相敬如宾。"

现在,朱棉回想起这话,她突然觉得母亲并没有大家想象的那么强,天生就强,她大女人的表象下肯定也是一颗柔弱善感的女人心,母亲内心里也住着一个小女人。可是,就连父亲,这一生也从没找到那个小女人吗?

朱棉说:"妈,你给我讲讲你和爸爸的事,譬如恋爱啊结婚啊,譬如第一次做爸爸妈妈的情景啊,譬如我从小外语比较好是不是爸爸遗传的,他可是你们那一代少有的翻译人才呢!总之,你讲讲你们的事吧。"母亲瞪眼,"朱棉,你还嫌闹腾得不够啊,你赶紧地回你自己家去吧。"说完,她转身对着墙躺下了。

夜里十二点多,母亲却微微发起烧来。朱棉量体温,38度多,也不算太高。但母亲双颊潮红,口里一声声呻吟着,看上去很难受。朱棉有点紧张,想去叫保姆阿姨,母亲却突然伸手死死抓住了朱棉:"你看,月亮!"她喊,"那天晚上也是这样的月亮!"

"妈,你在说什么?什么月亮,哪天晚上?"朱棉把母亲的胳臂放回被子里,母亲的手还是抓着她不放,手心里汗涔涔的。她扭身倚在朱棉怀里,像个小孩一样抽泣起来,她一边哭一边说:"他们天天写信,他们用英语,还用俄语。他欺负我不识外国字,把信公开放在抽屉里,他们在信里夹着花瓣,夹着树叶,还夹着头发丝,他们是不是太欺负人了!"

"妈,他们是谁?你是发烧说胡话呢。"朱棉想劝止母亲,但自己的泪水也不由自主地滚落。她从没见过母亲这样。她隔着被子紧紧抱住母亲,感受着母女连心的疼痛。

母亲抽噎不止:"我告发他们有什么错?难道他们不是一肚子臭资产阶级坏水,满脑子臭资产阶级意识?我告发那个臭不要脸的有什么错?为什么她要用破外国字破坏人家家庭?我剁死那只猫有什么错?凭什么,你爸爸他就恨了我一辈子,凭什么他从此就废了,就一辈子做不成男人了?"

"剁死猫?妈!"朱棉惊叫起来,"你在说什么?"

"朱棉,不是我心狠手辣,我怎么办?那时候,你两个哥哥一个十岁一个六岁,你才三岁。那天晚上,我抱着你去找他,你一路上紧紧搂着我的脖子,乖巧的模样让我心疼得要死,我下了决心,哪怕为了你一个人,为了我的宝贝女儿,我也要豁出去,我一定要让他死了那条心!但我并没想要动刀见血啊,我没想着要嫁祸于那只猫啊,可是,谁让他们正在那儿甜甜蜜蜜地合唱《莫斯科郊外的晚上》呢?谁让那只猫,就像他俩的孩子一样酣睡在两人的膝间呢?要不是他们那副样子欺人太甚,我怎么会当着你的面做那种吓人的事!"

母亲泪流满面,呓语连绵。可朱棉再也无力拥抱母亲,劝慰母亲。她蜷伏在床边,全身哆嗦,牙齿打战,身上一股一股的冷汗濡湿了睡衣。

"谁说猫有九条命?我一菜刀就把它剁死了。"母亲说。

母亲说,那天晚上的月亮,倾国倾城,是张爱玲笔下的月。

朱棉怎么也不能明白,朱棉许多年之后都不明白,像愤怒的小鸟似的母亲,为什么说出了那么文艺的话。

玉　碎

一

镯子是在一瞬间掉落到地上的。

一瞬间，来不及让郑洁有丁点的反应。明明，那镯子被她的右手从左手腕上捋下来，明明，她捋得那么当心，但偏偏，它没落到柜台上铺开的垫布上，而是兀地飞出去，就像突然长出了翅膀一样，以一只鸟的姿势在空中划出了一道绿色的弧线，然后，"哐当"一声，落在白色的瓷砖地上。

等到营业员扑过去，从地上捡拾起那已然碎裂的玉镯，等到其他柜台的营业员都扑过来，开始七嘴八舌地打探热闹，等到四个虎背熊腰的保安突然像从地底下冒出来似地团团围住了她，郑洁才明白发生了什么。

其实，她还是不明白，她怔怔地看着营业员把摔断的镯子小心地捡起来放到桌子上，她茫然地听着这么多人吵吵嚷嚷的声音，她无法相信自己的眼睛和耳朵。她就真的这么着，把前一分钟还那么美好得不敢去触碰的一个物件给摔碎到地上了？这翡翠的绿中露出白色的晶粉的四截残片，真的是刚才在她的手腕上的那一只？真的是她背着王志强和儿子偷偷来看过十几次的那一只？真的是梦里头缠绕不去的那一只？

营业员说："你必须得赔偿，毫无疑问你得赔偿！顾客试戴时我们怕磕坏，一般都要在柜台上铺软布垫，今天我也这么做了，我已经尽了我的责任。是你自己用力过猛，使镯子掉地上的。"营业员又说:"我已经请示了商场经理,商场经理和厂家经理协商,同意让你六折赔偿。这是最低的折扣。"营业员又接着说:"你是付现金还是刷卡?"

这时候,郑洁才说出了第一句话:"是我的错,是我不小心,对不起。真的对不起。"

"现在不是说对不起的时候,现在我们要解决问题,你必须得赔偿,商场可以让你按六折赔偿。"

"六折是多少?"郑洁机械地跟着营业员的话头问。

营业员把计算器推到郑洁面前,哐哐哐地敲出了一长串数字:78320。她说:"是78320元。其实这也是考虑到对你也是个意外,才给这个价。我们平时从没低于七五折卖过。"

"78320元,78320元……"郑洁喃喃地重复着。她觉得这数字离她这么远,她一时还无法反应过来这数字的真正意思。她的心里,还在回忆着刚才那一幕。那只是一瞬间,像鸟突然扑棱棱扇出了翅膀,以她根本无法控制的绝望的脱逃,在飞翔中完成了致命的毁灭。那其实只是不算很尖利的一声脆响,儿子打碎一块钱一只的瓷碗,都有比这更大的动静。

为什么,这样的毁灭,这样的碎裂声,在她的生命中,要发生第二次?

"请问你是付现金还是刷卡?"营业员又问。她目不转睛地盯着郑洁,妆容精致的脸上,那挤出来的笑看上去是几分假的礼貌,真的狰狞。

直到这时,郑洁才真正看清了她所面临的处境。她慌乱的目光求救似地望着围在她身边的人,她不能自已地带着哭腔说:"我没有钱,我先回家,让我回家想办法,好吗?"

"回家?你开什么玩笑!"四个保安中最胖最黑的一个厉声

喊出。他跨前一步,黑塔似地堵住了郑洁。

二

王志强从前天起,眼皮就不停地跳。那天上午买鱼的人多,手头忙没顾上想什么,下午闲下来,他就像盆里那几条没人要的鱼一样,恹恹地靠在墙上,用手指压着那跳个不停的眼皮,后来他忍不住问郑洁:"老听老人们说什么左眼跳是财还是右眼跳是财来着,我怎么就没记住呢?你说说看老婆!"

"别做你的大头梦了,你没看见城管来得一天比一天紧了吗?这摊儿摆成摆不成都说不定呢,还什么财!只要不是祸,就行!"郑洁头也不抬,麻利地打点着开始收摊。天都快黑透了,不会再来人买鱼了。在这个街道已经有四年了,她基本摸准了几个小区里的人来买鱼的大概时间。但今年有点不一样。今年猪肉价格飞涨,吃鱼的人就猛地多了起来。一般都是老太太老大爷在上午买鱼的多,而今年,到了下午六七点,那些刚刚下班的年轻夫妻,那些看上去本没有买的意思的小年轻单身汉,也冷不丁会停下脚步,提上一条十几块钱的小鱼回去。

生意好一点,郑洁收摊晚,王志强就也来帮忙,把郑洁在晌午时换回去吃个午饭。郑洁常说自己随便买点吃就行了,为个午饭打搅他睡觉划不来。可王志强不听,王志强是个疼老婆的男人。他每天凌晨四点多就起床,蹬着三轮车去肉菜批发市场进货,来去总得花三个多小时,到早市上摆了摊、开了市之后,他才打电话叫郑洁接班,自己回家吃点东西睡个回笼觉。中午一两点的时候,他做好饭给郑洁送去。晚上六七点,郑洁和王文哲一个收工一个放学,王志强的饭菜也就摆到桌上了。

王志强以前干过各种活，推销液化气炉盘、洗车、卖烧烤，干得最久的是跑出租车。现在，王志强已经有一年多没有活干了，去年腰椎间盘突出症突然病倒了后，就再没找新的活。郑洁说："你还没大好，你那病不能累着，以前那些活是不能再干了，今年我卖鱼生意好，你就先给我帮着看看再说。"

以前的以前，王志强是一个大厂的工人，他干的是技术活儿。他有过很荣耀的经历，以先进工作者、劳动模范、技术革新能手的身份在领奖台上发过言。他那些大红的奖状年深日久，已褪了颜色，但还是被郑洁保留着，小心地卷起来，收藏在那个放着他俩的结婚证、她的高中毕业证、他的技校毕业证、夜大大专毕业证等东西的小木箱里。那些东西看似重要，其实是没一点用的，但郑洁总是舍不得扔掉。郑洁舍不得那些记忆，舍不得忘掉王志强过去的样子。那时候那么忙那么累，但王志强衬衫的领子永远是洁白的。车间午休的时候，所有的人都聚在一起打扑克，输了的人头上顶着缸子，鼻子上贴着旧报纸条儿，大家都那么热闹高兴地混着一天又一天，只有王志强躲在一角，靠在机器遮掩的僻静处静静地读书。郑洁的王志强，是和别人不一样的。

但到头来，大家都是一样的。郑洁想不通的就是这个。她可以下岗，那些吊儿郎当打扑克混日子说粗话，成天恨不得从平淡的日子里硬要拽出点荤腥的无聊人可以下岗，王志强怎么能下岗？但偏偏是大家都被一锅端了，曾经那么红火显赫人人都想挤进来的大厂子就那么完蛋了。厂子都完蛋了，谁还能不跟着完蛋？王志强再能也只是个技术工人，他不是厂长，不是厂长身边的那些行政人员，厂子完蛋了，但他们的口袋是不会瘪下去的，他们只不过换个地方挪个位置继续去享清闲。

那一年,郑洁三十三岁,王志强三十六岁,他们以每个月一百六十元生活费的价格被生活工作了十几年的厂子买断,被一脚踢到了厂子外面另一个他们不熟悉的世界里。这个世界看似那么大,但属于他们的立足之地却狭窄得无法转动一下身子。加入到再就业的浩荡大军中不到两个月,王志强头上就出现了白发。他从头再来的雄心在处处碰壁的焦虑中,在高不成低不就的尴尬中,在时时被人横挑鼻子竖挑眼的愤懑中,很快地成了肥皂泡。

郑洁看着王志强一天天地蔫下去,她心里急得满嘴起泡,但再急也没用,两个人一下子空出四只手,空落落地找不着可干的活儿。他们是忙惯了的人,猛地面对这样的清闲就像是走在钢丝上,脚底下发飘心里发怵,日子悬悬的,抓不住一点点实在的东西。郑洁常常在平常上下班的时间,不由自主地走出家门,在马路上愣愣地看着脚步匆匆的人们,心里一阵阵酸楚,为什么人家都好好的,都紧赶慢赶地有一个可去的地方,而自己却像一股流浪的风,没有目标没有方向,吹到哪儿都没人理,吹到哪儿都是径自荒着。

但郑洁不能让自己就这么荒着。王文哲刚上小学,他不光要吃饭,还要背和别的孩子一样的卡通书包,用一样的自动铅和色卡纸,他每天都要一点点零花钱。郑洁不忍心让孩子知道自己和别的孩子不一样,不忍心让孩子知道自己家和过去不一样了,但明明,过去是被硬生生地从他们的生活中给拽出去了。王志强骂孩子:"你以为爸爸还能每月拿固定工资回来,还能拿一份技术员津贴,供你吃喝玩乐吗?告诉你,王志强完蛋了!王志强完蛋了,你小子还不跟着完蛋?"郑洁最听不得王志强对孩子这样说话,每每这时,她就黑着脸把儿子从王志强身边拉

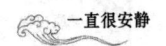

开，对儿子说:"小哲，你听着，没有谁完蛋！就是谁完蛋，小哲也不完蛋！只有不好好学习，才会完蛋，知道吗？妈妈只要你好好学习，拿回好成绩来！"这时，儿子就会扑闪着亮晶晶的眼睛，对他说:"妈妈，我每天都在好好学习呢！"

儿子脆生生的声音是郑洁的劲头。郑洁想，就单单是为了儿子，也不能像王志强一样长吁短叹，成天萎靡不振。男人真是不中用啊，平日里看他是家里的顶梁柱，动不动就说天塌下来有大个子撑着，结果这天还没塌下，大个子自己就先趴下了。不过，郑洁也不怪王志强，她想王志强以前可是厂里的一面红旗啊，现在他一时半会咽不下下岗这口气，一时半会适应不过来到处找不着活儿的难心，也是正常的。就让他像一只受伤的动物，自己窝到角落里舔一阵伤吧。

下岗一年多时间里，郑洁试过好几样行当，饭馆里帮工，医药超市里卖药，家政公司等等，每一样都干不长久。郑洁知道自己比不得以前，比不得身边这些二十岁左右的小姑娘，她应该腿脚麻利手不闲着，但她不知道自己为什么腿脚比谁都麻利，手一刻也没闲着，却还要受气。郑洁在一年里，受够了那些老板、主管和雇主的气。最后一次辞了工回家时，郑洁站在院子里，看着自家窗户上灯光映出的丈夫和儿子的身影，她第一次放任自己涕泪滂沱。她哭尽了对那个把她扔在半路上的厂子的留恋和咒骂，哭尽了这么多天来的冤屈，也哭尽了对王志强的不满意。她越哭越伤心，泪水湿透了衣服前襟。等她终于哭不动了，从地上坐起来时，她觉得通体舒泰，就像卸下了一件大包袱。推开家门，她一把抱住儿子，郑重地宣布:"小哲，从明天起，妈妈不管干什么都自己干，自己当老板。"儿子天真地欢呼起来，王志强盯着她红肿的眼睛，低着头不说话。

郑洁就这样成了一个杀鸡剖鱼的女人。她高高地挽着头发，手上戴着塑胶手套，脚下是一双高筒雨靴，身前系着黑色人造革围裙。她从长方形的大水槽里吱溜一下网住一条鱼，鱼拎在她手里还滑溜溜地活蹦乱跳，然后她举起一根短木棒，"咣"的一声敲在鱼脑袋上，鱼立马晕死，然后过秤，然后用刀刮鳞、剖肚，然后用水冲洗得干干净净，装进塑料袋，这才微笑着递给顾客说："拿好了，这是你的鱼。"这一系列动作在郑洁的手里一顺溜地完成，干净、利落，没一丝拖泥带水。在买鱼人的眼里，这个女人大概从小就是卖鱼的吧？还有许多人要的是活鱼，这就更省心了，郑洁总是笑盈盈地说："大爷，您拎紧点，别给它跳出来了。""大妈，活鱼提回去是新鲜，可剖鱼麻烦着呢，您真不要我杀吗？"

郑洁慢慢在这个巷子里站稳了脚。她为人实诚，秤给得足，人就都喜欢到她摊子上来。几乎没经过最初艰难的起步阶段，郑洁的生意就不好不坏地步入了常轨。

王志强没想到，郑洁就这么着还真的创出了点门路。老婆干得这么累，起早贪黑的，他再不能窝在家里了，就出来帮忙。郑洁高兴，于是又加大了进货量，除了卖鱼也卖鸡卖鸭。她说："我俩本来就应该经营一个事才对，有劲往一处使嘛，现在可就安心了。"

可王志强不安心。王志强是一个要强的男人，他想：一个大男人守在几条鱼几只鸡旁边算什么，这生意再好，也是郑洁闯出来的，自己蹭在她旁边算怎么回事？更重要的是王志强想到哪一天若是这小生意做不成了，家里得有个退路，俩人都绑到这上头，往哪儿退去？

于是，王志强不管郑洁的伤心，开始找自己要做的事。其

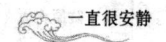

实,郑洁也没怎么伤心,她是了解王志强的,知道他怎么想。王志强不再像前段时间那样窝在家里生闷气了,他又开始头脸干净地出来见人找事了,这让郑洁心里高兴得不行。郑洁想:到底是王志强啊,他怎么会一蹶不振呢,他不会的。

王志强,是郑洁任何时候都愿意相信的那个人。

三

郑洁就是因为相信王志强才嫁给他的。当年的郑洁,是名副其实的厂花,追她的小伙子排成了队,但她心硬如铁,对谁都不看一眼,直到出现了从技校毕业分配进厂的王志强。王志强一来,郑洁便换了个人似的。她喜欢王志强读书上进,喜欢王志强干干净净,喜欢王志强打一手好篮球。更重要的是,只要和王志强在一起,她就安静、踏实,她就相信生活其实也是好的,而且一天比一天会更好。这是和任何人在一起都没有过的感觉。自从四年前家里出了大事,两年前高考以几分之差落榜然后放弃复读进了厂子,郑洁就一天比一天灰心,一天比一天冷漠,直到王志强出现。王志强出现了,郑洁才知道,自己的心里还能腾出这么大块好地方容纳一个人,一个男人。

他俩第一次单独约会的那一天,是个秋日的傍晚。公园里,有些树红得很好看,有些树已开始一片一片地落叶了。湖水是比往日的颜色更要明净通透的碧蓝。他们一左一右默默地走着路。关于厂子里的那些事,关于小姐妹们的七长八短,还有前几天他们一大帮年轻人一起去看的那几部电影的好坏,郑洁都说给王志强听了。现在,她不知道还该说什么,她发现原来什么也不说,就这么走着,也挺好。王志强从挎包里拿出一张报纸，铺在湖边的草地上，说："咱们坐坐吧。"于是，他们停下脚步。脚下的草有些泛黄，披着北方秋天特有的干燥，其实也很干净。但王志强坚持让郑洁坐在报纸上，自己坐在离她一尺远的草地上。

郑洁在这个城市里生活了二十年，这个公园这面湖，她是再熟悉不过的了。从小学开始，每年学校组织春游秋游，老师带他们来的就是这个公园，他们嬉戏玩闹，分吃各自书包里的煮鸡蛋和饼干，划着小船唱"让我们荡起双桨"。每年学雷锋活动，他们来的也是这个公园，捡垃圾，给小树浇水，给那些塑像拂去灰尘，跑去向随地吐痰的游人敬礼，然后背诵老师教好的那些话语。那时候的日子是多么好啊，那样的情景快乐得就像过年一样。郑洁默默地坐在王志强身边，目光却一点点看回过去，那么多的好日子怎么说没就没了，那么多的儿时梦想怎么说放下就放下了？今天走在这个人身边的自己，到底是好还是不好？郑洁这样想着，突然就很心酸，很想哭，眼泪开始一滴一滴地流下来。

郑洁知道王志强看见了她流泪，但奇怪的是，王志强一句话也不说不问，只是静静地望着湖水。湖水在夕阳下，在他们的目光中，荡漾着一圈一圈的涟漪。是那么让人心安的一种寂静。

后来，王志强的目光从湖面上收回来，落在郑洁的手上，他几乎是认真地端详着郑洁交握在一起的两只手。

"你的手，很好看。"他说。

郑洁松开抱着双膝的手，嗔怪道："手有什么好看的！"

"你的手，真的很好看。"王志强认真地强调。

郑洁觉得脸一阵热，她低下头看自己的手，一双白皙圆润的小手，修长的手指，盈盈一握的手腕，轻细的血管在薄薄的皮肤下隐约可见，仿佛吹弹即破。郑洁当然知道自己的手是漂亮的，可漂亮有什么用？还不是从早到晚要和车间里那些铁疙瘩打交道？还不是一年四季都要藏在油腻腻黑乎乎的白线手套里？还不是不出三年五年，就变得和男人的手一样粗一样硬一样难看了？

王志强继续盯着她的手，他突然说："三十岁的时候，我要给你买蓝宝石戒指。你的手天生是戴蓝宝石戒指的。"停了停，他又说："你的手腕上，还该有个翠玉的镯子。"

一种尖锐的刺痛袭过郑洁的心。一时间她有一种恍恍惚惚的感觉。风徐徐吹来，把她耳后的发翻卷到脸上，遮住了她的视线，她这才回过神来。王志强为什么会说这样的话，这是什么话？这算求婚吗？可这才是他俩的第一次单独约会。郑洁很想反驳他，说他胡说八道。可她心里热热的，身上软软的，她在王志强的话里感到一种力量，那样一种笃定自信的强有力的力量就那么俘获了她。她久久地体味着心中的疼痛、喜悦和感动，好久好久，才抬头问："为什么是三十岁？为什么是蓝宝石？"

王志强羞涩地笑了，他说："我算过了，不到三十岁我大概没有钱置办这个礼物。我们结婚后几年，一直到我们的孩子上学前，我们可能都不会过上宽裕的日子。三十岁，我估算过了，在三十岁，怎么着也该奋斗得有点名堂了。那时候，就首先要给你买蓝宝石戒指，你看，这天是蓝的，今天这湖也是蓝的，我想象中的大海的蓝色也是这样的，你就要戴这样颜色的蓝宝石戒指。"

"你一定要戴一枚像蓝天、湖水和大海一样蓝的蓝宝石戒指。"这是郑洁铭刻在心里整整二十年的王志强的话。

三十岁其实说来就来了。郑洁三十岁那年,厂子里已开始了各种变动,今天分流啊,明天改制啊,搞得人心惶惶,山雨欲来风满楼的架势。但郑洁身边的一帮工友们从来都不操这个心,他们说:"这么大一个国家的厂子,败还能败到哪儿去,虽说不是工人老大哥吃香的时代了,难不成我们还会失业?"大家发完牢骚还是该吃吃该喝喝,玩扑克说段子一切照旧。郑洁看着他们,就觉得天还是那个天,心里就稳当。但回到家里,王志强不是这个说法。王志强一天比一天郁闷,人一天比一天变得黑瘦,他下班回来,不再像过去那样哼着歌干家务了,他坐在那把自己做的躺椅上,呆呆地看着天花板,一声又一声地叹气。郑洁看着王志强这样,心里就慌慌的,就觉得日子一下子没了着落,这步子一脚一脚地不知要迈到哪儿去。

乱子先是从孩子身上开始的。小哲上了一年的幼儿园,从厂子交到了地方,被兼并到了街道幼儿园,开始收费,一学期要交一千几的学费。为这多出来的一千多元,工人们在厂里闹,后来到市里闹,争来吵去,结果还是乖乖地交出去那百般委屈的入托费。不交能行吗,孩子总不能不上幼儿园吧?不上幼儿园咋上小学?到处都说:不能让孩子输在起跑线上。现在大家尤其明白了这句话。千说万说,眼下的这些遭遇都是因为自己当初没考上个大学,没成为国家干部,如果是干部,还能像工人这么背时吗?

郑洁三十岁生日的那天,她是躺到床上才知道自己的生日的。她累了一天,烦了一天,安顿儿子睡了后,她草草洗漱了一下,刚躺下就觉得眼皮子沉得不行。在快要睡着了时,她感觉到了王志强的抚摸。王志强的手指在她头发上一丝一缕地走过，那么轻柔，充满爱意。那手指就像会说话似的，一点点地消退了郑洁的睡意，一点点地唤醒了郑洁身心深处的一种柔情。她慢慢向王志强靠过去，但王志强的手还是停在她的头上，王志强没有像往日一样一把搂住她。王志强的身体就像一座蕴藏了万千热情但又沉默压抑的岛屿。郑洁伸出手摸他的脸，摸到了湿湿的眼泪。他怎么了？他怎么哭了？郑洁的手在黑暗中诧异地缩回来。这时，她听见王志强开口了，王志强说："对不起，郑洁。"

"对不起，郑洁。今天是你的生日，你三十岁的生日。我说过，三十岁要送你蓝宝石戒指，可我没能做到。今天，你三十岁了，你甚至连自己的生日都给彻底忘掉了。日子过成这个样子，是我对不起你，郑洁。"

"我说过，三十岁要送你蓝宝石戒指。"

四

其实，相比蓝宝石戒指，郑洁的心里更记着王志强初次相约时说过的另一句话："你这手腕上，还该有一只翠玉的镯子。"郑洁喜欢蓝宝石，只是因为王志强的缘故。蓝宝石对她而言只是一个模糊的名词，一份浪漫的承诺和向往。而翠玉的镯子，王志强永远都不会知道，那是属于郑洁自己的一份鲜活的记忆，一份历久弥新的伤痛。

一只美丽的翠玉的手镯，郑洁常常在夜里想起它。甚至有时，在车间机器的轰鸣声中，在浮尘弥漫的午休时间的打牌游戏中，她都会突然想起它。想起它，心里便一寸寸走过细细密密的痛，痛里又渗进细细密密的光。

那是藏在奶奶的红樟木箱子里的一只翡翠的玉镯。它翠玉的光泽,那种无与伦比的绿光,是透过一层一层的旧衣服渗出来的,是压过一股一股的樟脑味跳出来的,是推翻了一天一天的凡俗从日子的褶皱深处熠熠生辉起来的。

知道奶奶有这样一只镯子是在郑洁刚升初中的时候,那年大她八岁的小姑已经回城进了厂子。

小姑是郑洁最喜欢的人。小姑是陪郑洁玩大了的人。小姑既是小姑,也是伙伴、姐姐、保姆,甚至是妈妈、老师。她从四岁半就跟着小姑睡。她弄脏了衣服,小姑马上去洗,小姑最见不得她脏。她淘气了,小姑从来不看哥嫂的脸色,伸手就打她。她会唱会念的那么多儿歌全是小姑一字一句教会的。郑洁从小就是胡同里最漂亮的女孩,因为她有小姑打扮她,她的发辫上永远有那么多五颜六色的花头绳,她的脸蛋上散发着"孩儿面"的香气,这些,都是小姑用自己的零花钱给她买的。

郑洁是小姑的跟屁虫,她一时半会儿都离不开小姑。她常常快乐地听从着小姑的摆布,傻呵呵地盯着小姑花一般好看的脸,突然就会一阵心悸,一种毫无来由的难受会突然抓住她小小的心:要是小姑不在了,她怎么办?这么好的小姑,有一天如果看不见她听不到她摸不着她,那一切会是什么样子?

奶奶常说,小孩子最灵醒,小孩子的话不能不信呢。

郑洁长大后常常恨自己小时候的灵醒。要是自己不那么想,或许后来,小姑就不会走那条路了。

小姑后来当了末代知青。小姑去农村的那三年,郑洁的日子过得有盐没醋的。虽然慢慢有了自己的女伴儿,但谁都不及小姑的好。谁能像小姑那样待她呢?三年级,她常常想小姑想得偷着哭;四年级,她开始给小姑写信,一星期写一封;五年级,小姑说马上就可以回城了。她开始天天等,等了整整一年,小姑才回来。

回来的还是那个把郑洁当宝贝疙瘩的小姑,她买来各色毛线开始给郑洁织漂亮的毛衣,天天早上给她扎各种发辫。但郑洁又好像觉得小姑不是以前的那个小姑了。小姑黑了瘦了,小姑以前整天笑盈盈的眼睛现在时时地藏着忧郁,小姑以前整天叽叽个没完的巧嘴现在常常静静地抿着,又突然悄悄绽开一个甜蜜的笑。郑洁缠着她时,明显地感觉到她的心不在焉。

小姑的心事是不会瞒着郑洁的。终于有一天,小姑告诉她,她有男朋友了。他们是一个生产大队里的知青,现在他考上大学了,是上海的一所著名大学。

小姑有男朋友了,小姑的男朋友是大学生,他在遥远的上海。这一切在十二岁的郑洁的心目中是多么神奇。她害羞地听着小姑讲关于那个小伙子的许多事,她搂着小姑的脖子,在被窝里打着手电筒和小姑一起看那个大学生写来的信。信很多,小姑按邮戳的日期码好顺序,用橡皮筋扎成一束,有的拿出来给郑洁看,有的坚决不让看。看郑洁噘着嘴生气,她就咯咯笑着宝贝长宝贝短地哄她:"你还小呢,你懂那么多干吗?"又说:"你太霸道了吧,你就不允许小姑有一点点秘密?我给你一天买两根娃娃脸总行了吧?"

郑洁喜欢吃娃娃脸雪糕,小姑每天都会买给她吃。小姑也是喜欢吃的,但她从不给自己买。郑洁现在也不是小孩了,她懂事了,她不让小姑给她随便花钱,只要看见小姑给她买东西,她就坚决地拉走她。她有一个秘密没告诉小姑,那就是她的存钱罐里已攒了有六元多的钱了。她计划攒够十元,就全部送给小姑。

郑洁多么兴奋,全家人中,奶奶、爸爸、妈妈、大姑、二叔,没有一个人知道小姑的事,但她知道,她不光知道,她还要帮助小姑。这么一想,郑洁不光兴奋,还骄傲得不行,她觉得小姑是伟大的,自己也是伟大的。

其实,事情很简单,小姑的大学生男朋友上学需要小姑供,他的一切花费都是从小姑这里出的。小姑每个月都要给他寄钱。为了他,小姑每天下班时间都在找一些零工做。小姑手巧、手快,小姑说只要有心,不愁找不着活挣不到钱。为了小姑,郑洁每天放学后都急着回家,帮妈妈做家务,该小姑做的一些事她抢着去做。她最怕妈妈说小姑的闲话,她最难受的就是妈妈和小姑因为一些鸡毛蒜皮姑嫂怄气。

妈妈和小姑发生口角时,郑洁常常是站在她俩中间,一句话都不说,眼泪就那么流,哭成小泪人一般。看她这样,那俩人往往也就偃旗息鼓,从不拿出最厉害的招式,从不撕破最后的面子。郑洁知道奶奶心疼小姑,所以常指望着奶奶出场弹压,但奶奶人老了,奸猾得很,她看见儿媳和闺女闹别扭,总是说一句女大不中留啊,就缩进自己的厢房,捣鼓那些宝贝去了。

奶奶的宝贝都藏在一个大红樟木箱里。箱子是奶奶的陪嫁,听说本来是大红的,因为年岁久了,现在看去是那种红不红黑不黑的褐色。箱子是好木材,加上奶奶多少年天天的擦拭,摸上去溜光水滑的。奶奶把这箱子看得跟命根子似的,不管住哪间屋,都要安置在她的床头才安心。郑洁和小姑小时候常缠着奶奶打开箱子,其实箱子里也就是些旧衣服,带毛领的、镶绲边的、双排纽扣的,在她们看来都那么稀奇古怪。藏在箱子最底下的是奶奶出嫁那天穿的绣花鞋,特别艳,特别俏,还有什么鸳鸯戏水、红梅报春的鞋垫,一针一线绣得那叫一个精致啊。

小姑和郑洁总是看了又看，比画了又比画。

奶奶每天翻腾箱子，除了晾晒那些永远不会再穿的衣服外，最主要的就是操心她最后要穿的那套衣服。郑洁听小姑说那叫老衣，就是人死后穿的衣服。奶奶其实还不老，她为什么要操心死？人死后穿的衣服是什么样子的？郑洁又害怕又好奇，就忍不住想看。那时候，衣服还没做成衣服，只是一堆绸子，摸上去水一样滑润。奶奶说："都是上好的料子啊，还是你爷爷在世时备下的，现如今可找不着这么好的东西了。"奶奶总是一边说，一边用瘦骨嶙峋的手指无比珍爱地摩挲着那一叠绸子料子。郑洁和小姑看不出那些东西好在哪里，在奶奶昏暗的房间里，那些花的图案是暗沉的，那些鸟的样子是死呆的。那匹白绸子，一日日失去了它最初鲜亮的纯白，在奶奶的手指下变成了陈色的旧绸子。

奶奶六十大寿后，那些布料就做成了那种叫老衣的衣服。但郑洁长大了，不会再好奇地去乱翻乱问了，她已经知道了忌讳这些东西。奶奶的那个大箱子，再也勾不起郑洁和小姑的兴趣了。可谁承想，奶奶的箱子里还藏着那么美丽的宝物！奶奶到底是给她们藏了一手呢。郑洁想，一个活到六七十岁的老奶奶，可真的就像故事里的老神仙一样神奇啊！

那是过年时，小姑的男朋友从上海回来，第一次来她们家。虽然郑洁老早就知道了这个计划，老早就看过那个大学生的照片，但她还是和小姑一样又兴奋又紧张。

大学生来了，他和小姑讲的一模一样，和照片上的一模一样。高高的，瘦瘦的，眉眼很英俊，笑起来很好看，那么善良的样子。郑洁第一眼就喜欢上了他，她扮着鬼脸捏小姑的胳膊，小姑就回捏她的脸蛋。大学生给每个人都带来了礼物，给郑洁的是一本精美的硬皮笔记本和一套很多本的《十万个为什么》，郑洁很高兴，看得出大人们也很高兴。晚饭后，大学生走了，小姑悄悄观察奶奶的脸色，又看哥嫂的脸色，郑洁看她急的样子，就大声说："你们快说呀，我小姑夫怎么样？"

听她这么说，妈妈狠狠地瞪她，小姑作势要打她，奶奶笑着说："倒是个脸面干净的小伙子，看着也懂事。"爸爸说："关键是有前途，人家是大学生呢。"妈妈犹豫了一下，小声说："就是家景不好，拖累大，怕委屈了小妹。"妈妈的话还没说完，郑洁就打断她说："妈，你说啥呢，爸刚不是说过了嘛，人家是大学生！"

那时候，大学生这个词可是一记重槌。妈妈看看大家，不再说什么。小姑的男朋友，就那么得到了全家人的认可。奶奶最后嘀咕说："就是瘦点，太瘦了啊。"妈妈打趣她："看老人家已经开始心疼女婿了。"

"怎么不心疼，心疼女婿，就是心疼我的老女儿啊！"奶奶说。那天晚上，奶奶兴致特别高，回到自己屋后，还絮絮叨叨的。小姑和郑洁就又跟过去听奶奶讲那些讲了不止多少遍的事：当年因为娘家成分不好嫁到郑家后的委屈啊，爷爷过世后她一个人拉扯几个孩子的辛苦啊，布票不够给每个孩子扯布做过年新衣服的难场啊等等。最后说到小姑，小姑是爷爷去世半年后才生的，小姑还在肚子里就天天听着娘的哭声。"你这苦命的娃啊，你还没落地就没了爹，娘四十三了，一场月子坐下来满头头发都白了，娘不知道能不能把你养成人。"奶奶抹着泪说。每次说到这里，奶奶都会抽抽搭搭地落泪。每次听到这里，小姑就会摇着奶奶的胳膊说："妈，您又来了，这不是养成了嘛，这不是养成了一个忒漂亮能干的大姑娘了嘛！妈，您老什么人，没有您做不成的事。您要是想养,再养十个八个也没问题呢!"每次听小姑这么说,奶奶就会破涕为笑,说:"我这老女儿,就是个嘴巧,从小就会哄着老娘开心。"

  郑洁常常看着这样的情景,心里会无端地生出些羡慕。她想,一生下就没了爹,怕也不是什么要命的坏事吧?要不小姑怎么会出落得这么人见人爱呢?郑洁特别好奇奶奶的哭,奶奶总是说哭就哭,人不让她哭她就立马能止住哭,没事人似的。郑洁觉得奶奶就像演员演戏似的,是不是人一上岁数就有这本事了呢?反正自己是哭出来不容易,哭了再想不哭也不容易。

  今天晚上又是那哭了笑了的一幕。但今天晚上,哭完了笑完了,奶奶突然掏出钥匙开了箱子,低头在箱子里摸索了半天,拿出一个红布包着的东西揭开一层又一层,里面是一个漂亮的宝蓝色的丝绒匣子,打开匣子,里面赫然躺着一只翠绿的手镯。奶奶的箱子,郑洁和小姑老早就熟悉得腻味了,今天却亮出来这么一个稀罕物。她俩一起扑上去看,奶奶吓得用双手护着匣子说:"你俩可千万不敢毛手毛脚啊,这可是玉镯子啊。玉比不得金银那些粗笨物件,玉碎了,就没办法复原了。"

  郑洁已上了初中,宁为玉碎不为瓦全的成语她是知道的,但在生活中她从没见过玉,更不明白玉为什么既然比金银还宝贵,却那么容易破碎。她看着奶奶把镯子拿出来,在灯光下轻轻地摩挲,那镯子在转动间便生出一圈水一般流动的绿色光晕,让人心生怜惜的一种柔软的美的光晕。郑洁突然有一种想把那镯子套到自己手腕上的愿望,这愿望强烈得让她感到了一阵焦渴。她在这么小的年纪,只一眼就喜欢上了这么女人的东西,连自己都觉得奇怪。

  奶奶拿着玉镯,开口声音就打颤了:"这镯子原是一对,另一只……"她说不下去了,鼻翼抽动着,泪水流下来。原来这镯子是有故事的,郑洁和小姑对看了一眼,都靠着奶奶坐下来,等着听那一只的下落。但奶奶和许多次的表现一样,突然间就阴云转晴了,她用那条永远都洗得洁白的手帕擦擦眼角,然后满脸皱纹里绽开了特别开怀的笑,她说:"今儿个咱们不提那伤心事,今儿个相老闺女的女婿,妈高兴啊!那些陈谷子烂芝麻的糟心事,就让它烂到肚里去吧。"奶奶伸出手,轻轻地抚过小姑油黑发亮的发辫,抚过小姑白皙紧致的脸蛋,眼里的慈祥和抚爱能滴得出水来。"我的老女儿啊,"奶奶唱歌一般地长叹着说,"你总算长大了,你总算有着落了,我看这小子不错,你就跟了他吧。"

听奶奶这么说,小姑有点得意有点害羞地冲着郑洁挤挤眼。这时,奶奶抓着小姑的左手腕,把那只玉镯轻轻地套上了。转瞬间,那只美丽的玉镯,在郑洁惊诧的目光中,就戴在小姑的手腕上了。小姑的手腕在绿玉的映衬下显得益发的白嫩细巧,而玉镯在小姑的手腕上更是有了生命一般,盈盈生光,晶莹剔透,那绿翻转在白的肤色上,是一种无可比拟的沁人心脾的绿。

郑洁呆呆地盯着小姑的手腕。小姑的手好像不再是她熟悉得不能再熟悉的那只手了,那手突然变得那么高贵那么娴雅又那么温润安静。小姑的手,在那一瞬间以一种无以复加的美刺痛了她的眼,绝望了她的心。

奶奶说:"这手镯因没了那一只也配不成个对儿,我都懒得再理它,理它我就心慌。今儿个我思谋着,它好歹是个值钱货,我老闺女找着可心的人了,我就翻出来备着,让你做新娘子那天鲜鲜亮亮地戴上。虽说是一只,这年头怕也是再找不着这样的货色了。"奶奶一边说着一边小心翼翼地把那手镯从小姑手腕上捋下来，又放回那个小匣子里。小姑撅着嘴说："妈，你就让我戴一个晚上嘛，我又不弄丢它！"奶奶笑了："它就是你的了，你急什么，想赶紧当新娘子啊？一个姑娘家，也不知道害羞。"

那天夜里，郑洁和小姑回到她俩的房间后，小姑很兴奋，想跟她说话。她木木的，不愿意接话头。小姑说："你怎么了，是不是不舒服？"不见她应，又伸手来摸她的脸，她抬起胳膊挡开了。小姑很纳闷，愣愣地看着她的脸，然后一声不响地上床，拉灭了电灯。

郑洁躺在黑暗中，她听到左边屋子里奶奶用木槌子嘭嘭敲腿的声音，听到右边屋子里爸爸惊天动地的呼噜声。她睡不着，她知道小姑也没睡着。但一辈子第一次，她不想和小姑说话。黑暗隔开了她和小姑。沉默比黑暗更黑、更沉，压迫着郑洁。郑洁想从脑子中抹去那玉镯，抹去那玉镯在小姑手腕上的美，但越是想要这样，那影像便分外地凸现，那美便美得更加尖锐。终于，两行泪悄悄地滚落下来，流过脸颊，流进耳窝。在微凉的刺激中，郑洁知道了自己为什么伤心。如果没有小姑，奶奶总会把那只镯子给我的。她哀哀地想。

如果没有小姑，那只镯子就是我的。她恨恨地想。

郑洁当然不会想到，那天夜里的一个念头，是她长长一辈子都走不出的一个噩梦。

三年时间就那么过去了。在郑洁升上高中的那个夏天，小姑感人的爱情故事突然有了一个最不堪的收尾。小姑的未婚夫，那个痴情浪漫的小伙子，小姑拼命挣钱省吃俭用供出来的大学生，在毕业分配时不愿回小姑苦苦等待的城市，而是选择留在了上海。他的信中，对小姑的致歉一次比一次恳切，但谁都可以看出，他要和小姑分手的意思一天比一天更明确。小姑知道他在等她的答复，知道她答复不答复对他其实已不重要，小姑于是给他回了信，说："就这样吧。我很好，你没有什么对我抱歉的。祝你幸福。"

发走信，小姑就病倒了。三天三夜，小姑全身发冷发热，眼睛直直地干干地盯着急得团团转的奶奶。三天三夜，小姑不吃不喝不睡，就那么躺着。第四天，小姑清早起来，和平常一样梳洗得干干净净，吃了稀饭油条，推着自行车出了院门。她想走得精神些，她想和平时一样潇洒地飞身上车，但她的身子软软的，脚步飘飘的，她试了三次，滑行了一大截才骑上去了。看着小姑慢慢骑远了，跟在后面的郑洁蹲在院门口放声大哭。她哭得上气不接下气，哭得几乎噎过去，爸妈怎么拉怎么劝都止不住她的哭，最后爸爸带着哭腔说："小洁啊，知道你和小姑好，可是谁心疼她也不及你奶奶心疼她，你这个样子想气死奶奶吗？奶奶要是有个三长两短，你小姑就更没得活了。"

小姑没能戴着那只美丽的玉镯成为幸福的新娘。小姑，这么好的小姑，竟然被人抛弃了。那玉镯，本来以为它是所有美好的象征，是要见证小姑的幸福的，却成了不幸的兆头。郑洁想着它，咒骂着那个祸害小姑的男人。郑洁还不知道什么是爱情，但她知道了不相信爱情。她的生活中，还不曾走进任何一个男人，但她学会了仇恨男人。

半年后，小姑答应相亲，答应谈对象。但条件是哥嫂永远不能向那个大学生要回她给过的那些钱。郑洁知道，之前为了阻止他们要钱，小姑几次和大家翻脸，但家人亲戚们都咽不下这口气。如花似玉的姑娘从农村下乡到回城工作，死心塌地地等了他整整六年。六年容易吗？一个男人上大学，花的每一分钱都是姑娘的血汗钱，书念成了，他一拍屁股走人，说不要人家姑娘了，这样的人还叫人吗？连牲口都不如！这样的陈世美，还跟他讲什么过去的情分，别说要回咱的那点钱，让他几十倍地赔偿也是应该的！大家义愤填膺，二叔更是眼里喷火地说："要什么钱，我要他的命，我不去上海废了他，我不姓郑！"

不管别人怎么说，小姑都不松口。小姑说："谁要是再提要钱的事，谁要是敢动他一根毫毛，我就死给他看。我要是说话不算话，我不姓郑！"

没有人不知道小姑的脾性。大家气得不行，但只能作罢。奶奶一遍遍劝二叔："忍了吧，忍了吧！自古痴情女子负心汉，咱家这事也不是头一遭。姑娘心性好强，嘴上不说心里苦着呢，你们再添乱，不定怎样呢，大家伙都忍了吧。钱是人身上的垢痂，就全当没这事。"

小姑答应第二天去相亲的那天夜里，郑洁躺到被窝里才悄悄把自己给小姑买的一只发卡递过去，小姑接着，不说话。"漂亮吗？"郑洁问。"漂亮。"小姑答。"那你喜欢吗？"郑洁尽量兴奋着语调问。"喜欢。"小姑平平地回答。她不知再说什么，只好拉灭灯，在黑暗中感觉着死一般的寂静。

终于，郑洁忍不住了。她说："小姑，你要是实在不愿意，你明天就别去。"半晌，小姑回答："明天不去，后天还得去。迟早都是个去。"郑洁又问："明天那个人的情况，你知道吗？"小姑说："你爸知道，他知道就行了。"小姑的声音空空的，透过这声音，郑洁看见了小姑空空的眼神。自从和大学生分手，小姑就常常是这样的眼神。郑洁一阵心痛，就哽咽起来，她想说小姑你不愿去就哪儿都不要去，你就在这个家里，我永远陪着你。可她说不出口，她不是当年吃娃娃脸雪糕的郑洁了，她知道小姑的话是对的。迟早都是个去。就连自己，也迟早是个去。谁又能在这个家里陪着谁一辈子呢？她越想越伤心，哭声渐渐大起来。小姑伸过胳膊，钻进郑洁的被窝，像小时候一样，把郑洁紧紧地搂到了怀里。小姑的身上头发上，已经没有了那种郑洁爱闻的香味儿，郑洁的鼻涕眼泪蹭湿了小姑的睡衣前襟。终于，小姑忍不住也哭出声来。她俩的哭声在沉沉暗夜里显得分外真切，右边屋里奶奶敲腿的梆梆声戛然中止了，左边屋里爸爸震天的呼噜换成了一声一声的叹气声。

"以后，不管我到哪里，你都要来看我。"

"你一定要考上大学。一定要上大学。"

这是小姑哭着一字一顿说给郑洁的两句话。这是郑洁一边哭着一边点头答应了小姑的两句话。

这是折磨了郑洁整整一辈子的两句话。

第二天，小姑出门时，好多天阴云密布的天气豁然开朗，才七点多钟，窗外就是一院子的好太阳。妈妈又是给小姑张罗早点，又是和奶奶嚷嚷小姑穿哪件衣服合适。郑洁看妈妈对小姑一脸小心翼翼的样子，心里烦厌得不行，不由得越发地同情小姑。多好的小姑啊，过去一直是郑家的骄傲呢，怎么一眨眼就到了愁着嫁不出去的境地？

临出门时，奶奶从她屋里走出来，手里捧着那个郑洁只见过一次的蓝丝绒面的匣子，拿出了那只玉镯。她说："闺女，你戴着它。你精精神神地去见人。妈不是让你打扮好了给人去挑去看，妈是让你自己提起做人的精神头！你遇的这档子事，比起妈这辈子受过的那些苦，算不得什么。妈送你一句话，你只要自己不把自己扔掉，不把自己心里的好东西扔掉，你就还是一块宝。别人的那点势利眼，你还懒得去理它呢。"

小姑呆呆的，奶奶的那些话好像并没有往她心里去。镯子套到了她的手腕上，她也没有多看一眼，只是由着奶奶摆布。郑洁上次见这镯子是在夜里，那天夜里，灯光下的玉镯是温润的、安静的，而小姑是活泛的、快乐得要飞起来似的。现在，阳光下的玉镯是闪亮的、炫目的，而小姑是僵冷的，那镯子在她的手腕上便也失去了让郑洁心疼不已的颜色。郑洁想着那个夜晚，想着那个夜晚自己曾有过的那些念头，愧悔得真想杀了自己。

　　谁也没想到，天大的灾难还在后头。

　　那天黄昏七点多的时候，家里开始吃晚饭。妈妈很高兴地对奶奶说："小妹还不回家，八成是和那个小伙子对上眼了，俩人一起吃饭，说不定还去看电影了呢，我看这事准行！"奶奶却有点忧心忡忡的，她说："这老闺女脾气倔，一根筋，她还没从那事里醒过来呢，事情不会那么简单。"于是妈妈又开始骂那个大学生，害人姑娘骗人钱财，忘恩负义丧尽天良。奶奶脸上很烦厌的表情，她放下碗筷说："算了，媳妇儿，别骂了，骂有啥用呢？"过了一会儿，她又自言自语："这闺女该回来了呀！可别有什么麻烦才好。我这眼皮咋老跳呢？"

　　郑洁也觉着小姑该回来了。小姑不会第一次见面就和人家从早待到晚，就算对上眼了，也不会。小姑不是那样的人，尤其现在。郑洁草草吃完饭，也没帮妈妈收拾，就到胡同口去等小姑。没想到她刚站到电线杆下，就看见小姑走过来。她跑过去高兴地喊："小姑，我在等你呢！"小姑看见郑洁像小时候那样站在路口痴痴地等她，眼睛亮了一下，她伸手摸了摸郑洁的脸，说："你最近瘦了，你为了我受苦了，洁儿。"

　　郑洁觉得小姑的表情有点怪，于是她不敢问相亲的情况，就说:"奶奶等着呢,咱们赶紧回家。"但小姑不动,小姑说:"你先回吧,几个小姐妹约我有事,我还得出去一趟。"说完,她从口袋里掏出一张叠起来的硬纸,说:"这个你拿回去交给你爸爸妈妈。"然后她又从手腕下捋下玉镯:"这个交给奶奶。"最后,她伸出手摸了一下郑洁的脸,说:"一定小心拿回去啊。"

小姑转身走了,刚开始一步一步,走得特别累特别犹豫的样子,随后越走越快,不一会儿就走出了郑洁的视线。郑洁呆立在路灯下,不知怎的,她一阵心悸,小姑的背影让她感到一种强烈的不舍,仿若生离死别的感觉。她慢慢回头,一边往家走,一边打开那纸,她这才看清了,这是一张邮政汇款单,这几年,她经常跟着小姑去邮局给那个大学生寄钱,这单子是再熟悉不过了。

郑洁的心一阵刺痛,小姑最不愿意看到的事情到底发生了。这是那个负心人从上海寄给小姑的钱,在"汇款人附言"里,那个熟悉的笔体写着:"前几日接你哥嫂的信。现将你这几年资助我的学费悉数退还,这样我也心安。一共是一千九百五十元。几年来我都有日记记录,应该不会有太大出入。"

郑洁顾不上生气、愤怒,看完那两行字,她拔腿就往家跑。她直觉到要出事,大事。还没跑到家,她就先哭出来了。奶奶站在院子里,看见她这样,慌得连问:"怎么了?怎么了?"郑洁把汇款单摔到迎上来的妈妈脸上,大声喊:"看你们干的好事!"然后又冲到奶奶跟前,把玉镯递过去。

"咣"一声,不大不小一声清脆的响声,玉镯掉到脚下的水泥地上,然后在地上碎成了几段。一瞬间,这一切只发生在一瞬间。所有的人都来不及有任何反应。郑洁甚至没弄清楚镯子是从她的手里掉下去的,还是她已递给了奶奶是奶奶没拿稳摔的。她吓傻了,她呆呆地看着妈妈蹲到地上,把几截碎玉捡起来捧到手上,然后无措地望着奶奶。她看着奶奶的脸一时间变得煞白,嘴唇突突地抖动着,好半天吐不出一个字来。突然,奶奶的身体摇晃起来。郑洁只觉得脑袋里轰地一响:天啊,奶奶要晕过去了!

那一阵儿,奶奶到底没有晕过去,奶奶晕过去是在第二天——第二天,彻夜不归的小姑被人们从河里打捞出来。

小姑葬礼的第三天,妈妈给奶奶端进去一碗粥,发现奶奶躺在床上已咽了气。身上里里外外整整齐齐地穿着她翻看了多少遍的,那最后的华服。

五

郑洁以为自己这一生都是绝缘于幸福的。然而王志强那么好,王志强的好渐渐焐热、融化了郑洁生命中的冰冻。婚后的她,一天天变得快乐起来,因为王志强总能让日子变得快乐,快乐而有意义,有点像郑洁想象中的那种生活。秋天,王志强说:"你知道吗,滨河路上的树叶都变红了,咱们快去看,不然来不及了。"于是,在工休日,他俩蹬着自行车,在滨河两岸慢慢地走走看看。渴了,王志强就会把水壶递到郑洁嘴边,饿了,两人在河畔草地上铺开报纸塑料布,就着榨菜吃烤大饼,吃赶早在家里做的韭菜合子。平日吃惯了的东西拿到外面就有一种特别的味道,让郑洁想起小时候在公园的野餐。冬天下雪的早晨,王志强总是鼓动郑洁去爬山,他兴冲冲的样子使她不忍心扫兴,于是两人换上球鞋去爬白雪覆盖的南山。在山顶上,王志强对着远方"啊——啊"地喊,群山回鸣"啊——"听着这浩荡的声音,看着脚下的城市,郑洁便觉得浑身热乎乎的,充满了劲头。春天是万物生长的季节,城市里到处都是花开,通往车间的厂区大道上弥漫着黄玫瑰和紫丁香的芬芳。王志强有一部老式的傻瓜相机,他急着要给郑洁拍照,总是一得空就骑自行车捎着她往有好风景的地方跑。他那么认真,好像拍下郑洁在花间树丛的各种笑容和姿势,是多么不容耽搁的重要事情。

王志强就是这样一个又爱学习肯钻研又爱玩还会找乐子的人。郑洁跟了他,便觉得日子比以前快了许多,春花秋月一晃就没了,而一天一天的日子又都是实实在在的。后来有了儿子,再没办法出去疯了,但高兴却翻了倍儿。王志强给孩子换尿布、洗衣服,出来进去嘴里都哼着歌儿。家里的活儿,厂里的活儿,王志强一样儿没落下,而且在三年时间内读完了夜大的大专课程,拿到了文凭。王志强如今也是大学生了。

王志强不是大男子主义,他经常说,咱们要共同进步呢。孩子刚断奶那会儿,他就鼓动郑洁也上夜大,他怎么也弄不懂为什么郑洁坚决不上,其实她挺爱读书学习的,她的文科比他强,她高中的底子应该很不错,车间里黑板报上的宣传文章基本都是她写的呢。

郑洁固执地不愿上夜大、电大,还有乱七八糟的什么函授。大学,在她心目中不是这个样子的。这样的大学,当然也能学到一样的知识,也许也会有一样的功用,但她宁愿不要。她的大学,是一堆梦的残渣,是只能在梦中才能哭出的泪。

关于大学,关于小姑,是郑洁独独不能向王志强诉说的痛。

郑洁从不愿和任何人聊起以前的生活,婚后除非逢年过节她轻易不回娘家。她以为有了眼下这样的安宁和平和，她就能忘掉许多。她甚至以为，她已经忘掉了在娘家那间屋里和小姑共同走过的那些日子。那么多的小秘密藏着的欢乐，那么多的哭哭笑笑的儿时，那么多的梦想勾画的未来。那样的未来里，小姑是大学生美丽的妻，而郑洁，是在美丽的大学校园里穿着白裙走进高高的教学楼的漂亮女生。

可一切都破碎了，和那翡翠的玉镯一起破碎了。再也无法弥合了。那样的相依为命，那样的万千宠爱，最后变成了小姑冰冻的遗体，和遗体前被冰冻了的郑洁十六岁的青春。

那么长的黑暗，郑洁不知道是怎么挨过来的。

亏得有了王志强。王志强就像一片踏实的土地，让郑洁虚晃的脚步终于踩到了实处。郑洁想，就这样，挺好，让王志强读夜大，搞革新，当先进。王志强是她的门面和靠山，只要王志强出人头地，她就乐得轻轻松松，不想那么多。王志强爱厂恋家，下班进门最爱把儿子举得高高，当儿子在半空中发出清脆的欢笑声时，郑洁的心也就笑出了声。这一大一小两个男人，只要他们好，她还有什么不好？生活像一条阳光下泛着清波的小溪，快乐地向前流着。那么简单，那么明澈，就连溪底的鹅卵石在涟漪中激起的波纹也是小小的、静静的、清晰可见的。

但郑洁没有想到，后来，这样的日子突然就断了前路。人到中年，却一下子没有路可走了。她更没有想到，当厂子这座大靠山倒了后，家里，王志强这座山竟然也好像要倒下去了。下岗后，王志强仿佛变了个人似的，他整个人闲下来，但从不再翻看书和杂志，他看见过去自己画的那些机械草图就撕得粉碎。他对儿子动不动发脾气。整整一年里，窗外的风景依次变换着，但再也听不见他说一句爬山拍照之类的话。他长吁短叹，目光散淡。衬衣领子上一圈黑,头发上挂着挠出来的头皮屑。王志强,他已经完全忘记了自己曾经是怎样一个人。

郑洁暗自思忖,与其说下岗这事打击了自己,还不如说下岗的王志强的样子实在让人灰心得要死。每天,看着趿拉着拖鞋斜在躺椅上的王志强,郑洁心里就一阵阵难受。这么多年了,她已经习惯了一切让他说话让他拿主意,习惯了听他说"有我呢,小洁"。可现在,她流着泪一遍遍回想起奶奶说过的话,靠山山倒,靠水水流,什么时候都只能靠自己。是的,现在她只能靠自己了,只能自己站起来,走出去。她不能让这个家垮下来,不能让王文哲整天看到的是一个发脾气的爸爸,一个只会抹眼泪的妈妈。

满世界好像都是下岗失业的人,满世界好像都是讨生活的人。像无头苍蝇乱碰乱撞了一年多之后,郑洁给自己找着了一份卖鱼的营生。虽然苦点累点脏点,但她觉得挺好,不用太看人脸色不用太和别人算计,卖一条算一条,反正没有哪一天一条也卖不出去的道理,不至于吃不上一碗饭。耳根清净心里踏实比什么都重要。郑洁庆幸自己做了这活儿,庆幸自己做稳了。她是那么快乐地挣着这一点点来之不易的小钱。

但花钱的地方,却像看不见的黑窟窿一样堵也堵不住。小哲的幼儿园从中班就开始收费,一个孩子一年的花费超过了全家人的吃喝开支。该上小学时,这一带所有的父母都不想把自己的孩子送进辖区的三流小学,有办法没办法有门路没门路的都削尖了脑袋往好学校里挤。郑洁不忍心让小哲从一开始就比别人差,她愁得整宿睡不着觉,他们手头没钱,就算有钱烧香也找不着庙门。但郑洁不甘心,她说砸锅卖铁也要跑成这事。她收了鱼摊丢下生意,成天不着家地四处跑,四处打探消息,最后果然寻着了一点线索,一个初中同学的姐夫在区里一所好小学当教导主任。

花了好些钱,交了高额跨片费,王文哲终于上上了那所小学。开学报到那天,郑洁起大早,给儿子做了早点,收拾得整整齐齐,骑着自行车把儿子送到学校,校门口热闹得像展销会似的。刚入学的新生还没有校服,个个穿得花红柳绿,一看就知道都是家境好的孩子,更别提那些坐着公车私车来上学的孩子们。看到自己的孩子人模人样地走进校门,和那些孩子一样背着新书包挺着小胸膛东张西望,郑洁欢喜得流下了眼泪。只要小哲好,她吃再多的苦受多少委屈都是甘心的。那一整天,她觉得就连水槽里的鱼儿都游得分外欢。

就这样,一天天地为这几个数得着的钱忙乎着,顾不上吃顾不上睡。但小钱攒下去,终有一天会变成大钱的。虽然物价不断上涨,钱越来越不值钱,但郑洁还是这样想着。更关键的是,她的劲头终于感染了王志强,终于带动了王志强。两年过去了,王志强整整瘦了一圈,眼窝深陷,白发越来越多,眉目间清楚地有了年纪。但他终于从下岗失业的坏心情中走出来了。他又开始一点一点地变回过去的王志强,那个郑洁从一开始就在心里认了、跟了的男人。

十多年来在一个工厂一个车间上班的郑洁和王志强,现在有了各自的活,每天早上分头奔向自己的地方。现在他们更加知道,有一个可去的地方,手头有一份可忙的活儿,是多么好的事。一天天的日子就这样过了,王文哲已读六年级了,眼看着就要升初中。政策说是义务教育九年制,但哪一步不得花钱?只要有学上,有好学校上,花钱也是应该的。接下来就是上高中、考大学,长长的辛苦,长长的希望,一眼望不到头的有奔头的日子啊!

但节骨眼儿上,王志强病倒了。生活刚刚重新有了点起色,王志强就病倒了。郑洁知道他是累病的。开出租车两三年,王志强开始腰痛腿麻。有时半夜痛得翻不过身,郑洁让他休息一天,他不听,天天起早贪黑,为了多拉几个人去别人不愿去的城边角,跑那些难跑的有风险的路线,有时一天下来连个吃饭上厕所的时间都没有。就这样拼命干,落到自己口袋里的钱还是没几个,绝大部分都给公司交了车租。王志强一直想着开一辆自己的车,他经常对郑洁说:"我就是新时代的骆驼祥子啊,现在拉一辆自己的车就是我最大的梦想!"

王志强憋足了劲,想以最快的时间挣到买一辆二手车的钱。但他真的和祥子一样,最终没能开上自己的车。他的腰椎间盘突出症越来越严重,他一直忍着不说,忍着出工,最后突然有一天就倒下了,起不来了。

老百姓最怕的就是得病,人都这么说。王志强病倒后,郑洁是领教了这句话的厉害。短短三个月的治疗,什么中医西医,什么按摩敷疗牵引,还有形形色色的膏药都试过了,钱哗哗地流走了,眼看着就要掏空他俩这几年那点可怜的积蓄,但人还不见好。王志强恨得砸自己的腰,说:"都是骗人的狗皮膏药,往后谁也别再提看医生的话。"

郑洁拗不过王志强,便终止了医院的治疗。她到处留心,总想着肯定有什么好药一定能治好王志强。在来买鱼的老头老太太跟前,她也不忘打听。这一来,信了这个又信了那个,便又花去了许多冤枉钱。一年时间就这么一天天地过去了,王志强虽然没能彻底好起来,但多少有点起色,疼痛一阵紧一阵松的。松的时候他又做家务又帮郑洁进货、卖鱼、收摊,一刻也不闲着。渐渐地,王志强精神好了,腰腿也灵便了不少,早上的事慢慢就交给他了。郑洁发现,经过了这么多,自己在王志强面前就还是那个撒懒撒娇的小女人。每天凌晨四点多,王志强起床去进货,他穿好衣服出门时总是为郑洁掖好被角。这时候,郑洁其实总是醒着的。但她闭着眼睛,她特别喜欢王志强的手拂过她的发梢的那种感觉。

王志强的生病使郑洁警醒了许多,年纪一天天长着,什么毛病都是说来就来,防不胜防,可除了儿子的上学费用,手头这几个钱哪能再经得起折腾。她跑了好几家保险公司,比较来比较去,终于狠狠心,拿出最后的一点钱,给王志强和儿子都买了医疗保险。明年,一定得给自己也补着买上。一家三个人,谁都得保险,谁都得好好的。

今年,鸡鸭鱼好卖些,但为了选评什么全国百个文明城市,城管的袭击一天紧似一天。昨天,摊儿刚摆好,城管的三辆车就风驰电掣进了巷子,眨眼间,就像飓风掀过大海,整个场面大乱,卖菜的卖水果的卖袜子的卖碟片的,蹬着三轮车背着编织袋跑的跑溜的溜,相互碰撞,一片狼藉。苹果、梨滚了一地顾不上捡,五块一斤的香蕉被狠狠地碾碎在马路上。摊贩们跑得脱的跑了,跑不脱的被推推搡搡,摊子被撂翻,三轮车被没收。一时间,骂的骂,哭的哭,吼的吼,整个巷子里一片鬼哭狼嚎。小区里的居民们远远地看着冲锋陷阵的城管和狼狈不堪的小贩,眼神里一半是看热闹的兴奋,一半是漠然和厌恶。

每次这个时候,郑洁都就傻了,来不及跑掉。她的水槽里几十条鱼,她没法像人家一样卷起包推着车跑,她眼睁睁地看着城管冲到自己面前,两个大汉一掀,满槽的水和鱼就给倒到了地上,那些鱼在地上大张着嘴乱蹦跶,城管们拿起木棒一阵咣咣咣地乱敲，鱼们立即肚子朝天，成了死鱼，随后，一双双脚又踩上去，一踩一个准儿，脚所到之处，没一条鱼是干净的、囫囵的、可以见人的。

接着是罚款。如果城管来得早，他们还没开市卖上钱，挨骂就更凶些。可谁都愿意被骂，被推搡，甚至被打，也不愿交出那刚从别人兜里跑到自己兜里的一元一角的活命钱。被逼无奈，郑洁现在和别的摆摊女人一样，学会了对付城管罚款的绝招，那就是钱一到手立即塞进胸罩里，不管那一张张零票看上去有多脏。那些男城管可以下手打人，但却没有人敢把手伸进女摊贩的胸窝里。

人是多么容易鼠目寸光啊！现在，郑洁最最烦恼的甚至不是王志强的病，不是王文哲的学习，而是城管的管。可这叫个啥管，怎么越管越乱，越管越不得法呢？咋管都得给人安顿个地儿，都得让人挣个活命钱不是？可眼下这样子，动不动猫捉耗子似的，说来了，把人折腾个半死；说走了，一切又照旧。来不来，人的心都悬着，做生意把人做成了贼，整天提溜着一颗心。郑洁想，环境是多么改变人，五六年前，自己是什么人，现如今又成了什么人！可这个样子，竟然也能活下去，也还能过得有精神头，人真是能上能下。不知怎的，她现在常常地想起奶奶最后说给小姑的那句话："人只要不把自己扔掉，不把自己心里的好东西扔掉，你就还是一块宝。"

也许，支撑着自己的就是心里的那个好东西。那是什么呢？当然是关于王志强、王文哲，关于这个家的所有。还有，还有在她心的深处，不能对王志强和儿子尽情袒露的那些。那些有多么好就有多么痛的记忆。为什么，她的日子里其实从来就没抹去过那些记忆？为什么，这几年来，她会越来越更多更深地跌入那些记忆?

今天,郑洁在床上睁开第一眼,就清楚地想起了日子:9月27日,阴历八月初三。好长时间了,她从没这么清楚地记起过日期。从走出厂子以后,日期对她已没有了什么意义。再没有谁会给下岗工人过五一节国庆节什么的,逢年过节在工会排队领吃领喝的记忆,重大日子穿上崭新的厂服唱大合唱的记忆,如今在梦里都是越走越远了。如今无论什么节日假日,那都是别人的热闹。不管什么日子,不管星期几,她都得出摊。别人越闲,她就得越忙,只有忙才有奔头。

但今天是闲的。昨天城管扫荡过后,下了死命令:文明城市评选活动已经进行到了关键的阶段,所有街道巷子里的摆摊一律清除,谁胆敢违规,严惩不贷。看他们的架势,确实是来势凶猛严惩不贷的样子。不过,谁知道呢,先闲个一半天看看,也许用不了几天,又就各就各位了,隔一天一个政策,换一个领导一个章程,摊贩们已经习惯了,反正死猪不怕开水烫嘛。但郑洁还是有点不习惯,早晨她醒来,听到王志强在她身边呼呼地发出鼾声,朦朦胧胧中,她奇怪他为什么还没去进货,还在睡觉,她想了半天才反应过来今天不能出摊,想了半天才想起昨天那一水槽被糟蹋了的鱼。

她睁开眼,糊着旧报纸的天花板映入视线,就在这时,她想起来日子,想起来今天是她的生日。

郑洁四十岁了。三十岁的生日,她一点都没记起来。如今,她四十岁了,她其实还是一点都没记起来,她没有任何预感。但这个日子从无数个日子中自动地跳出来,跳进了她的心。

四十岁,就这么来了。

如果,小姑活着,也就四十八岁了。

如果，小姑活着，又该是怎样的情景？也许，生活不会像她俩小时候想得那么好，但也不会像小姑失恋后她俩想得那么坏。生活其实永远是不好不坏，能让人过下去的。

但小姑不过。这让大多数人一天天过下去的日子，小姑那么断然地选择了不过。她就那样，死于华年。连同那只翠绿的玉镯。

当年，同学姐妹都知道小姑死于一场巨大的爱情伤害。郑洁的父母在奶奶和郑洁面前，哭都不敢哭出声来，他们知道，小姑死于一张薄薄的汇款单。可独独没有人知道，小姑死于她最爱的侄女对她的诅咒：如果没有小姑，这玉镯该是我的。

是的，那个夜里，当那只玉镯在暗夜里熠熠生辉的时候，当一种美以日常生活中没有的力度，尖锐地走进一个小女孩艳羡的心时，郑洁就是那样想的。结果，小姑没有了。玉镯也没有了。剩下的，只是一个女人无论怎样幸福怎样苦难都难以遮蔽的记忆，一辈子的痛和悔。

可是，那天夜里的郑洁，面对着生命中第一次美的苏醒发出的怦怦心跳，真的是不能饶恕的罪恶吗？

郑洁没有告诉王志强，其实她是记着的，他说过的关于蓝宝石戒指的话，她多少年来从来没有从心里抹去。因为这句话，她心里一直记着他俩第一次约会那天有蓝的天，蓝的湖，还有至今没见过的那一片蓝的海。想起这个，她心里也像被染上了暖暖的蓝一样。但他说过的另一句话，"你这手腕上，应该有一只翠玉的镯子"，她却是不敢记着的。但越不敢记着的，越是往心里去了，越是在心里扎了根了。她没告诉过王志强，甚至都羞于向自己承认，一只翠绿的玉镯，那只曾映亮了她和小姑的玉镯，她的心是怎么努力着想放下，但都放不下的。

她曾在空闲时一个人偷偷去商场看过翡翠玉镯的专柜。那样琳琅满目的富贵宝气，她站到那儿，就觉得自惭形秽。那些营业员一边热情主动地招呼，一边斜着眼角打量郑洁身上的穿着。这时候，她就感觉脸红，就急急地走开，从没试戴过一次。以前的郑洁不是这样的，她从小就大气笃定，但人一穷就变得特敏感、特脆弱，常常觉得手脚都放的不是地方。

但她还是禁不住去看。其实，她已经看过不下十三四次了。终于，在亚盛商场的那家叫玉美人的专柜里，她看到了那一只。

和碎了的那一只，一色一样的一只。和二十七年前的那个夜里宿命般现身的那一只，一色一样的一只。

和多少年来无可救药地想要拥有的那一只，一色一样的一只。

现在，当郑洁想起今天是自己的生日时，她突然就想马上去商场，去看看那玉镯。反正今天闲着，逛逛也没什么可耽搁的。这么想着，她快快地下床、穿衣，在水龙头下洗脸时，她突然注意起自己的手。她仿佛从来没看见过自己的手一样，一点一点，一根一根手指地看上来，看到了手腕时，她颓然坐在椅子上。

这是一双已经被苦日子毁掉了的手。那样的手镯不该戴在这样的手腕上。

这是一双被四十年的岁月磨炼成精的手。这样的手，戴上那样的玉镯，怕是有另一番想不到的样子吧？

可是，又何必操这个心呢？自己只是去看看。那些镯子，她看过标签，个个都是吓人的天价。买走它们的，永远是另一些美丽精致的手。她只是去看看，看看又能怎样呢？郑洁站起身，重新开始洗脸梳头。

今天，是她四十岁的生日，她没有别的事情，她想要去看一看那只手镯。

只是看一看，看一看它还在不在。

六

王志强今天难得睡了个懒觉。起来时，饭桌上扣着郑洁做好的早餐。他看看表，都已十点半了。大上午的她去哪儿了？连个招呼都没打。他给郑洁打电话，小灵通的铃声从卧室传出。她会去哪儿？连电话都忘拿了。

王志强几口扒拉完了稀饭馒头，刷碗时，哗哗的水声中，脑海中某一根弦突然绷了一下，不早不晚，就在这时候，他轰地想起今天是郑洁的生日。

想起了自己说过的话。三十岁，要给她买蓝宝石戒指。今天，郑洁已经四十岁了。

王志强怅怅地坐进躺椅，他突然想要抽一根烟，他都快十年没抽烟了，家里也没有烟。他呆望着天花板，不知坐了多长时间，再看表时已过十二点，是该吃午饭了。孩子在学校吃小饭桌，所以中午饭他和郑洁历来是凑合的。尤其今天，刚刚吃过早饭。可他今天不想凑合，想好好地做一顿饭菜，等郑洁回来。

王志强出门买菜，巷子里空荡荡的，所有的摊贩都不知去向。他只好坐了两站的公交车去离家最近的大超市。在超市里，他买好菜临走时，突然看到了鱼。同样的鱼，摆的地方不一样，身价命运都就不一样了。这些鱼神奇活现地游在玻璃缸里，玻璃缸底下有水草，还有五彩的碎石，玻璃缸上头是漂亮的吊灯。

鱼们在这些装饰这些光线的映衬中，身上的鳞片也分外地显出了那闪闪的亮。这些鱼，是不用担心被凌空摔到地上，然后被一些穿着皮鞋的脚狠狠地踩烂的。

王志强停下脚步。他已经挑了酸菜鱼调料，家里有昨天被城管摔坏敲死了的鱼，他想好了要做一煲郑洁爱吃的酸菜鱼。可现在，他改了主意，他决定买一条超市的鱼，一条新鲜的娇贵的没受过惊吓委屈的鱼，做给老婆吃。

都快两点了，酸菜鱼又酸又辣的香味在小小的屋子里久久地弥漫着，王志强立在窗前，焦灼地望着窗外。这时，他突然想起，自己前两天老是眼皮跳的事。

电话铃响了，王志强扑过去。是郑洁。

"郑洁，你去哪儿了？你为什么不回家？赶紧回家吃饭。"

"王志强，我在亚盛商场，我回不了家了。"

"发生什么事了，快说！"

"我被扣在这儿了。他们要你来，要赔78320元。志强，我们得赔78320元。"

"为什么！你告诉我，为什么？"

"玉碎了。那只玉镯，它又碎了。"